UMA TRAGÉDIA FAMILIAR

M. T. EDVARDSSON

TRADUÇÃO
Natalie Gerhardt

Grafia atualizada segundo o Acordo Ortográfico da Língua Portuguesa de 1990, que entrou em vigor no Brasil em 2009.

Título original
Em Familjetragedi
Traduzido da edição americana por Rachel Willson-Broyles (A Family Tragedy)

Capa
Adaptação sobre capa original de Kelly Blair

Imagem de capa
Bjanka Kadic/ Millennium Images UK

Preparação
Julia Passos

Revisão
Luís Eduardo Gonçalves
Adriana Bairrada

Dados Internacionais de Catalogação na Publicação (CIP)
(Câmara Brasileira do Livro, SP, Brasil)

Edvardsson, M. T.
Uma tragédia familiar / M. T. Edvardsson ; tradução Natalie Gerhardt. — 1ª ed. — Rio de Janeiro : Suma, 2023.

Título original: Em Familjetragedi.
ISBN 978-85-5651-176-8

1. Ficção de suspense 2. Ficção sueca I. Título.

23-151048 CDD-839.73

Índice para catálogo sistemático:
1. Ficção : Literatura sueca 839.73

Cibele Maria Dias – Bibliotecária – CRB-8/9427

EDITORA SCHWARCZ S.A.
Praça Floriano, 19, sala 3001 — Cinelândia
20031-050 — Rio de Janeiro — RJ
Telefone: (21) 3993-7510
www.companhiadasletras.com.br
www.blogdacompanhia.com.br
facebook.com/editorasuma
instagram.com/editorasuma
twitter.com/editorasuma

Para Kajsa, Ellen e Tove
Sempre.

PRIMEIROS POLICIAIS NA CENA

Os policiais Larsen e Hemström vão até a casa em Lund depois que um morador não apareceu no trabalho.

A grande casa de tijolos é recuada, e na entrada da garagem há um Tesla estacionado. Passo pelo portão de ferro, cruzo o quintal e toco a campainha, enquanto o policial Hemström verifica a placa do carro.

Espio pelo vidro da porta. Há casacos e jaquetas pendurados no vestíbulo. Há vários pares de sapato em uma sapateira baixa. Toco a campainha algumas vezes, mas ninguém me atende.

Hemström e eu contornamos a propriedade juntos. Temos a impressão de que não há ninguém em casa. Todas as luzes estão apagadas e todas as persianas, fechadas, mas noto uma fresta na parte inferior de uma das janelas da cozinha.

Meu parceiro me ajuda a afastar alguns galhos para que eu possa pisar em um canteiro de flores, de onde me estico para olhar pela janela. Quando aponto a lanterna, vejo uma cozinha arrumada, com dois copos na bancada e um cardigã preto nas costas de uma das cadeiras.

É só quando ilumino o chão que descubro alguém deitado, de bruços, ao lado da mesa. O contorno da pessoa é tudo que consigo ver; o rosto está virado para o outro lado. Bato no vidro da janela tentando chamar a atenção, mas não há resposta.

Hemström usa o rádio para relatar que encontramos alguém, mas que não conseguimos fazer contato. Recebemos ordens para entrar e seguir com a investigação.

Quebro o vidro da porta da frente, e assim consigo alcançar a chave e girar. Entro na casa com Hemström bem atrás. Olhamos em volta com a ajuda da lanterna, até achar um interruptor na parede.

Seguimos em frente, atravessamos o corredor e entramos na cozinha, avisando que somos da polícia. No chão, bem à nossa frente, há uma mulher imóvel. Enquanto Hemström ilumina, eu a examino e logo noto que está morta.

Juntos decidimos investigar o resto da casa. Ele verifica a sala, enquanto eu abro a porta dos banheiros e dos armários. Não encontramos nada de relevante.

Subimos a escada no vestíbulo e chegamos ao segundo andar. Ilumino o espaço e me deparo com três portas fechadas.

Hemström checa o banheiro enquanto eu me aproximo do primeiro quarto. A porta está entreaberta e eu a empurro com o pé, apontando a lanterna para o interior do aposento.

As persianas estão fechadas e as luzes, apagadas. A cabeceira da cama está encostada na parede. Na cama, há outro corpo.

Relatório de ação,
Ludvig Larsen

KARLA

A casa é enorme. Ao pegar o pequeno caminho que leva à porta, noto que o telhado bloqueia todo o céu. As persianas estão fechadas, e dois pássaros pretos me observam do peitoril de uma das janelas. A porta da frente é guardada por dois leões de bronze, um de cada lado.

É difícil acreditar que só moram duas pessoas aqui. Mas isso foi o que Lena, da empresa de limpeza, disse. E não consigo imaginar nenhum motivo para ela mentir. Mesmo que tenha estranhamente desviado o olhar ao descrever os clientes da mansão da rua Linnégatan. Steven e Regina Rytter.

Antes de tocar a campainha, verifico de novo o endereço no celular. Respiro fundo enquanto o *tim-tom* ecoa pela casa. Quando um homem abre a porta, preciso pigarrear antes de gaguejar algumas palavras sem sentido.

— Ah, é mesmo — diz ele com um sorriso. — Eles avisaram que mandariam uma pessoa nova.

Lena, da agência, estava certa. Esse homem mais parece um artista de cinema.

— Me chamo Karla — digo.

Parece que minha tentativa de disfarçar o sotaque forte não funcionou.

— Você é de Norrland? — pergunta o homem, que deve ter entre quarenta e cinquenta anos.

— Sou — respondo com um toque de ironia ao sibilar bastante o "s", como fazemos no Norte.

Ele sorri mesmo assim e me dá um aperto de mão quente e firme.

— Steven Rytter. Vou mostrar onde guardamos o material de limpeza.

Deixo o sapato na sapateira e o sigo pelo amplo vestíbulo com espelhos nas paredes e um lustre no teto. Os móveis são rústicos, antigos; o pé-direito é alto, e o corrimão da escadaria imensa é coberto com lindos entalhes que parecem ter sido feitos à mão.

— Que casa linda — digo, e me arrependo em seguida. Estou aqui para trabalhar. Nada além disso.

No entanto, Steven Rytter parece não ter ouvido meu comentário. Ele abre a porta de outro cômodo. Uma vassoura, um aspirador de pó e um esfregão estão pendurados na parede, junto a fileiras de detergentes e produtos de limpeza.

— Se algum produto estiver faltando ou acabar, é só me avisar que eu providencio para a próxima vez. Segundas e quartas, certo?

Faço que sim. Segundas e quartas. Quatro horas por dia. Quando Lena me contou, achei um exagero — quem precisa de empregada duas vezes por semana? Mas agora me dou conta de que uma casa daquele tamanho realmente leva bastante tempo para limpar.

— Você é estudante universitária?

Steven Rytter me analisa, ainda com um sorriso no rosto.

Talvez seja bobagem, mas meu corpo esquentou de repente. Eu, uma estudante universitária? Agora é pra valer. Acho que dá para notar só de olhar para mim.

— Vou fazer direito — digo com tanto orgulho que quase soa esnobe. — Isso é só um bico.

Mesmo com todos os empréstimos que fiz, a lista de material é ridiculamente cara e parece que, nos últimos anos, o mercado imobiliário de Lund enlouqueceu. As pessoas estão pagando dez mil coroas por mês para alugar uma quitinete. Foi muita sorte eu encontrar um emprego de meio período.

— Que interessante — diz Steven Rytter. — Na verdade, eu pensei em fazer direito, mas, no fim, decidi cursar medicina.

— Você é médico?

Steven Rytter faz que sim e sorri. Ele parece mesmo ter saído de um episódio de *Grey's Anatomy*.

— Fique à vontade — diz ele, me deixando sozinha no armário de produtos de limpeza.

Por um ou dois minutos, olho completamente perdida para todas as opções. Pego um produto e examino os utensílios; tem alguns que nem sei para que servem. Mas não deve ser tão difícil, não é? Comecei a ajudar na limpeza de casa aos quatro anos.

Saio com um balde, escovas e uma esponja e encontro Steven Rytter no vestíbulo ajoelhado perto da porta, com uma calçadeira na mão.

— Você quer que eu passe pano no piso todo? — pergunto.

Alguns cômodos têm no chão uma madeira brilhante que, desconfio, não é resistente à água.

— Faça o que achar melhor — responde Steven Rytter, calçando o sapato. — Passe pano onde achar que deve.

Os outros clientes que atendi naquela semana eram bastante exigentes, descrevendo todas as tarefas nos mínimos detalhes. Alguns falavam do apartamento ou da casa como se fossem filhos, mas Steven Rytter é meio indiferente. Para mim é melhor, claro. Oito horas por semana aqui significa muito dinheiro fácil.

Steven Rytter se levanta, alisa a camisa. Nós nos olhamos por um segundo, mas ele vira o rosto e pigarreia.

— A empresa de limpeza falou algo sobre minha esposa?

Lembro da expressão hesitante de Lena. O nome dela é Regina, mas isso é tudo que sei.

— Não, por quê?

Ele vai até a escada e com um gesto pede que eu o siga.

— Ela está lá em cima, na cama.

Estranho.

Paro no primeiro degrau.

Steven Rytter se vira, mantendo a mão no corrimão. A beleza de artista de cinema fica menos óbvia. Ele baixa a cabeça como se estivesse se encolhendo um pouco.

— Minha esposa está doente.

BILL

Nunca atrasei o aluguel antes. As outras contas, às vezes, mas aluguel e luz eu sempre paguei em dia. Foi assim que meu pai me ensinou.

Miranda ficaria furiosa se soubesse. Alguns anos atrás, recebi uma carta de cobrança; no fim tinha sido um erro, mas para Miranda foi o fim do mundo.

"Tem coisas que todo mundo é capaz de fazer", disse ela. "Chegar na hora, agradecer o jantar e nunca comprar algo que não tenha como pagar."

De fato, ela e eu tivemos uma educação bem diferente.

De modo geral, Miranda teve uma vida fácil.

Foi ela que conseguiu este apartamento de dois quartos na rua Karhögstorget, no bairro de Järnåkra. Quarto andar e não muito longe do centro de Lund.

A porta da varanda está aberta, o sol brilha, e eu estou sentado no sofá com o laptop no colo. Acesso de novo minha conta bancária e encaro o zero.

Se não fosse por Miranda, eu provavelmente não teria ficado em Lund. Ela nasceu e cresceu aqui, cercada por familiares e amigos, e não conseguia se imaginar em outra cidade.

Eu passei a infância me mudando. Quando as pessoas perguntam de onde sou, costumo dizer Östergötland, mas é só para ter uma resposta mesmo; na verdade, nunca senti que pertencia a um lugar específico.

Também não tenho nenhum laço sólido com Lund, mas é o lar de Sally. Sei bem como é para uma criança criar raízes e depois precisar ir embora. Não quero que ela passe por isso. De jeito nenhum. Vamos ficar em Lund.

Miranda e eu deveríamos ter nos casado. Eu a pedi em casamento quando ela estava grávida de Sally, mas acabamos adiando. Miranda sempre sonhou com uma festa extravagante, grande e com ar de conto de fadas, mas não tínhamos dinheiro para isso. No fim, acabou nosso tempo.

Por um longo período, Miranda sustentou a casa. Eu fazia faculdade de artes cênicas, trabalhava em um cinema e escrevia críticas e colunas para uma revista on-line. Passei quase dez anos em uma cabine, atrás do vidro, rasgando entradas e enchendo baldes coloridos de pipoca. O cinema estava indo bem. Sobrevivemos à concorrência acirrada, primeiro da pirataria e, depois, da Netflix e da HBO, mas quando Miranda adoeceu, precisei abrir mão de vários turnos para tomar conta de Sally. No início, minha chefe foi compreensiva e empática, e com razão, mas, quando voltei depois de uma licença médica no último inverno, não havia quase nenhum turno para mim. E há três meses ela me demitiu de vez.

O lembrete de que o aluguel havia vencido chegou por correio na semana passada e me fez entrar em pânico. Desde então, saí pela cidade avisando todo mundo que estou procurando trabalho. A assistente social que cuida do meu caso na agência de empregos pode até ser simpática e encorajadora, mas duvido muito que vá conseguir alguma coisa para mim. Não que eu seja um caso perdido. Acho até que sou razoável na maioria das coisas, sou esforçado e otimista, e, ainda que Miranda costumasse dizer que eu não levo jeito para trabalhos manuais, nunca tive medo de colocar a mão na massa. Estou pronto para o que der e vier, desde que possa voltar para casa com Sally à noite e nos fins de semana, mas essa cidade está cheia de universitários sedentos e armados com currículos e históricos escolares impressionantes. E a agência de empregos já não é a mesma. Minha assistente social diz que a maioria das pessoas acaba encontrando um emprego por conta própria. Que é uma questão de tomar a iniciativa e ter bons contatos. É por isso que estou aqui, verificando a minha lista de negócios locais.

Quando Sally chega da escola, eu já preparei um monte de panquecas fininhas. Ela passa uma camada grossa de geleia, enrola e come com a mão mesmo.

Eu me sento na frente dela sem saber o que fazer.

— Tive uma ideia — digo.

Sally lambe os lábios, mas, de alguma forma, tem geleia até a orelha.

Ela sabe que não temos muito dinheiro. Mesmo se eu tentasse esconder, ela perceberia. Não vamos ao McDonald's há semanas, não tem achocolatado na geladeira. Faz meses que fomos ao cinema pela última vez.

— Eu estava pensando em arranjar um locatário — digo, colocando a mão no colo. — Só durante o verão, talvez.

— Pra que você quer um otário?

— Não, não... Um locatário. Alguém que precisa de um lugar para morar. Talvez um estudante...

— E a pessoa vai morar aqui? — pergunta Sally. — Junto com a gente?

— Isso. A gente divide a cozinha e o banheiro. Como você já dorme no meu quarto, achei que poderíamos levar tudo para lá. Seria só por um tempo. Tipo, só durante o verão.

Na verdade, é a pior hora possível para fazer isso. Um monte de universitários deixa a cidade no início de junho. A maioria não precisa pagar aluguel durante o verão. Mas não posso esperar.

Sally enfia o último pedaço da panqueca na boca.

— Se fizermos isso, vai ter que ser uma locatária.

— Locatária?

Ela mastiga de boca aberta.

— Tipo a mamãe.

Sinto um nó no estômago, e os olhos começam a arder.

Eu, o cara que nunca chora.

Miranda e eu nunca fomos muito bons em lidar com sentimentos. Quando ela voltou para casa depois de ir ao médico, esperamos Sally dormir para nos sentar aqui na cozinha. Bem direta e sem demonstrar nenhuma emoção, Miranda me contou a suspeita dos médicos. Ela poderia muito bem estar falando de uma gripe qualquer. Nós assentimos; a calma dela passou para mim, e juntos concluímos que tudo ficaria bem.

Tenho certeza de que as coisas teriam sido bem piores para Sally se não tivéssemos conseguido manter o equilíbrio durante tudo que veio depois. Eu me mantive firme até mesmo no funeral.

Mas agora que corremos o risco de perder o apartamento, não consigo me segurar. Levanto e, escondendo o rosto de Sally, corro para o banheiro.

Mais tarde naquela noite, publico um anúncio no Facebook: *Quarto para alugar por curto prazo.*

Como sempre, Sally aparece no meu quarto de madrugada. Um pouco depois da meia-noite, desperto com o som dos passinhos dela. Sem dizer uma palavra sequer, ela se enfia no lado em que Miranda dormia na cama e, no instante seguinte, a mão dela encontra a minha embaixo das cobertas.

— Pai?

— Estou bem aqui — sussurro. — Durma bem, filha.

— Vou dormir — responde Sally, como sempre.

Nunca demora para a mãozinha relaxar na minha e a respiração ficar pesada. A única coisa que importa é garantir que Sally se sinta segura e protegida.

JENNICA

O pátio da praça Stortorget está cheio de gente animada para o happy hour de sexta-feira. No que eu estava pensando? As chances de esbarrar em algum conhecido aqui são basicamente de cem por cento.

Enquanto dou os últimos passos antes de entrar no restaurante, tento localizá-lo no meio dos guarda-sóis que cercam o bar ao ar livre. Se tem uma coisa que aprendi depois de cinco anos no Tinder é que a pergunta não é *se* ele é diferente das fotos do perfil, mas *quão* diferente.

Estou na calçada ao lado da entrada, procurando o batom na bolsa, quando sinto um toque no braço.

— Jennica? Oi!

Ele foi surpreendentemente honesto nas fotos.

A maioria dos caras de quarenta e sete anos é, tipo, calva e barriguda.

Sinto que foi uma surpresa positiva.

— Tudo bem ficarmos lá dentro? Acho que vai ser mais agradável.

O sorriso dele é tão confiante que é difícil de resistir.

Atravessamos juntos o salão do restaurante, abafado com o ar do verão; ele escolhe uma mesa na parte de trás e puxa a cadeira para mim, como um verdadeiro cavalheiro. Uma diferença do técnico de informática de vinte e oito anos com quem saí no último fim de semana.

— Desculpe dizer isso, mas estou aliviado. — Ele pendura o paletó nas costas da cadeira e se senta na minha frente. — Com o Tinder nunca se sabe. Tanto Photoshop ou sei lá o que mais.

— Que bom ouvir isso. Eu estava pensando o mesmo.

Ele ri.

— Vamos combinar uma coisa? — ele diz, colocando a mão grande e peluda ao lado dos talheres na mesa. — Se você achar que esse encontro está sendo ruim, basta se levantar e ir ao banheiro depois de comer a entrada. Juro que nunca mais entro em contato e prometo que não vou ficar nem um pouco chateado... Bem, na verdade, eu ficaria chateado, mas prometo guardar o sentimento para mim.

— Combinado — digo. — Depois da entrada ou no meio da refeição, quando você quiser. Pode levantar e ir embora. Também não vou ficar chateada. Prometo.

Uma piscadinha.

A mão dele continua na mesa.

— Sinto muito — diz ele. — Eu nem me apresentei. Steven.

— Jennica. — Meneio a cabeça e solto uma risadinha. — Achei que você fosse ter um sotaque inglês sexy.

— Eu com certeza *consigo* fazer um sotaque inglês sexy — retruca ele, forçando um sotaque carregado. — Minha mãe é escocesa. Meu pai queria que eu me chamasse Stefan, mas para ela era muito difícil pronunciar, e eu acabei virando Steven.

Que sorte.

— Meus pais fizeram um acordo parecido. Meu pai queria que eu me chamasse Jenny, mas minha mãe queria Annica.

— Que coincidência. Nós dois somos resultado de um acordo. Não é ótimo quando as pessoas se dão bem?

Eu me obrigo a ficar em silêncio.

Tenho uma verdadeira palestra sobre o assunto na minha cabeça, sobre como minha mãe, assim como tantas outras mulheres, sempre parecia ter má sorte quando o assunto era acordos.

Sorrio e espero uma oportunidade melhor para abordar o assunto.

— Bem, temos pelo menos uma coisa em comum. Poderia ser pior.

Steven ri. Ele olha o cardápio e, muito rápido, decide pedir o peixe.

— Acho que vou preferir a fraldinha — digo.

Steven balança a cabeça.

— Esse corte é difícil. A carne tem que ser alta e macia. A maioria das cozinhas tem mais facilidade com o filé ou o contrafilé. Eu não me arriscaria a pedir fraldinha em um lugar como este.

Olho para ele, atônita.

— A escolha é sua, é claro — continua ele. — Mas não me venha reclamar depois se a carne vier dura, não diga que não avisei.

Gosto da audácia dele. Ele diz o que pensa. Além disso, parece saber do que está falando.

— Vou escolher o peixe também — digo.

Steven dá um sorriso satisfeito.

— E vinho — diz ele. — Qual você prefere?

Dou de ombros e respondo:

— Branco? Com alto teor alcoólico?

Ele ri alto. O garçom fica surpreso.

— Talvez um Pouilly-Fumé? — sugere Steven.

Parece mais nome de raça de cavalo do que de vinho, mas já pedimos os pratos.

— Excelente — respondo.

Seguem-se dois ou três segundos de silêncio enquanto o garçom anota o resto do pedido, e é tempo suficiente para que eu faça a primeira pergunta que surge na minha cabeça:

— Então, você é médico?

Que pergunta mais idiota de se fazer, considerando que ele também vai perguntar o que eu faço.

— Pediatra. Antes de me especializar, passei dois anos na África do Sul com os Médicos Sem Fronteiras. Foi chocante ver tanto sofrimento, mas também maravilhoso testemunhar a alegria mais pura e genuína nos olhos daquelas crianças. Foi quando decidi continuar trabalhando com atendimento infantil.

— Fascinante — é a minha resposta sem um pingo de imaginação.

— Agora me fale sobre você. — Steven dá um sorriso. — Estou tão curioso.

O que posso dizer? Ele salva crianças famintas na África enquanto eu passo meus dias fingindo que sou estudante só para não ter que me registrar na Agência de Empregos, e toda noite banco a cartomante no telefone.

— Eu ainda estudo — digo, mexendo no guardanapo. — No momento, estou estudando desenvolvimento internacional. Enfiei na cabeça que quero fazer algo no exterior, talvez trabalhar em uma ONG ou coisa assim. Mas não tenho mais tanta certeza.

— Interessante.

Os olhos dele são intensos, profundos e azul-claros, quase transparentes.

— Quero saber mais — diz ele. — Quem é você? Quem é a pessoa por trás do perfil do Tinder?

Dou uma risada.

— Vamos lá — insiste ele. — Sou velho demais para joguinhos e esse tipo de besteira.

Não posso negar que o encontro está indo bem.

— Sabe, eu não tenho nem trinta anos, então acho que ainda estou tentando descobrir quem sou.

— Isso não tem nada a ver com idade. Nós nunca paramos de nos perguntar quem somos.

— Talvez não. Mas está bem óbvio no momento. Eu sou a única no meu círculo de amigos que não tem nem família, nem carreira. Acho que você pode dizer que é a minha crise dos trinta.

Pelo menos ninguém vai poder me acusar de tentar vender uma mentira. Não é de estranhar que a minha carreira em telemarketing tenha sido tão curta.

— Trinta! Imagina ser tão jovem — diz Steven. — Deixando as piadas de lado, eu me lembro bem como era. Com essa idade, eu mal tinha um relacionamento. Dedicava todo o meu tempo aos estudos e ao grêmio estudantil. Um dia me dei conta de que todo mundo tinha casado e virado adulto. Como se eu fosse o único que ainda tinha a cabeça na lua. Foi difícil.

— Exatamente!

Ele entende mesmo. Erguemos as taças e brindamos no momento em que o garçom traz o peixe.

— Eu li um livro incrível semana passada — diz Steven sem colocar a taça de volta à mesa. — Trezentas páginas sobre enguias. Achei que não tinha o menor interesse em enguias, mas, cara, eu estava errado.

— *The book of Eels*? Já li! É ótimo, né?

— Fascinante. Quero dizer, acho que todo mundo já ouviu falar que todas as enguias nascem no mar dos Sargaços, mas tem muito mais. Que animal incrível.

— Também acho.

Quase me belisco para ver se não estou sonhando. Um encontro com um cara que conversa sobre livros! Qual foi a última vez que isso aconteceu?

— Que peixe é esse mesmo?

Cutuco a carne branca no meu prato.

— Merluza — responde ele.

Encaro Steven.

— Acho que esse não deve ser nem um pouco misterioso, não é?

— Não mesmo — diz ele, dando uma garfada.

É como assistir em câmera lenta. Tem alguma coisa no maxilar forte mastigando devagar a comida. Não consigo desviar os olhos.

— O que foi? — Steven dá risada e passa o guardanapo na boca. — O que houve?

— Nada.

Não consigo evitar e começo a rir também.

Mas, sinceramente, não sei o que deu em mim.

Quando terminamos de comer, já discutimos de tudo, desde aquecimento global e Greta Thunberg até o movimento Me Too e o Nobel do Bob Dylan. Mesmo que Steven pareça ter uma opinião sólida sobre a maioria dos assuntos (o aquecimento global deve ser detido principalmente por meio da ONU e da China; o Me Too é muito necessário em um nível sistêmico, mas a opinião pública nunca é uma coisa boa; e mesmo que Bob Dylan seja o poeta do rock mais importante do mundo, o prêmio Nobel deveria ir para escritores de verdade que escrevem livros de verdade), ele sempre me deixa falar o que penso e parece sincero quando demonstra estar disposto a reconsiderar a própria opinião.

— Me dá licença? — diz ele, empurrando a cadeira.

— Tudo bem. Nós fizemos um trato.

Ele ri, e eu pego o celular enquanto Steven desaparece em um canto. Mando uma mensagem rápida contando sobre o encontro no grupo do Messenger que ainda se chama Central do Tinder. Então, percebo que o paletó dele não está mais na cadeira. De repente, meu coração dispara. Olho para os lados para procurá-lo.

Merda. É claro que ele usou a nossa saída de emergência. Eu nem sei pedir uma taça de vinho direito.

Começo a receber um monte de respostas para a minha mensagem, na forma de emojis aplaudindo ou mostrando a língua. Como sempre, apenas Rebecka se atreve a perguntar o que todas querem saber:

Sexo?

Respondo com um emoji de óculos escuros.

— Você está mandando mensagem para outro cara? — pergunta Steven.

Ele está atrás de mim, com o paletó no ombro. Aliviada, guardo o celular.

— Tenho um grupo no Messenger com algumas amigas, nós sempre avisamos se está tudo bem nesse tipo de encontro.

— Esperta — diz ele. — Hoje em dia, todo cuidado é pouco.

Consigo evitar o triste fato de que a Central do Tinder é um resquício de dias melhores. Sou a única que ainda vai a esses encontros. As outras provavelmente estão cochilando no sofá de casa a essa hora.

— Sobremesa? — pergunta o garçom, entregando um cardápio para cada um.

Tento ler, mas não consigo me concentrar.

— Uma semana atrás, eu quase apaguei o Tinder — diz Steven, colocando o restinho do vinho da garrafa na minha taça. — Agora estou feliz por ter decidido ficar mais um pouco.

— Você já usa o aplicativo há muito tempo? — pergunto.

— Não muito. Troquei algumas mensagens com poucas pessoas. Mas dá para contar nos dedos da mão os encontros que tive.

Os dedos da mão? O que ele quer dizer? Foram cinco? Em hipótese alguma vou revelar que já estou há anos usando o aplicativo, aumentando cada vez mais a faixa etária.

— Antes era bem mais fácil — digo com um suspiro. — Era só casar com o filho do vizinho ou deixar seus pais decidirem por você.

Steven fecha o cardápio de sobremesa.

— Tem muitas opções deliciosas.

— Ainda estamos falando sobre Tinder?

Ele dá uma risada e esbarra a ponta do pé no meu embaixo da mesa. Nós nos olhamos.

— O que acha de sair para tomar um drinque? — Ele se recosta e debruça o cotovelo no encosto da cadeira. — Podíamos ir para um lugar mais confortável.

— Hum... Você tem algum em mente?

— Eu adoraria levá-la para minha casa — diz Steven, levantando-se. — Tem um Hennessy muito saboroso. Você gosta de conhaque?

— Adoro.

— Mas infelizmente vai ter que ficar para a próxima. Estou com um vazamento no quarto. Ventiladores e poeira para todos os lados.

Típico. A maioria dos caras do Tinder mal acaba o jantar e já quer levar você para a casa deles. Agora, a única vez que quero ir, parece que não vai rolar.

— Também não dá para ser lá em casa — digo, ajeitando o vestido. — Minha colega e eu temos um pacto. Não recebemos homens.

Era uma mentirinha inofensiva.

Não vou levar um pediatra de quarenta e sete anos para a minha quitinete velha que fica no condomínio Delphi para estudantes.

Ao me entregar o casaco, Steven parece um pouco chateado. Ele apoia a mão grande nas minhas costas e me guia pelas mesas.

— Que tal o Grand Hotel? — sugere ele.

— Eu topo.

Não vou até lá desde o aniversário de sessenta anos do meu tio. Não é um lugar que os carinhas que conheço pelo Tinder costumam frequentar.

Cambaleio de leve em um dos degraus, e Steven segura o meu braço. Encaro diretamente os olhos azul-claros e sinto um frio na barriga.

— Então, vamos.

TRECHO DO INTERROGATÓRIO DE BILL OLSSON

Pode dizer seu nome completo?
Bill Stig Olsson.

Fale-me um pouco sobre você, Bill.
Tenho trinta e três anos. Me formei em artes cênicas e estudos culturais e moro em Lund com Sally, minha filha de oito anos.

No que você trabalha?
Escrevo alguns artigos e críticas para publicações on-line. Eu trabalhava em um cinema, mas perdi o emprego na última primavera.

E o que você faz o dia todo?
Neste verão, eu tenho ficado com minha filha. Fomos algumas vezes à praia e coisas assim. Um dia fomos à fazenda 4-H. Também estou tentando arrumar um emprego, mas não está nada fácil.

Você sabe por que estamos aqui, Bill. Dois corpos foram encontrados em uma casa na rua Linnégatan, aqui em Lund. O que você sabe sobre isso?
Bom, é claro que fiquei sabendo, li em algum lugar. Lund é uma cidade pequena, e coisas assim não costumam acontecer aqui.

Quando você soube quem tinha morrido?
Eu vi na internet há alguns dias. Fiquei curioso.

Você reconheceu o nome de alguém?
Não exatamente.

Então você não conhecia Steven nem Regina Rytter.
Não, nunca vi. Não que eu me lembre.

Você nunca esteve na casa deles na Linnégatan?
Não. Como eu disse, eu não sei quem eles são.

Você já foi investigado por um crime.
Já, mas não por *assassinato*! Você não pode estar falando sério! Eu jamais seria capaz de ferir outra pessoa.

Mas você está no nosso banco de dados, Bill. Temos suas digitais nos arquivos. Você sabia disso, não?
Claro que sei.

Então, como explica o fato de que encontramos suas digitais em vários locais na casa dos Rytter?
O quê? Não. Só pode haver algum engano.

KARLA

Os protetores de ouvido cor de laranja são totalmente inúteis. Não consegui pregar os olhos durante o fim de semana. Vim parar numa moradia estudantil que mais parece uma combinação de hostel e centro de recreação, com festas constantes: música e baderna vinte e quatro horas por dia.

Na segunda-feira, o despertador do celular toca às sete da manhã. Com os olhos embaçados e o bate-estaca da noite ainda ecoando nos ouvidos, atravesso a rua e sigo para o ponto de ônibus. O sol já nasceu e ilumina a cidade, e o vento sopra as pontas do meu cardigã. Parece que está sempre ventando por aqui.

A viagem de ônibus demora dez minutos no máximo, mas dá para ver grande parte da cidade. Fileiras de casinhas aglomeradas ao longo de ruas estreitas e açoitadas pelo vento; prédios institucionais charmosos que já existem há séculos. E a magnífica catedral com duas torres, ofuscando todo o resto. Lund tem um quê de Harry Potter.

Estou a caminho da casa de Steven e Regina Rytter. Será que realmente precisa de outra faxina? Mesmo no meu primeiro dia, uma semana atrás, estava tudo mais limpo do que a maioria das casas que já vi.

Lena, da empresa de limpeza, ficou um pouco constrangida quando perguntei por que eles precisavam de uma faxineira duas vezes por semana. "É o cliente que determina quantas faxinas querem por semana", respondeu. Mas não disfarçou que seus olhos fugiam dos meus. Claramente sabia que isso daria um fim às minhas perguntas. Tive muita sorte de conseguir esse emprego, e a última coisa que quero é parecer ingrata ou difícil.

É uma caminhada longa do ponto de ônibus. Passo por uma escola cujo pátio está cheio de crianças pulando corda sob árvores frondosas, atravesso uma ponte de ferro preta e subo uma trilha de cascalhos que estalam sob minhas sandálias. Digito o código do alarme e entro no vestíbulo com um *olá* cauteloso. Nenhuma resposta.

Todas as portas do segundo andar estão fechadas. Tudo está limpo e arrumado, como deixei da última vez. Começo pelo banheiro de cima, jogando um spray desinfetante com cheirinho de limão no vaso sanitário, na pia e no bidê. Assim que me ajoelho com a escova de limpeza, escuto um barulho. Um som. Um choramingo baixo e abafado.

Eu me levanto. Fico completamente imóvel e tento escutar mais alguma coisa. A escova de limpeza pinga no chão de ladrilho.

— Venha aqui. — É uma voz débil que vem do quarto.

Jogo a escova na pia e corro até lá.

— Oi. Com licença — digo.

Regina Rytter está deitada de lado em uma cama luxuosa com uma cabeceira forrada de veludo. As persianas estão fechadas; o ar está seco e parado. A fala é arrastada e lenta; não entendo o que está tentando dizer, mas parece chateada, quase assustada.

— Sou a nova faxineira — explico. — Nós nos conhecemos na quarta-feira passada, mas talvez a senhora não se lembre...

— Não, não. Eu não me esqueci de você.

Olhos vítreos me encaram sem entender. A pele dela é branca e tão fina quanto um lenço de papel, e cada movimento parece provocar dor. O rosto encovado e o olhar cansado me lembram minha mãe.

— Meu remédio. Preciso do meu remédio.

Ela levanta a mão que estava debaixo da coberta e começa a remexer na mesinha de cabeceira. Não sei se devo ajudar ou não.

— Desculpe — diz Regina, esforçando-se para sentar. — Eu fico agitada quando não tomo meus remédios.

Asseguro que ela não precisa pedir desculpas e pergunto se quer ajuda.

— Ah, não, pode continuar o seu trabalho. É importante para o meu marido que tudo esteja limpo e organizado.

— Desculpe se eu a acordei — digo, saindo do quarto e fechando a porta.

Ao longo do dia, paro o serviço várias vezes para tentar ouvir algum barulho vindo do quarto. Trabalho por quatro horas. Varrendo, aspirando e passando pano no chão. Sacudindo tapetes e esfregando. Não ouço mais nada.

Que tipo de vida aquela pobre criatura está levando? Não importa que tenha lustres de cristal e relógios de cuco que poderiam estar numa feira de antiguidades se não tem nem forças para se levantar da cama. Todos esses lindos aposentos, todos esses enfeites e objetos de valor. A limpeza e a arrumação cirúrgicas. Está bem claro que essas coisas não significam nada.

Quando volto para a moradia estudantil, estou exausta física e mentalmente. Músculos que eu nem sabia que existiam estão latejando e doendo.

O quarto tem uma cama e uma cadeira velha, nada mais. Eu me sento na cadeira e fico olhando pela janela enquanto tomo uma coca-cola. Parece que tem um hospital para pessoas com problemas mentais do outro lado da rua.

Um pouco depois, ouço uma batida na porta.

— Ei, Norrland! — alguém grita.

Quando destranco, um grupo de caras entra cambaleando no quarto. Mesmo sendo o meio da tarde de uma segunda-feira, eles estão doidões.

— Para de ser chata — dizem. — Vamos para a cozinha com a gente beber alguma coisa.

— Não. Estou exausta. Trabalhei a manhã inteira. E agora preciso estudar.

No fim, sou obrigada a empurrá-los para fora. Gritando e comemorando, eles desaparecem no corredor para encher o saco de outra pessoa.

Quando me sento na cama com meu laptop, meus olhos estão ardendo, e logo a minha visão se anuvia.

Não consigo absorver nada do que estou lendo.

Como vou conseguir? Trabalhar e estudar, sem conseguir dormir nunca.

Talvez minha mãe esteja certa no fim das contas. Não vou durar muito aqui.

Fecho o laptop com força e pressiono o rosto no travesseiro. Sinto-me nua. Pego um cobertor e me cubro.

É como se eu tirasse uma casca, deixando apenas a garotinha de dez anos que foi obrigada a crescer rápido demais. A garota que resolvia as coisas para a mãe em tantos aspectos, que fazia compras, lavava roupa e louça. Que logo aprendeu a guardar segredos. A garota que ia para cama todas as noites sem saber o que haveria em casa quando acordasse.

Cerro os punhos e choro no travesseiro. A voz da minha mãe ecoa na minha mente. Não vou permitir que ela tenha razão. Eu me recuso a desistir.

BILL

Sally está no sofá, os ombros tensos e os olhos cheios de expectativa.

— Isso não é uma audição de *Ídolos* — digo. — Essas pessoas precisam de um lugar para morar.

Ela revira os olhos.

— Eu sei disso, pai. Mas tem que ser alguém legal.

Não tenho como rebater isso.

Algumas horas após ter publicado o anúncio, comecei a receber mensagens. Nossa primeira candidata já está a caminho.

— Talvez seja melhor a gente tirar aquilo — diz Sally, apontando para o quadro acima do sofá.

Ao lado dos pôsteres de *Os bons companheiros* e *Era uma vez na América*, Miranda olha para nós da parede. Se você não a conhecesse, talvez não notasse o sorriso no canto da boca, mas o olhar astuto o denuncia. As pessoas sempre diziam que ela parecia séria.

— A gente pode fazer isso mesmo? — pergunto. — Tirar a foto da mamãe?

Sally faz bico. Ela fica assustadoramente parecida com Miranda quando está de mau humor.

Não temos tempo para discutir o assunto, porque ouvimos a campainha. Sally corre para atender, balançando as mãos. Eu paro na entrada e respiro fundo. Sempre fui tímido, *cauteloso*, como dizia meu pai, em especial com pessoas que não conheço.

Sally é basicamente o contrário. Também puxou isso da mãe.

— Oi! Bem-vinda! — diz ela, escancarando a porta.

Do outro lado, há uma jovem com a franja cobrindo os olhos.

— Oi — cumprimento, assentindo discretamente.

Ela estende a mão magra com unhas curtas e nenhum anel.

— Karla.

— Oi, Karla.

Tem um ar desconfiado, quase alerta.

— Estou aqui para dar uma olhada no quarto.

— É claro.

Sally está tão agitada que não consegue parar quieta.

— Você é de Norrland?

— Sou. É tão óbvio assim?

Karla dá uma risada.

Está vestida dos pés à cabeça de preto, a gola tão apertada no pescoço que parece até difícil de respirar nesse calor veranil.

Abro a porta do quarto de Sally.

— Bem, aqui está.

Explico que ela pode ficar à vontade para usar o banheiro e a cozinha. E, claro, terá acesso à sala quando não estivermos em casa.

— Mas quando a gente estiver também — diz Sally com firmeza.

— Sim, claro. Se você quiser.

Karla afasta a franja e, pela primeira vez, vejo os olhos verdes, como os de um gato. Ela abre um sorriso, e alguma coisa me diz que posso me acostumar a tê-la conosco.

— Quantos anos você tem? — pergunta Sally.

— Vinte e dois. E você?

— Oito.

Sally dispara perguntas, e nenhuma das minhas tentativas de interromper o interrogatório funciona.

— De onde você é? Por que veio morar aqui? Você tem namorado?

Karla ri e fica constrangida.

— Já está bom — digo.

— Tudo bem. — Karla tenta me tranquilizar. — Sou de Boden, que fica bem ao norte da Suécia, vim para cá fazer faculdade. E, não, não tenho namorado.

Karla fica vermelha com a última resposta.

Pergunto onde está morando agora. Com certeza não tinha saído de Boden sem ter onde morar, não é?

— Meio que num hostel — diz ela, o rosto revelando nojo. — Acho que antes era um centro de refugiados.

Ela tenta explicar onde é, mas mesmo já morando em Lund há algum tempo, não conheço a cidade tão bem. Já ouvi isso várias vezes: você vem para Lund como aluno e acaba ficando, mas a cidade nunca vira um lar *de verdade*.

— Por favor, pai — sussurra Sally em um tom alto, puxando o tecido da minha calça. — Podemos escolhê-la?

Karla e eu damos risadas. Explico que as contas de luz e de água estão incluídas no valor do aluguel, assim como o wi-fi e os vinte e quatro canais da TV a cabo.

— O problema é que não podemos esperar. Precisamos do aluguel agora.

— Posso me mudar hoje à noite — diz Karla.

Sally comemora.

— Vou precisar de dois meses adiantados — digo.

Essa é a minha salvação. Dois meses de aluguel vão cobrir as despesas até junho, e, quando as próximas contas chegarem, tenho certeza de que já terei arranjado um emprego.

— Posso dar um jeito — afirma Karla.

Sally bate palmas de tão feliz.

— Só mais uma coisa — digo, não muito ansioso por esta parte.

— O que foi?

— Não podemos fazer isso. Se alguém perguntar, você não pode dizer que está alugando um quarto aqui em casa.

Sally pega a mão de Karla.

— Podemos dizer que você é minha madrasta.

JENNICA

Decidimos que vou sair do quarto primeiro.

É uma sensação estranha, descer pela escadaria elegante do Grand Hotel com cabelo de quem acabou de transar e cara de quem está tentando disfarçar. Uma verdadeira vergonha, principalmente quando os jovens recepcionistas assentem com uma expressão maliciosa.

É bom ter baixado a guarda. Primeiros encontros são sempre difíceis porque é preciso tomar cuidado com tudo que se diz e se faz.

Sigo apressada até o ponto de ônibus, sem tirar os olhos do chão. Pego o número quatro que vai até Norra Fäladen e mando uma mensagem rápida para o grupo da Central do Tinder no Messenger.

Um médico? Nada mal! É para namorar?, a resposta de Emma chega em menos de um minuto.

Amo minhas amigas. Já nos conhecemos há séculos, mas, de uns tempos para cá, nossas conversas só giram em torno de como devo encontrar alguém, e isso acabou fazendo com que eu evitasse, cada vez mais, a companhia delas.

Não foi nenhuma surpresa Miranda ter se casado e engravidado ainda bem nova. Este sempre havia sido o sonho dela, desde o jardim de infância: formar a própria família. Mas as outras... Emma e Tina. E até Rebecka! Eram as maiores festeiras do mundo, livres, cheias de tesão e curiosas. Quando estavam com uns vinte e cinco anos, porém, alguma coisa aconteceu com todas elas, uma mudança tão repentina e drástica que, desconfio, só pode ser algum tipo de traço hereditário. O impulso congênito que leva uma garota de cidade pequena a buscar segurança. Desde então, não me sinto mais parte do grupo.

Veremos, escrevo na mensagem.

Não vou contar mais nada para elas agora.

Por dentro, porém, sinto que uma chama se acendeu.

Steven Rytter é tão diferente de todos os caras que já conheci no Tinder.

A maioria nem era nascida quando ele se formou no ensino médio. Mas não é só isso. Steven tem mais QI e menos testosterona. Há muito tempo eu não saía com alguém com quem quero transar *e* discutir o último artigo de Lena Andersson no *Svenska Dagbladet*. Não necessariamente ao mesmo tempo.

Espero que sim!, é a mensagem de Emma.

Ela coloca ainda um emoji com dedos cruzados.

Começo a escrever uma resposta, apago, começo de novo, apago. No fim das contas, não me dou ao trabalho.

Emma e eu nos tornamos melhores amigas ainda no início do ensino fundamental. No quarto ano, compramos pulseiras de amizade idênticas e juramos que seríamos melhores amigas para sempre. Agora, nós nos afastamos, vivemos vidas completamente diferentes, mas ainda guardo minha pulseira na caixinha de coisas importantes.

Assim que chego em casa, preparo meu coquetel de analgésico e suplementos. Como metade de um hambúrguer que deixei na geladeira e coloco comida para o Cão.

Ele me lança um olhar de desdém.

— Não, não. Nada de peixe para você hoje.

Não tenho como mimá-lo daquele jeito.

Quando me abaixo para fazer carinho, ele se arqueia todo e vira de costas para a tigela de comida.

Cão é só o nome dele. Na verdade, Cão é um gato. Um gato mal-humorado que se ofende com qualquer coisa e que provavelmente nunca vai perdoar meu péssimo senso de humor ao batizá-lo.

— Se não quiser, não come, mas não vou dar outra coisa.

É claro que converso com meu gato. Não há a menor vergonha nisso. Ele às vezes até responde. É bastante esperto para um gato.

Hoje ele apenas me despreza, mas sei que, mais cedo ou mais tarde, vai comer o que ofereci.

— Essa merda é mais cara do que comida para bebê.

Eu me sento na cama com meu celular, pronta para pesquisar Steven Rytter no Google. Não é a primeira vez, claro, mas agora que ele se mostrou interessante o suficiente, posso aprofundar mais meu trabalho de detetive.

Steven é estranhamente anônimo na internet. Algumas fotos, informações tediosas de registros públicos. Nenhuma rede social e nada animador. Desconfio que tenha a ver com a idade.

Meia hora depois, desisto e me arrumo para o turno de hoje. Acho que as melhores conversas acontecem à noite, mas uma manhã de sábado também não é ruim. Uma noite de sexta-feira, regada a bebida, pode fazer com que alguém precise de um pouco de orientação espiritual.

Não é bem um emprego dos sonhos, mas consigo trabalhar de qualquer lugar e a qualquer hora. Só preciso de um celular. Além disso, o salário não é nada mau.

De acordo com o site e com os anúncios publicados em "revistas de estilo de vida" para mulheres de meia-idade, nós oferecemos consultoria psíquica. Não sou vidente e não posso, jamais, fazer nenhum tipo de previsão. As pessoas que ligam para nós estão em busca de outra coisa.

No site está escrito: *Você acredita que a vida seja mais do que o mundo físico e material? Às vezes, as coisas não acontecem como imaginamos. Nos deparamos com bloqueios e desafios que exigem algum tipo de orientação. Nossa consultoria psíquica fornece apoio e conselhos para que você possa refletir com mais profundidade.*

Na entrevista de emprego, pelo Skype, perguntaram se eu tinha algum tipo de habilidade psíquica. Imaginei que dizer "não" me desclassificaria, mas não consegui mentir. Só que, na verdade, o CEO queria saber se eu achava que tinha capacidades *empáticas*. Pude responder, com toda a tranquilidade do mundo e sem precisar mentir, que era uma pessoa bastante empática, e eles me contrataram na hora.

Não coloquei a Psychicadvice.com como meu empregador no LinkedIn. Quando conto para as pessoas o que faço, falo como se fosse uma brincadeira, um passatempo para me divertir. É claro que minha família não faz ideia. Meu pai ficaria furioso. Minha mãe provavelmente morreria de vergonha. As pessoas que me conhecem devem achar que meus pais me sustentam, mas um acordo como esse viria com muitas condições que eu não gostaria de encarar.

Depois que terminei o mestrado, dei aula para o ensino fundamental II por um ano. Não foi como eu esperava. Na metade do semestre, estava me questionando se era boa o suficiente. Também tive que reconsiderar a minha crença de que todas as crianças merecem ser amadas e fazem o possível para ser obedientes. Se fiquei no emprego por um ano foi por causa da minha extrema relutância em dar o braço a torcer e confirmar que meus pais estavam certos de bater por tanto tempo na tecla de que pedagogia não era a carreira certa para mim.

Agora, sentada aqui com meu fone de ouvido, microfone e um copo na mão, espero a primeira ligação do dia.

Algumas conversas são agradavelmente revigorantes. Como a do cara que ligou outro dia se perguntando se deveria ser circuncidado. Ele queria saber como mulheres se sentiriam em relação a isso. Teria eu, talvez, alguma experiência no assunto? Acabei recomendando que ele colocasse um piercing no pênis.

A maioria das ligações, porém, é de mulheres entre cinquenta anos e a morte, que ligam para falar sobre homens e sobre o que acreditam que seja amor ou algo que, com esperança, pode chegar perto disso. Ele me ama? Ele vai mudar? Será que vamos ficar juntos? A resposta é sempre *não*, *não* e *não*. É claro que adoço um pouco as palavras, mas essas mulheres merecem a verdade, chega de ilusões delirantes sobre príncipes encantados. Se ele parece um porco, anda como um porco e tem cheiro de porco... surpresa! Ele é um porco.

Existem empregos piores. Eu me divirto e ajudo as pessoas. Talvez não tanto quanto uma professora, mas ainda assim é um tipo de ajuda.

O celular toca. Tina mandou uma nova mensagem na Central do Tinder.

Dê uma chance para esse médico. Eu acredito em você. Beijos mil!

Respondo com um coração e um emoji de beijinho. Mal tenho tempo de colocar o celular na mesa quando recebo uma nova mensagem.

Dessa vez é de Steven.

Não consigo parar de pensar em você. Quando vamos nos ver de novo?

TRECHO DO INTERROGATÓRIO DE KARLA LARSSON

Por quanto tempo você trabalhou para os Rytter?
Eu não era a faxineira particular deles, nada assim. Eu trabalhava para uma agência e tinha diversos clientes. A casa dos Rytter era apenas uma das muitas que eu limpava.

Mas era você que sempre fazia a faxina na casa deles?
Hmmmm, eu me mudei para Lund em junho. Depois disso, comecei a fazer faxina para eles. Os clientes costumam preferir manter a mesma profissional.

Com que frequência eram feitas faxinas na casa dos Rytter?
Duas vezes por semana. Segundas e quartas.

Não é um exagero? É comum fazer faxina duas vezes por semana na mesma casa?
Acho que não é muito comum. Mas eu não tenho tanta experiência.

A casa dos Rytter era muito bagunçada? Por que eles precisavam de tantas faxinas assim?
Não sei. Eles queriam assim. De acordo com o que Regina me disse, o marido era bastante meticuloso. Mas não havia nada de estranho na casa nem nada disso.

Você conversava muito com Regina Rytter?
Não muito. Ela passava a maior parte do tempo na cama. Mas chegamos a conversar algumas vezes.

E quanto a Steven Rytter? Você conversava com ele também?
Às vezes. Foi ele que me mostrou a casa e onde ficavam os produtos de limpeza na primeira vez que fui lá.

Você tinha alguma opinião sobre o relacionamento de Steven e Regina?
Sei lá. No início, parecia tudo bem. Steven parecia um cara legal. Levei um tempo para perceber.

Perceber o quê?
Bem, eu acabei percebendo como as coisas eram de verdade.

KARLA

Eu me atraso cinco minutos e perco o ônibus. Então, preciso sair correndo por Lund, me perdendo nos becos sinuosos e estreitos entre as casinhas onde os pobres da cidade moravam antigamente; hoje em dia, elas custam uma pequena fortuna. Quando chego ao quarteirão perto do mercado, ativo o som do GPS do celular e permito que aquela voz artificial me guie pelo cemitério e pela escola.

Ao chegar, enfim, estou ofegante, com o sovaco suado e a maquiagem borrada. Ninguém responde quando digo um "olá!", então começo logo a trabalhar.

O banheiro primeiro. Essa é a minha rotina.

A água daquela pia luxuosa não sai de uma torneira comum e antiga. Na verdade, desce devagar do que parece uma cachoeira artificial. Eu me inclino, esfregando com a esponja. Não é muito fácil limpar um lugar impecável em que não dá para visualizar a diferença entre o antes e o depois.

Antes de passar para a privada, respiro fundo e prendo o ar. Estou esfregando com força quando a porta atrás de mim se abre.

— Você está caprichando mesmo — diz Regina Rytter.

Essa é a primeira vez que a vejo fora da cama, e ela é mais alta e mais bonita do que eu imaginava. O roupão parece fofo e macio.

— Vou tomar uma xícara de chá — diz ela. — Quer me fazer companhia?

Sou pega de surpresa. Ela deixa escapar uma risadinha pelos lábios ressecados e diz:

— Desculpe. Parece que você viu um morto-vivo.

— Ah, imagina. Sinto muito.

— Tudo bem. Eu me sinto um zumbi às vezes.

Isso tudo é muito estranho para mim. E não sei esconder meus sentimentos.

— Eu só não sabia que a senhora estava acordada.

Ela ri de novo, embora aquilo pareça provocar dor.

— Senhora? Parece até que tenho sessenta anos. Pode me chamar de Regina.

Ela está prestes a estender a mão, mas muda de ideia ao ver a luva amarela que estava até agora mergulhada na privada.

— Eu me chamo Karla — digo.

— Ah, é. Você gosta de chá, Karla?

Olho para a escova e para minha mão enluvada.

— Eu não sei, eu deveria...

Eu me viro para o vaso, mas Regina insiste:

— Vai sobrar tempo de terminar isso. Meu marido que é o general da limpeza aqui. Ele é médico, talvez seja isso. Tenho certeza de que piorou quando fiquei doente. Ele deve achar que minha doença é contagiosa.

Isso me faz parar.

Estranho. Tive a impressão de que o marido não estava nem aí pra faxina.

Ela já está na escada com a mão no corrimão.

— Fique tranquila. Estou brincando. Minha doença não é contagiosa.

Não sei o que dizer. Parece errado tomar chá com ela. Estou aqui para trabalhar, e a mulher não parece lá muito estável.

— Venha! — insiste ela, descendo.

Ela segura o corrimão com força e para a cada degrau para descansar, as pernas magras tremendo. Está ofegante. Finalmente, se senta em uma cadeira na cozinha.

— Eu sempre superestimo as minhas habilidades. Acordo e sinto uma energia que quase não dá mais as caras, mas logo me esforço demais e pago o preço.

Que coisa horrível. Regina apoia o rosto na mão.

— Você pode me ajudar com o chá? — Ela aponta para a cristaleira. — Está vendo aquelas xícaras brancas ali?

Eu realmente não deveria. Estou aqui para fazer faxina, nada mais. Mesmo assim, coloco a chaleira no fogo, pego duas xícaras e dois pires. Há uma inscrição no fundo da louça: *Royal Copenhagen*. Deve ser caríssima.

Hesito com as mãos no encosto da cadeira.

— Na verdade, eu não tenho direito à hora de descanso.

— Quem foi que disse?

Ela fica olhando para mim, confusa. Então, cobre os olhos, suspira e dá uma risadinha.

— O que veio fazer aqui? — pergunta, cruzando os braços.

Olha de um lado para o outro como se tivesse acabado de acordar.

— Eu... Eu vim fazer faxina. Sou a nova faxineira.

Regina pisca algumas vezes. Então, ri tanto que começa a tossir.

— Não, não. Desculpe. O que quero saber é por que está aqui em Lund. Dá para perceber, pelo seu sotaque, que você não é daqui.

Fico vermelha. Olho para aquela xícara elegante e tento descobrir como segurá-la pela asinha minúscula. Quando tomo um gole do chá, queimo a língua.

— Cuidado — diz Regina um pouco tarde demais.

A xícara balança, e o chá pinga na mesa.

— Vou estudar direito — sussurro.

Parece um sonho tão distante. Não consigo nem tomar um chá sem queimar a língua ou derramar.

— Ah, uma futura advogada?

É o que todo mundo pensa.

— Juíza — digo. A curiosidade de Regina parece genuína.

— Que legal. E um pouco incomum.

Pelo visto, ela me compreende. Não estou acostumada com isso. Minha mãe, por exemplo, acha que temos julgamentos com júri na Suécia. Não é surpresa que fique perplexa por eu querer estudar por tantos anos.

— Acho que não conseguiria ser advogada e defender pessoas que fizeram coisas horríveis.

— Prefere julgá-las? — pergunta Regina.

— Prefiro, se forem culpadas. Quero ajudar a trazer justiça para todos.

Regina se inclina para a frente e sopra o chá, ainda fumegante.

— Eu quis ser policial por um tempo — revela ela. — Meu pai achou que eu tinha perdido o juízo. Policiais ganham pouco e ficam muito vulneráveis. Além disso, eu sou mulher. Meu Deus.

Ela pega a xícara com as mãos frágeis e delicadas, que tremem tanto que fazem a porcelana tilintar. Olho para ela. Não deve ter mais que quarenta anos, mas a doença lhe dá um ar de mais velha.

— Meu pai decidiu que eu deveria seguir a área de humanas — continua ela. — Talvez por isso eu tenha me formado em economia, exatamente como meu irmão. Hoje em dia, porém, trabalho com gerenciamento e desenvolvimento organizacional. Hoje em dia? Parece que foi em outra vida.

Ela coloca a xícara no pires, olha para baixo, desanimada.

Preciso falar alguma coisa.

Tomo outro gole e me queimo de novo.

— Está pelando — digo. — Mas está gostoso.

Regina parece olhar através de mim, como se não tivesse me ouvido.

— Hoje em dia, passo a maior parte do tempo na cama.

Estalo a língua para tentar esfriá-la com saliva. É claro que sinto pena dela, mas é melhor voltar logo para o trabalho. Se meu patrão descobrir que passei parte do tempo tomando chá e conversando, eu provavelmente não vou durar muito nesse emprego.

— Espero que você melhore logo — digo.

Soo como uma idiota completa. Mas o que mais eu poderia dizer?

— Eu nem sei mais — diz Regina. — Ninguém sabe nada. Os médicos me mandam de um lado para outro e só me dão respostas vagas. Às vezes me pergunto se vale a pena. Por quanto tempo posso continuar assim?

Penso na minha mãe e sinto um nó na garganta.

— Gostaria de ter cuidado mais da saúde quando eu ainda estava bem — diz ela. — A gente acredita piamente que sempre vai acordar bem e cheia de vida. Mas um dia tudo pode mudar. Eu tinha uma vida atribulada até que um maldito vírus acabou comigo. Tudo começou com uma gripe comum. Agora, nem sei se vou conseguir ter uma vida normal de novo.

Ela engole em seco e pega a xícara de chá, que treme e tilinta. A colher quase cai, mas ela consegue segurar.

— Meu remédio — diz, baixando a xícara sem ter bebido. — Eu me esqueci de tomar meu remédio. Você pode ir lá em cima e pegar para mim, Karla?

— Claro.

No meio da escada, eu paro. Embora tudo isso seja novo, há alguma coisa que parece estranhamente familiar em toda a situação, e não sei se isso é bom. Penso na minha mãe de novo.

BILL

Sexta-feira é o último dia de aula, e Sally escolheu sozinha o vestido para a comemoração: um modelo rosa com flores roxas. Minha bebê. De repente ela tem oito anos. Meus olhos se enchem de lágrimas quando vejo as crianças cantando o hino tradicional de fim de ano.

Ano passado, eu estava exatamente neste lugar do pátio da escola. Também sozinho. Miranda tinha acabado de ser internada. Para mim, porém, nem existia a possibilidade de ela nunca mais sair.

Sinto um aperto no peito ao olhar em volta e ver os outros pais usando roupas de verão e exibindo um sorriso no rosto; raiva pela injustiça. Quem decidiu que aquilo deveria acontecer com a minha família? Por que sou eu que devo ficar aqui perto do bicicletário sozinho, esperando, com a mochila de zebrinha de Sally na mão?

Miranda era a minha melhor amiga. Sem ela, sou uma pessoa pela metade. Se não fosse por Sally, acho que eu não conseguiria continuar.

Fui uma criança muito solitária. Talvez isso influencie. As pessoas sempre dizem que as experiências da infância deixam traços profundos que nunca desaparecem. Como eu nunca sabia por quanto tempo íamos ficar, logo aprendi a não criar laços. Ser arrancado de um lugar doía muito.

Meu pai era tudo que não sou. Intuitivo, espontâneo, emocionalmente motivado. Ele se apaixonava por tudo na vida: pessoas, lugares, coisas, assuntos diversos. Era tudo muito rápido, e ele mudava de planos de uma hora para outra. Uma criança sensível feito eu não conseguia lidar com isso.

O cinema e a internet foram a minha salvação. Já no ensino fundamental, eu passava a maior parte do tempo diante das telas. Tudo era tão mais fácil quando eu não precisava olhar ninguém nos olhos. Eu fazia amigos no mundo todo através do Lunarstorm e do Myspace. Quando fiz dezenove anos, conheci Miranda no Bilddagboken, uma rede de compartilhamento de fotos anterior ao Instagram.

Ela era alguns anos mais nova que eu, e, um ano depois, me mudei para o quarto dela. Acho que não teria sobrevivido nenhum dia sem ela.

Sally recebe uma rosa da professora. O cartão diz que ela é muito querida ali. Carrego a rosa no curto caminho da escola para casa. Ao passar pelo pet shop, um vento arranca a flor da minha mão.

Corro atrás dela e encontro a rosa molhada e amassada. Quando tento soprar para secá-la, as pétalas caem, uma por uma. Não consigo nem manter uma flor viva.

— Desculpe, filha. Eu compro outra.

Sally está olhando para mim com os olhos arregalados. Pega a rosa estragada com um sorriso.

— Tudo bem, pai. Ela ainda é bonita.

Naquela noite, comemos tacos. Sally me convenceu de que a nossa nova locatária deveria comer com a gente.

— Será que posso ajudar? — pergunta Karla. — Tem certeza de que não vou atrapalhar? Eu posso comer um faláfel no centro.

Sally fica ofendida.

— Compramos o suficiente para três. Papai e eu preparamos tudo.

Karla na mesma hora baixa a guarda.

— Bem, nesse caso, fico feliz de acompanhar vocês.

Nunca vi alguém comer taco como Karla. Ela coloca cada verdura na tortilha, depois a dobra como se fosse um guardanapo feito do papel mais delicado.

Mordidinhas mínimas, alternadas com golinhos de água com gás.

— Neva muito onde você morava? — pergunta Sally.

— Não agora, no verão. — Karla olha para mim. — Mas, no resto do ano, neva à beça. Eu nunca fui muito de esquiar nem nada, mas, sem a neve, seria escuro demais no inverno.

Sally enfia pedaços de pepino no taco e pergunta:

— E o que você gosta de fazer?

Karla toma mais um gole de água.

— Eu gosto de jogar futebol.

Sally fica impressionada. Na nossa família, video games e jogos de carta são o mais próximo que chegamos de esportes. Miranda frequentava uma academia, mas era só para gastar o excesso de energia e se sentir um pouco saudável.

— Você tem irmãos? — pergunta Sally.

Karla diz que cresceu só com a mãe.

— Sempre fomos só nós duas.

— Sem pai?

Sally dá uma mordida no taco e metade do recheio cai no prato. Finjo estar incomodado com o estado da mesa e por minha filha ser intrometida. Mas, na verdade, também estou curioso.

— Meu pai ficou doente quando eu era criança — conta Karla, com voz triste.

Sally coloca o taco que está se desfazendo no prato e sua expressão se ilumina.

— Minha mãe também ficou doente — diz ela, quase animada. — E, então, ela morreu.

Karla afasta a franja dos olhos e olha para mim com preocupação, mas Sally já está a pleno vapor.

— Algumas pessoas acham que a gente vai para o céu quando morre, mas eu sei que a gente acaba embaixo da terra. Queimam o caixão e enterram as cinzas lá no fundo.

— Já chega, Sally — digo.

— Mas, pai.

Karla meneia a cabeça.

— Tudo bem. Eu não acho que as pessoas vão para o céu.

— Viu? — fala Sally para mim antes de se virar para Karla. — O seu pai morreu também?

Karla faz que sim.

— Ele morreu quando eu era pequena. Eu nem me lembro dele.

— Sério? — Sally olha para mim. — Eu vou me lembrar da mamãe quando eu crescer?

— Com certeza — respondo.

Nós dois olhamos para a foto em cima do sofá. Miranda olha para nós ao lado de Noodles de *Era uma vez na América* e do Two-Gun Tommy de *Os bons companheiros*.

Karla tenta explicar que ela ainda era bebê quando o pai morreu. É claro que Sally ainda se lembrará da mãe.

— Sua mãe ainda mora em Boden? — pergunta Sally. — Você não sente saudades?

— Claro. O tempo todo.

A franja cai nos olhos pela décima vez, e Karla não volta a tirar.

— Então, por que você se mudou para cá? — pergunta Sally.

— Porque ela vai começar a faculdade — digo. — Eu já expliquei. Karla vai ser advogada.

— Ou juíza. — Karla sorri. — O que eu quero mesmo é ser juíza.

Por sorte, ela parece achar a curiosidade de Sally mais encantadora do que inconveniente.

Sally apoia o queixo na mão e assente, interessada. Não sei se ela entende bem o que Karla está falando.

— Meu pai trabalha em um cinema — diz ela, pegando alguns grãos de milho do taco. — Naemi e eu conseguimos ver *Frozen 2* quatro vezes. E ganhamos pipoca e refrigerante de graça também. Eu posso ver qualquer filme de graça, menos os impróprios para menores, é claro.

Karla dá risada.

— Que trabalho legal o do seu pai.

Não digo nada. Nem olho para minha filha. Ela sabe muito bem que não trabalho mais lá. Claro que eu disse para ela que existem outros cinemas e que talvez eu consiga um emprego em um deles, mas isso foi antes de nossa situação passar de difícil mas gerenciável para totalmente desesperadora.

— Você já viu *Frozen 2*? — pergunta Sally, que logo vai conseguir tirar todas as verduras do taco.

— Ainda não — diz Karla. — Mas gostei do primeiro.

Sally lambe os lábios.

— O segundo é demais. Muito melhor.

Depois do jantar, jogamos Ludo no sofá. Sally ganha duas vezes seguidas e grita:

— Eu sou a melhor! — Ela levanta os braços e comemora.

Nós nos empanturramos de balas e tomamos coca zero, e logo Sally adormece com os pés no braço do sofá e a cabeça no meu colo.

— Parece aconchegante — comenta Karla.

Nossos olhares se encontram por um período longo demais e, de repente, ela fica constrangida, deixando a franja cobrir os olhos.

— Por favor, não se sinta obrigada a ficar com a gente — digo. — Sally está ansiosa demais. Vou ter que conversar com ela.

— Não tem problema nenhum.

Karla sorri enquanto eu acaricio a testa da minha filha. Ela se levanta, mas se demora um pouco ali, hesitante. Um silêncio sem graça.

— Tenha bons sonhos — sussurra ela.

Pela primeira vez em anos, alguma coisa me incomoda, um desejo silencioso por contato físico.

— Você também — digo.

Karla segue em silêncio até o quarto de Sally, que agora é dela. Passa a chave e testa a maçaneta como se quisesse se certificar de que está trancada.

O sentimento surge do nada.

Essa é a natureza do luto e da saudade. Você nunca está mesmo livre.

A invasão fria se espalha pelos ombros e pelo peito e desce até as pernas. Um filme passa diante dos meus olhos. O dia a dia da minha vida com Miranda. Sinto um desespero devastador.

Eu me levanto com cuidado com Sally nos braços. Ela está sonhando, e os olhos se mexem por trás das pálpebras fechadas. Eu a coloco na cama e me sento na beira para olhar para ela.

— Você e eu contra o mundo — sussurro. — Você e eu.

JENNICA

O sofrimento de sentir que você tem a mesma idade do pessoal de dezenove anos em uma festa de formatura, até se dar conta de que você entende exatamente zero por cento das referências deles e precisa dar um Google a cada dez palavras para acompanhar a conversa.

É a formatura da minha sobrinha. A pequena Lykke, que já tem dezenove anos. Faço as contas de cabeça. Minha irmã é catorze anos mais velha que eu; então ela tem quarenta e quatro anos e deve ter tido Lykke aos vinte e cinco. Vinte e cinco? Meu Deus, ela era uma criança ainda. Tenho trinta e quase caio dura no chão só de imaginar a possibilidade de me tornar mãe. Mal consigo lidar com a responsabilidade de ter um gato.

— Jennica — diz meu irmão mais velho, enfiando a cabeça pela abertura da tenda. — Como você foi parar na mesa das crianças? Você está tendo uma crise agora que chegou aos trinta?

Ah, se ele soubesse.

— A sua idade é seu estado de espírito — retruco dando uma piscadinha.

— Tique-taque, tique-taque. — Ele ri, movimentando o dedo como um pêndulo. — Consigo ouvir seu relógio biológico daqui.

A esposa dele, dois anos mais nova que eu e mãe de três filhos, me observa com olhos de raio X, como se conseguisse enxergar meus ovários e meu útero envelhecendo e secando.

— Vamos comemorar! — grita um dos formandos na tenda da festa e, enquanto todos gritam e berram como são fodas, aproveito a oportunidade e vou para o jardim.

Passo pelo gazebo e por um banco antigo onde um casal está se agarrando como se quisesse se devorar. O capelo escorregou e caiu no amado jardim de rosas da minha mãe.

Vejo uma galera embaixo da ameixeira. Sem querer, me aproximo demais antes de perceber que meus pais estão ali, no centro do grupo.

— Jennica! — chama minha mãe assim que me vê.

Tarde demais para dar meia-volta.

Minha tia também está lá. Uma amiga da minha irmã e um vizinho aleatório. Abro um sorriso educado.

— Oi, filha — diz meu pai, soprando a fumaça da cigarrilha.

Consegui evitá-lo a noite toda. Não nos cumprimentamos até agora.

— Venha ficar com a gente um pouquinho — diz minha mãe.

Ela tirou os sapatos e está balançando uma taça de vinho como se fosse um bebê.

Meu pai sopra uma nuvem branca de fumaça.

— Você se lembra da sua formatura?

Minha mãe tenta apertar o joelho dele sobre o tecido bem passado da calça do terno, mas meu pai nunca entendeu esse tipo sutil de comunicação... ou talvez entenda e prefira ignorar.

— Você se lembra de *alguma coisa* da sua formatura? — meu pai pergunta, dando um sorriso debochado para o grupo.

— Não foi tão ruim — digo.

Ele ri e conta para quem quiser ouvir:

— Os amigos tiveram que tirá-la do carro alegórico.

Minha mãe não parece achar graça. Meu pai também não ficou muito feliz na época. Passou aquele verão sem conseguir olhar para mim. Minha irmã e meus irmãos se formaram já com bolsas de estudo; dois deles foram presidente do conselho; todos tinham um cabelo perfeito e o brilho do futuro promissor nos olhos sóbrios. Quanto a mim, passei a maior parte da minha formatura agarrada ao vaso sanitário.

— O que está fazendo da vida, Jennica? — pergunta tia Birgitta. — Ainda é professora?

Talvez até fosse uma pergunta válida, mas não na minha família. É tão claro que a palavra "professora" é uma alfinetada na minha mãe. As filhas de tia Birgitta jamais colocariam os pezinhos delicados com unhas pintadas em uma sala de aula.

— Agora estou estudando desenvolvimento internacional — digo com um sorriso para Birgitta. — Talvez eu volte a lecionar no futuro.

Só digo isso para provocar. E preservar um pouco do orgulho que ainda me resta. A verdade é que prefiro viver fazendo malabarismo com tochas acesas na Mårtenstorget do que voltar para o mundo da educação.

— Acho que você seria uma excelente diplomata — diz minha mãe.

Ela claramente nunca me viu tentando mediar uma gangue de garotas pré-adolescentes brigando por um jogador misógino do sexto ano.

— Você veio sozinha? — pergunta tia Birgitta.

As lindas filhas dela, advogadas com clareamento dental e Botox, não saíram do lado dos respectivos maridos a noite inteira.

— Desacompanhada — respondo para surpresa da minha tia. — Estou aqui *desacompanhada*.

Essa é a verdade. Eu raramente me sinto sozinha.

— Eu li em algum lugar que as suecas costumam ter o primeiro filho aos trinta e dois anos, em média — comenta minha mãe.

Essa é a forma dela de me defender. E a si mesma, claro.

— Meu Deus — diz tia Birgitta. — Pense no aumento dos riscos de uma gestação depois dos trinta.

Quase me arrependo por não ter trazido Steven. Ontem, chegamos a brincar sobre a possibilidade por mensagem de texto. Tenho certeza de que ele ia conquistar meus parentes metidos a besta. Eu o apresentaria como pediatra. Tanto minha mãe quanto tia Birgitta tendem a ficar molhadinhas só de ver um jaleco branco.

— Infelizmente tenho que ir embora — digo para minha mãe.

Suas tentativas de me convencer a ficar são ridiculamente transparentes. Meu pai nem tenta esconder o alívio. Dou um beijo no rosto da minha sobrinha meio ébria, ajeito seu capelo que está torto e digo para fazer tudo de que vai se arrepender no dia seguinte.

Pego um táxi para Bantorget. Do lado de fora do John Bull, recuso o convite de um bêbado para me comer. Na escadaria para o Grand Hotel, cumprimento um cara cujo convite aceitei alguns anos atrás.

Deixo meu casaco na chapelaria e encontro Steven em uma mesa nos fundos do restaurante. Ele se levanta e me cumprimenta com um abraço.

— Você está radiante — diz ele.

Eu me sento.

— Obrigada por me salvar.

Steven fica surpreso.

— A festa de formatura? Foi tão ruim assim?

— Ah, acho que estou exagerando. Mas sinto que sou a decepção da minha família. Meus irmãos são bem-sucedidos e já formaram lindas famílias. E tem eu.

Ergo as mãos.

— Você é jovem e linda. Tem a vida toda pela frente.

É tão fácil conversar com ele. Mesmo com a diferença de idade, é como se estivéssemos na mesma sintonia.

— Como é que você fala sueco tão bem? — pergunto.

Steven faz um gesto para o garçom, que logo me serve uma taça de espumante.

— Eu nasci e estudei em Aberdeen, mas meu pai era sueco — conta ele. — Nós passávamos o verão no arquipélago de Gotemburgo. É quase como se eu tivesse sido criado em dois lugares. Eu falava sueco no verão, com meus parentes e amigos, então não foi tão difícil quando me mudei para cá.

— Por que você deixou a Escócia?

O Cava borbulha na minha boca.

— Chove vinte dias por mês em Aberdeen — responde Steven. — Uma ventania incessante. Você já foi à Escócia?

Faço que não.

— Já fui a Londres.

— Não é a mesma coisa.

Ele me conta que mora em Lund há quatro ou cinco anos.

— Nós tínhamos uma casa — ele diz. — Mas como acabei aqui sozinho, moro em um apartamento.

— Desacompanhado — digo.

— Como?

— Você disse "sozinho". Mas quer dizer que mora desacompanhado. Sozinho é mais um estado. Um sentimento.

Steven sorri, mas parece longe de concordar comigo.

— Ajuda mesmo usar uma palavra diferente? Faz com que você se sinta menos sozinha se disser de outra forma?

O sorriso desaparece. Ele coloca a taça de lado e fica olhando para a mesa.

— Você se sente sozinho?

Nunca tivemos esse tipo de conversa antes.

— Às vezes — responde ele.

Uma nuvem sombria cobre o olhar cintilante.

— Conte-me sobre sua mulher — peço. — Se quiser, é claro.

É claro que tenho curiosidade para saber, mas também pergunto por ele. Parece que quer falar sobre ela.

— Sei lá. Ainda é difícil tocar no assunto.

Uma lágrima escorre pelo canto do olho. Sempre que ele diz o nome dela, precisa desviar o olhar e acalmar a respiração.

— Aconteceu tão rápido. Ela se foi de repente. Eu nunca tive tempo de lidar com a gravidade da doença. É claro que é uma bênção ela não ter sofrido, mas foi um choque terrível para mim.

Eles estavam casados fazia menos de um ano, com o futuro inteiro pela frente: filhos, carro, casa, cachorro, sextas-feiras em família. Mas nada aconteceu conforme o planejado.

— Sinto falta dela a cada minuto do dia. Mas sei também que ela não ia querer me ver desmoronando. Tenho que ser forte por ela.

Ele suspira e leva a mão acima do nariz. E, quando ele faz isso, percebo que lágrimas escorrem pelo meu rosto.

— Desculpe — diz Steven. — Eu não queria ficar tão emocionado.

Seguro a mão dele e entrelaço nossos dedos.

— Estou feliz por ter me contado.

Faz anos desde a última vez que fiquei tão íntima de um homem. Depois de apenas alguns encontros. Isso me enche de apreensão e de esperança.

Steven não se parece com nenhum dos homens com quem já fiquei.

— O que acha de terminarmos a noite em outro lugar? — pergunta ele.

Aparentemente, o problema de vazamento do banheiro foi consertado, e o apartamento dele fica a alguns quarteirões de onde estamos.

Assim que deixamos o restaurante, parece que há fogos de artifício explodindo no meu peito. Não consigo parar de sorrir. Na escada, do lado de fora, Steven pega minha mão e seguimos de mãos dadas de Klostergatan até Stortorget, passando pela prefeitura. Eu me sinto uma adolescente apaixonada de novo.

Steven mora no terceiro andar. Enquanto ele prepara nossos drinques na cozinha supermoderna, eu ando pelo apartamento.

O quarto tem uma cama *king-size* e uma mesinha com um carregador de celular sem fio. Não vejo nenhuma marca de vazamento. Teria sido uma desculpa? Por que ele faria isso? Talvez não tivesse arrumado o apartamento.

— Você levou o minimalismo para outro nível — comento, passando o dedo pela lombada de alguns livros na estante da sala.

Há uma TV imensa na parede e um cobertor dobrado no braço do sofá. Algumas almofadas no canto.

Parece um apartamento decorado para venda.

— Como isso é possível? — pergunto. — Como alguém pode ter tão pouca coisa?

Steven ri e traz dois copos cheios até a boca com hortelã e limão.

— Já ouviu falar de Shurgard? Eu tenho um armazém de quase quarenta metros quadrados fora da cidade. E uma tonelada de móveis na casa antiga, que ainda não consegui vender.

— Mesmo assim — digo.

Ele cairia duro se visse meu apartamento.

— Acho que não sou fã de tralhas — comenta Steven.

Deve ser tão pedante.

— Minha mãe acha que eu deveria me casar com alguém que goste de limpeza e organização — digo, erguendo meu copo.

— Isso é um pedido de casamento?

— Não exatamente. Mas tenho certeza de que você conquistaria sua sogra na hora.

— Não é um jeito ruim de começar.

Coloco o copo na mesinha de centro e conecto meu telefone ao sistema de som. A música vibra pelo meu corpo e pressiono o quadril contra o dele em uma dança sinuosa.

— Acho que a gente deve levar essa festa para outro lugar.

Steven dá um sorriso perplexo.

— Para onde?

Pego o drinque dele e viro tudo até deixar apenas uma folha de hortelã e o gelo. Coloco o copo na mesinha. Com um empurrão firme, o levo para o quarto.

TRECHO DO INTERROGATÓRIO DE RICKARD LINDGREN

Então, Rickard, Regina Rytter era sua irmã?
Correto. Regina é... *era* três anos mais velha que eu.

Como você descreveria o relacionamento de vocês? Eram próximos?
Na infância, éramos muito unidos. Eu costumava me meter em todo tipo de confusão. Regina estava sempre comigo, como um anjo da guarda. Mas, depois que nos tornamos adultos, não tínhamos mais muita coisa em comum. Sempre fomos muito diferentes. E só piorou quando meu pai adoeceu.

Fale sobre seu pai. Ele está doente?
Ele foi diagnosticado com Alzheimer alguns anos atrás. No início, só ficava um pouco confuso, se esquecia do dia da semana e do nome das pessoas. Mas foi piorando bem rápido. Agora está em uma clínica e não me reconhece mais. É uma doença infernal.

E sua mãe?
Ela morreu vinte anos atrás. Um câncer de mama que voltou e se espalhou por todo o corpo.

Como a doença do seu pai afetou sua relação com Regina?
Não sei quanto você sabe sobre meu pai. Ele é dono de muitos imóveis. Começou como historiador, mas, nos anos 1990, escreveu alguns livros que se tornaram best-sellers. Tudo que ganhou com direitos autorais ele investiu no mercado imobiliário. Quando ficou doente, eu assumi a imobiliária. Enquanto meu pai estiver vivo, não podemos vender nem fazer nada. Estava indo tudo bem. Até que Regina se casou com Steven Rytter.

O que quer dizer com isso?
Ah, o Steven é o Steven. No início, foi tudo bem. Era fácil gostar dele. Um cara agradável, sociável, inteligente, fácil de conversar. Demorou um tempo para que eu percebesse que ele tem outro lado também.

Que outro lado?
Steven gosta de estar no controle. Ele se intrometia em tudo. É claro que tentava esconder isso de mim, mas consegui ver as mudanças na minha irmã. Ela sempre ficava do lado do marido. Antes, nunca teve opiniões sobre como eu administro a firma, mas, depois que Steven apareceu, ela queria controlar tudo. Steven mostrou mais interesse na firma e nas propriedades. Foi uma grande dor de cabeça. No fim das contas, não consegui mais conviver com eles.

Por que você acha que Steven estava tão interessado na imobiliária?
Acho que é bem óbvio. Os negócios do meu pai estão avaliados em centenas de milhões de coroas.

O Steven alguma vez o ameaçou ou agiu de forma violenta com você?
Não, claro que não. Steven fazia mais o tipo manipulador.

Você sabe se ele já foi violento com Regina?
[longa pausa]
Para ser sincero, nunca vi Steven perdendo a paciência. Ele sempre manteve a compostura. O que fez com a minha irmã foi provavelmente mais no nível psicológico. Afinal de contas, a saúde mental de Regina ficou frágil logo depois que eles se casaram.

A que você se refere?
Ela logo parou de trabalhar e perdeu muito peso. Não saía mais com ninguém. No fim, parecia estar vivendo em total isolamento naquela casa. Que merda, tudo aquilo não era nem um pouco normal.

KARLA

Estou diante da mansão dos Rytter mais uma vez, totalmente sem fôlego. Os passarinhos cantam no parque ao lado, e, enquanto me preparo para digitar o código do alarme, a porta se abre, e Steven Rytter sai.

— Bom dia — diz ele.

Dou uma desculpa esfarrapada para o atraso e passo apressada por ele para entrar.

— Você não está atrasada — diz Steven, olhando o relógio, que deve ter custado mais do que eu poderia ganhar se fizesse faxina vinte e quatro horas por dia, sete dias por semana, durante um ano inteiro.

— Ah, que bom. Eu ainda não aprendi a andar em Lund direito.

— Ninguém nunca aprende. — Steven dá risada. — Mas está gostando daqui? As aulas só começam no outono, certo?

— Não, já começaram.

Explico que estou fazendo um curso introdutório quase todo on-line. Temos que entregar um trabalho por semana e, no final, haverá uma prova escrita.

— Quem conseguir tirar a nota máxima garante uma vaga no programa de especialização em direito, que começa no outono.

— Parece bem estressante. E além de tudo isso você ainda arruma tempo para fazer faxina?

É fácil para ele dizer isso. Sabe quanto custa o aluguel de um quarto em Lund? Isso sem falar que este mês preciso pagar o dobro, já que tive que sair daquele quarto barulhento da moradia estudantil. Tive sorte de encontrar uma opção bem localizada que posso pagar. Bill é ótimo, e a filha dele, Sally, é uma graça. Se tudo desse errado, eu poderia me virar só com o empréstimo estudantil, mas gostaria muito de me permitir comer fora de vez em quando e parar de usar as mesmas roupas todos os dias.

— Eu dou meu jeito — respondo, já seguindo para o armário de produtos de limpeza.

— Espere um pouco, Karla! Esse é o seu nome, não é? Karla? Tem uma coisa que preciso conversar com você.

O tom dele está diferente. Tenso.

Será que fiz alguma coisa errada?

Regina Rytter disse que o marido é muito detalhista em relação à limpeza, mas quase não recebi nenhuma instrução.

— É a minha esposa — diz ele, entrando de novo no vestíbulo.

Eu me escondo atrás da franja.

— Ela me contou que vocês tomaram chá.

Ele parece irritado. Eu não deveria ter me sentado e tomado chá durante o horário de trabalho. Não quero mesmo perder este emprego.

— Sinto muito, eu não sabia...

— Tudo bem. — O tom fica mais gentil.

Ele se aproxima e esbarra no meu braço.

— A culpa é minha. Eu deveria ter sido mais claro em relação a isso. Veja bem, minha esposa está muito doente e precisa de descanso constante. O mais difícil dessa doença é que o mínimo esforço faz os sintomas piorarem. Ela pode acordar e se sentir cheia de energia, mas se não ficar na cama, há um risco considerável de piora.

— Entendi — digo, pensando na minha mãe. — Não tem nada mesmo que alguém possa fazer?

— Os médicos estão investigando, mas é um diagnóstico extremamente difícil e, mesmo se souberem o que ela tem, não há garantias de que exista algum tipo de tratamento. Nesse meio-tempo, tudo que podemos fazer é controlar os sintomas: ela não pode fazer esforço e precisa tomar os remédios.

Prometo fazer o possível para não incomodar Regina. Na verdade, fico aliviada por não precisar socializar.

— Espero que ela melhore logo — digo.

Parece um assunto particular. Só quero fazer meu trabalho sem me envolver.

— É mais comum do que imaginam. Ficar muito doente depois de uma virose — diz Steven. — Algumas pessoas passam o resto da vida lidando com complicações sérias.

Eu quase me esqueci de que ele é médico. É claro que ele sabe do que está falando.

— Então, se Regina parecer bem-disposta e quiser conversar ou tomar chá, preciso pedir que você recuse. É para o bem dela.

— Com certeza. Claro.

Mordo a bochecha. Eu sabia que isso ia acontecer quando me sentei com ela.

Para mim sempre foi difícil cometer erros. A qualquer momento consigo me lembrar da decepção nos olhos da minha mãe.

— Se a Regina acordar, é só verificar se ela tomou o remédio e voltou para a cama — diz Steven.

Concordo e prometo fazer exatamente isso. Ele sorri, agradecido.

— Agora, vou deixá-la trabalhar.

Steven fecha a porta e desaparece.

Sem me dar nenhuma dica sobre a limpeza da casa.

Duvido muito que esse homem seja um general da limpeza. Talvez a mulher dele esteja mais confusa do que eu achava.

Como sempre, começo pelos banheiros. Comprei fones de ouvido sem fio, mas não coloco os dois. Quero ouvir se Regina me chamar.

Penso nas coisas que ela disse, que a doença está acabando com sua vida, que nunca devemos relaxar quando o assunto é saúde. Minha mãe também parecia ter tudo, mas escolheu desistir por causa das drogas. Ela sempre diz que foi a morte do meu pai que a levou direto para o inferno.

Passei a minha infância toda pisando em ovos. De várias formas precisei ser mãe da minha mãe. Mas não conhecia outra realidade. Aprendi a mentir para encobrir as coisas. Eu morria de medo de perdê-la.

Quando termino os banheiros, começo a tirar o pó. Depois, pego o aspirador.

Escuto Whitney Houston cantar "I will always love you" no fone. Uma das músicas favoritas da minha mãe. Eu me lembro de estar na bancada da cozinha, agarrada em seu pescoço. Sentia seu hálito forte de vinho e cigarro quando ela cantava o refrão.

Começo a aspirar a cozinha e a sala. No vestíbulo, ao lado da escada, há uma escrivaninha imensa de madeira de lei e lindas aplicações de latão. Preciso me abaixar bastante para conseguir alcançar o fundo com o cabo do aspirador. Paro ao ouvir um ruído. Tem alguma coisa agarrada.

Desenrosco a mangueira. Lá de dentro sai uma pulseira de ouro com pérolas. Sinto o peso na mão. Se for verdadeira, deve custar milhares de coroas.

Devo dizer alguma coisa? Não. Regina parece estar dormindo. Coloco a pulseira na escrivaninha. Ao mesmo tempo, percebo que a primeira gaveta está entreaberta e ao fechá-la me deparo com um mar de joias: pulseiras, colares, anéis e brincos. Algumas estão em caixas ou estojos; outras, soltas e espalhadas. Várias centenas de milhares de coroas de ostentação.

Não me atrevo a tocar em nada.

Fecho a gaveta na mesma hora.

Passo o aspirador com rapidez e eficiência pelo resto da casa, até faltar só o quarto de Regina.

Não sei se devo acordá-la. Será que tem importância se eu não aspirar o quarto dela hoje?

Vou até a porta e encosto o ouvido na porta. Já estou aqui há horas e não escutei nem um pio de Regina. Não importa. É melhor descer, pegar os baldes e enchê-los de água e sabão para passar pano na casa, mas o silêncio lá dentro me causa arrepios. Sou tomada por lembranças quando estendo a mão para a maçaneta da porta.

Cinco anos atrás, eu, inocente, entrando no quarto da minha mãe. O fedor ainda está gravado em alguma parte do meu cérebro; o ar abafado misturado com o cheiro pungente de urina. Os frascos vazios de remédios no chão. A mão da minha mãe pendendo da beira da cama, mole e pálida.

Apesar de todas as vezes que a vi drogada e desmaiada, eu soube na hora que aquilo era diferente. Não importava quanto eu a sacudisse e tentasse fazê--la acordar, nada adiantava. Em trinta segundos, peguei o celular e liguei para o serviço de emergência.

A recuperação dela foi rápida. Depois de três dias, recebeu alta e voltou para casa. Precisei conversar com assistentes sociais, e eles me ofereceram terapia, mas eu não aceitei.

Demorei semanas para entender o que realmente tinha acontecido. O plano era que eu me mudasse naquele outono para Umeå e começasse o ensino médio lá. Eu já tinha feito três semanas em Luleå no ano anterior, mas tive que sair por causa da saúde da minha mãe. Ela achou que eu poderia estudar em Boden; afinal, havia uma escola. Mas eu queria muito sair de lá. Quando eu estava para me mudar, minha mãe me disse, com os olhos vermelhos e cheios de frustração, que ela não sobreviveria se eu a abandonasse. Aquela overdose não tinha sido um erro. A única tristeza dela era não ter conseguido acabar com a própria vida.

Nunca fui para Umeå. Acabei entrando no programa de ciências sociais da Björknäs em Boden e levei mais cinco anos até conseguir ir embora.

Agora, giro a maçaneta com cuidado. Sou atingida pelo ar abafado e aperto os olhos na penumbra.

Regina Rytter está encolhida na cama.

— Está acordada?

BILL

Ficamos dias sem ver Karla. Sempre que está em casa, ela passa a maior parte do tempo trancada no quarto, estudando ou fazendo qualquer outra coisa. É estranho morar com uma desconhecida.

— O que ela está fazendo lá dentro? — pergunta Sally pela décima vez.

Acabo perdendo a paciência.

— Não é da nossa conta. Ela só está alugando o quarto.

Sally fica de cara amarrada.

Digo para ela fazer o dever de casa enquanto preparo café.

Depois de uma conversa com a assistente da agência de emprego, escrevo uma carta, um tipo de pedido de emprego espontâneo, me apresentando e descrevendo minhas qualificações. Envio por e-mail para todos os estabelecimentos comerciais de Lund: lojas, bares, restaurantes, escritórios. Lugares questionáveis e outros nem tanto. Já os procurei mais de uma vez. Eles devem estar cansados de mim. Mas o que me resta fazer?

Tarde da noite, estou na cama olhando aplicativos com anúncios de pessoas que precisam de ajuda com tarefas diversas. Podem ser coisas como podar uma macieira ou instalar uma luminária de parede. Às vezes, tem pagamento fixo; outras, a tarefa vai para quem cobrar mais barato. Baixo um deles e me cadastro como "trabalhador". Tem algumas propostas disponíveis em Lund, mas o que vou fazer com Sally enquanto trabalho?

Deixo o celular de lado, e Sally se agita no sono. Me sinto encurralado. Alguma coisa tem que acontecer.

No dia seguinte, Sally e eu preparamos estrogonofe de salsicha para o jantar. Ela adora ajudar na cozinha, e eu adoro observá-la colocar o avental xadrez e empurrar o banco para alcançar os armários superiores.

— Podemos convidar a Karla para jantar hoje? — pergunta ela, pegando uma panela vermelha da prateleira de cima.

— Não sei...

— Deixa, pai.

Sally coloca a panela na bancada e vai até a porta de Karla.

— Não devemos incomodá-la — digo. — É a Karla que deve dizer se quer ficar um pouco com a gente. Tenho certeza de que ela deve ter um monte de coisas para estudar.

Sally fica amuada.

— Achei que a gente ia arrumar alguém que quisesse ficar com a gente.

Sei que a culpa de tanta expectativa é minha. Ela sente saudade da mãe, claro. É difícil explicar mais uma vez que uma locatária não tem nenhuma obrigação de ficar com a gente. Temos que tratar Karla como qualquer outro vizinho.

— É tarde demais para conseguir outra pessoa? — pergunta Sally, fazendo beicinho.

Com um suspiro, eu cedo.

— Tudo bem. Pode ir lá perguntar se ela quer jantar com a gente. Mas não insiste, só pergunta.

— Tá bom, pai. Já entendi.

De todo modo, perguntar não ofende. Oferecer comida é um gesto gentil, certo?

— Fizemos estrogonofe de salsicha — diz Sally antes mesmo de Karla abrir a porta. — Meu pai disse que eu não posso obrigar você a jantar com a gente, mas você precisa comer em algum momento, porque todo mundo come. Gosta de estrogonofe de salsicha?

Karla dá risada.

— Eu *adoro* estrogonofe de salsicha.

Toda descabelada, ela segura um laptop cheio de adesivos.

— Estou fazendo um trabalho para o curso — diz ela, olhando para mim com uma expressão confusa. — Tem certeza de que tem o suficiente?

— Claro que tem — responde Sally. — A gente sempre faz muito.

Coloco a panela na mesa e dou um sorriso.

— Isso é verdade. A gente sempre faz muito.

Sally e Karla comem como se estivessem com fome há dias. É bom ter companhia. Antes de Miranda adoecer, sempre fazíamos as refeições juntos. Era importante, algo que a família dela sempre fez: reunir-se em volta da mesa e conversar sobre diversos assuntos, importantes ou não. Aqueles momentos eram sagrados para Miranda, mas, sem ela, não é a mesma coisa, e é cada vez mais comum que o meu jantar com Sally seja cachorro-quente e purê de batata da barraquinha Pölsemannen ou um faláfel para viagem da Saluhallen.

Com Sally à mesa, é difícil ficar um silêncio constrangedor. Ela continua interrogando Karla sobre a vida em Norrbotten. Perguntamos sobre a vontade de estudar direito, e Karla conta que sempre teve paixão pela justiça. Percebeu que queria ser juíza quando ainda estava no ensino médio.

— Todo mundo disse que era impossível, que eu teria que passar anos na faculdade e conseguir as melhores notas em todas as matérias. E isso só me motivou mais. Um dia, vou mostrar a eles que é possível fazer qualquer coisa se a gente realmente estiver decidido e se esforçar bastante.

Acho melhor não contradizê-la. Não quero parecer amargo. Imagino que eu me sentisse exatamente assim quando tinha vinte e dois anos e sonhava em ser diretor ou produtor de cinema.

— Minha professora disse que justiça não significa que todo mundo recebe a mesma coisa — diz Sally.

Karla passa os dedos pela franja.

— Talvez não. Tem mais a ver com todo mundo ter as circunstâncias certas para ser bem-sucedido.

Sally ri.

— Foi exatamente o que a professora disse!

— Que sorte ter uma professora tão inteligente.

Karla olha para mim, e verifico se não estou mastigando com a boca aberta ou sujo de molho. Uso as palavras com cuidado e finjo ficar chateado quando Sally xinga ou lambe a faca:

— Ei, isso são modos?

Sally não consegue esconder a surpresa. Etiqueta era um lance da Miranda. Eu nunca fiquei bravo por minha filha arrotar ou colocar os pés em cima da mesa.

Durante mais ou menos uma hora, todo o resto desaparece. Eu apenas existo. Não penso na conta no vermelho ou nas transações recusadas, não sinto queimação no estômago ou tenho a mente tomada por pensamentos turbulentos. Consigo respirar, sorrir e me sentir vivo.

Depois do jantar, lavamos a louça juntos. Karla diz que precisa acordar cedo no dia seguinte para trabalhar.

— Você limpa a casa de outras pessoas? — pergunta Sally. — Por que eles não podem limpar sozinhos?

— Tenho certeza de que podem — digo.

Mas Sally insiste:

— E por que não limpam?

Karla me lança um olhar de dúvida.

— A mulher que mora na casa está doente. Ela não tem força para fazer faxina. E o marido é médico e quase sempre está trabalhando.

Fico um pouco envergonhado quando vejo a bagunça da nossa cozinha. Miranda ficaria furiosa.

— Podemos jogar baralho agora? — pede Sally. — Só um pouquinho.

Karla olha para mim de novo.

— Está bem — responde ela.

— Só um pouquinho — reforço.

Não podemos exigir muito da companhia de Karla. Mas há muito tempo não vejo Sally tão feliz.

Nós nos sentamos no sofá e eu corto o baralho. Karla nos ensina um novo jogo, e Sally não quer parar de jogar nunca. Por fim, ela cochila ainda com as cartas na mão e a cabeça apoiada no braço de Karla.

— Cara, eu também era assim quando tinha a idade dela. — Karla faz carinho no cabelo de Sally. — Vocês parecem ter uma relação ótima.

Dou um sorriso.

— Foi difícil. Sally sofreu muito com a morte da mãe. E eu também, claro. Não é fácil ser um bom pai quando a gente está quase se afogando em problemas.

Karla me olha nos olhos.

— Acho que você é um pai maravilhoso.

COMPANHEIRA DO SUSPEITO DE ASSASSINATO TRABALHAVA PARA PEDIATRA

AFTONPOSTEN, LUND

Hoje o tribunal distrital decidiu prender o homem de trinta e três anos suspeito de ter assassinado o casal de Lund. O *Aftonposten* revela que existe um elo entre o suspeito e as vítimas.

De acordo com a promotora, os interrogatórios fortaleceram as suspeitas contra o homem de trinta e três anos. Uma fonte ligada ao caso informou ao *Aftonposten* que também existem provas físicas que ligam o homem à cena do crime.

"O homem de trinta e três anos é suspeito de homicídio qualificado", afirma a promotora, que se recusou a responder se há alguma hipótese do que motivou o assassinato do pediatra e sua esposa. De acordo com ela, a investigação está em um momento delicado. Por ora, não há outros suspeitos.

O homem apreendido mora na região central de Lund. Ele tem antecedentes criminais e já foi condenado por um delito menor. De acordo com o banco de dados nacional de crimes, ele mora sozinho com a filha de oito anos, mas várias fontes com as quais entramos em contato afirmam que uma mulher de vinte e dois anos mora com eles também.

Neste momento, o *Aftonposten* pode revelar que existe uma ligação entre a jovem companheira do homem e o casal assassinado. A mulher de vinte e dois anos, natural de Norrbotten, chegou a Lund na última primavera e era faxineira das vítimas.

"É verdade que ela é nossa funcionária", diz o CEO da agência local de limpeza contratada pelo pediatra e sua esposa, mas se recusou a dar mais declarações.

O suspeito de trinta e três anos mora em Lund há quase quinze anos. Passou a juventude em diversas comunidades na região central da Suécia, inclusive Östergötland.

O *Aftonposten* entrou em contato com alguns colegas de escola, mas poucos se lembram dele.

"Ele ficou na nossa turma por um ano ou dois", conta um homem, que preferiu permanecer anônimo. "Mas ele não se destacava. Acho que não era amigo de ninguém na escola. Eu li no *Flashback Forum* que ele tem antecedentes criminais. Que pena as coisas acabarem assim."

O homem de trinta e três anos cursou artes cênicas e estudos culturais, mas tudo indica que se sustentava prestando serviços ocasionais. A companheira anterior do suspeito e mãe da sua filha faleceu por causa de uma doença há cerca de um ano.

"Ele deve estar passando por momentos bem difíceis", afirmou uma fonte que mora no mesmo bairro. "Mas parece ser um ótimo pai, e não acredito que seja culpado de nada disso."

Alguns vizinhos com os quais entramos em contato confirmam a imagem de um homem tímido mas agradável, que costumava ser visto na região acompanhado da filha. Poucos sabiam do relacionamento dele com a jovem faxineira.

"Eu o vi com a filha e com aquela garota, mas achei que fosse parente ou uma babá", comentou um vizinho.

O homem de trinta e três anos está sob custódia da polícia enquanto a investigação continua. O advogado do suspeito não deu nenhuma declaração sobre o caso, alegando que se trata ainda de um crime sob investigação.

KARLA

O papel de parede do antigo quarto de Sally é de *O Rei Leão*. Quando preciso descansar um pouco dos estudos, sonho que estou entre girafas, zebras e flamingos. Os conceitos jurídicos giram na minha mente. Tudo parece ruir.

Queria que minha mãe estivesse aqui. Até sugeri isso. Uma semana antes de vir, eu me sentei à mesa da cozinha e segurei as mãos dela, que tinham envelhecido rápido demais.

"Você pode vir comigo se quiser", falei.

Nós duas sabíamos que aquilo não ia acontecer, mas eu quis dizer mesmo assim. E fui sincera. Pelo menos, acho que fui. No entanto, o mais importante é que ela nunca poderia dizer que eu não ofereci.

Agora, procuro minha mãe na lista de contatos do meu telefone, que treme na minha mão. Sempre foi assim. O medo do que vou encontrar quando ela atender.

— Oi.

Bastou essa palavrinha para eu saber.

Hoje ela está para baixo. Deve ter tomado algum sedativo.

— Estou tão mal — diz ela com voz arrastada. — Sou uma merda de uma inútil e estou completamente sozinha. Não sei por quanto tempo mais vou aguentar.

Tento consolá-la e animá-la, como sempre faço, como fiz durante toda a minha vida. Ao mesmo tempo, sinto a culpa me corroer. O sofrimento da minha mãe é altamente contagioso, e eu sou suscetível demais.

— Fui ao médico ontem — diz ela. — Mas ele não está nem aí para mim. Assim como todo mundo. Ninguém quer nada comigo. Nem a minha própria filha.

— Você sabe que isso não é verdade, mãe.

Ela choraminga e suspira.

Gostaria de não me importar, de só não me deixar afetar, mas os comentários me atingem profundamente. Ela é minha mãe, meu porto seguro.

— Amor é atitude — diz ela. — Não apenas palavras.

Não quero permitir que ela controle como eu me sinto. Ela já controlou o meu mundo por tempo demais. Mas não é só uma questão de tentar me blindar. Ela tem uma doença, e eu sou codependente, eu sei de tudo isso. Mesmo assim, passo cada segundo duvidando se fiz o certo ao deixá-la sozinha com o próprio sofrimento.

— Que tal fazer uma visita para Silja e Bengt?

Ela tem amigos. Não fosse por eles, acho que eu nunca teria partido. Mesmo que Silja e Bengt sejam viciados também, sei que vão apoiar minha mãe sempre que possível.

— Consegui um quarto novo. — Conto para ela tudo sobre Bill e Sally. — É tão triste. A mãe dela morreu de câncer.

— Mas eu estou viva — retruca minha mãe. — Embora isso não pareça fazer diferença para você.

Sei exatamente o que ela está tentando fazer. É bem óbvio, na verdade. Mesmo assim, é difícil, quase impossível me defender de tais palavras. Minha mãe sempre usou minha culpa contra mim.

— Eu tenho que desligar — digo, sentindo um nó na garganta. — Te amo, mãe.

Ela não responde.

Ainda estou sentada na beira da cama me perguntando como lidar com isso quando ouço uma batida na porta.

— Só um segundo — digo, tentando limpar o rosto.

Sally está do lado de fora e pergunta se quero jogar baralho.

— Não sei. Eu preciso...

— Por favor — pede ela, juntando as mãos como se estivesse rezando. — É muito mais legal com três pessoas.

— Tudo bem, então.

Bill já está no sofá, embaralhando as cartas. Tem coca-cola e pipoca na mesa, e ouço uma música leve saindo das caixas de som.

Gostaria que minha infância tivesse sido assim, em vez de latas de cerveja e garrafas de bebida espalhadas por todos os lados, comprimidos e cigarros, ronco e pés com meias sujas no sofá, ou esperando sozinha, com um aperto de medo na barriga, olhando pela janela.

— Com quem estava falando? — pergunta Sally, quando eu me sento. — Ouvi você falando com alguém.

— Era a minha mãe.

— Ela sente saudade? — pergunta Sally.

— Claro que sim. Pelo menos um pouco. Mas está bem. Ocupada com a própria vida. Minha mãe sempre trabalhou muito. Ela gosta do emprego. E tem um monte de amigos. Tenho certeza de que está muito bem.

Fico quase surpresa. As mentiras estão tão enraizadas que saem sozinhas, sem o mínimo esforço.

Nem é mais uma questão de vergonha. É só costume mesmo.

Sally sorri, e Bill dá as cartas.

— Você começa — diz ele para mim.

JENNICA

Nunca ouvi falar de Joe McNally, mas depois de passar meio dia no Louisiana, estou totalmente encantada com o trabalho do fotógrafo. Steven fez o dever de casa e está animado por compartilhar tudo que sabe. É como ter um guia particular.

Cinco estrelas para a minha vida. Nessa noite, eu me vejo sentada em uma champanheria no melhor hotel de Copenhague. Acabamos de jantar em um restaurante com estrelas Michelin e vamos pegar o elevador para a nossa suíte. Diante de mim está o homem mais bonito que eu conheço. Inteligente, corpo atlético, charmoso e fácil de conversar. Além disso, tem esse jeito de me olhar que diz que se importa de verdade, que meus pensamentos e emoções e opiniões são relevantes.

Levanto a taça e tomo o último gole de vinho.

— Devemos falar sobre o elefante? — pergunta Steven, pegando minha mão embaixo da mesa.

— Elefante?

— Parece que tem um bem aqui neste salão — diz Steven, arregalando os olhos claros. — A nossa diferença de idade.

Algo se rompe e começa a flutuar dentro de mim. Eu gosto de como ele é direto. Não tive muitas conversas francas e honestas na minha vida.

— Você se sente velho? — pergunto em tom de provocação. — A idade não é só um número?

É claro que isso é fácil de dizer, mas não é bem verdade. Eu já saí com outro cara com mais de quarenta anos, mas Steven tem quase cinquenta.

— Você sabe como são essas coisas — diz ele. — As pessoas vão comentar. O que os seus pais acham, por exemplo?

— Em relação à minha vida pessoal, meus pais só sabem o necessário.

Não consigo me obrigar a dizer que minha mãe provavelmente vai cantar um Aleluia em falsete se eu apresentar Steven para eles.

— Acho que temos que aceitar como as coisas são — diz ele. — Algumas simplesmente acontecem. Não é como se eu tivesse planejado me apaixonar por uma mulher de trinta anos.

Ele me toca por baixo da mesa. Passa os dedos pela minha mão e sobe pelo meu braço.

Fico toda arrepiada.

Ele se apaixonou por mim?

— Você é incrível — sussurra no meu ouvido, enquanto empurra a cadeira.

Atravessamos o restaurante, e ele se mantém bem perto, parece que as pessoas nos olham com inveja.

Uma hora depois, estamos transando entre lençóis de algodão egípcio. Steven não tira os olhos de mim ao me penetrar. Estou me acostumando a fazer amor assim, devagar e com carinho, exatamente como nos filmes.

Você tem que aceitar como as coisas são.

No dia seguinte, atravessamos a ponte de volta no Tesla de Steven. Coloco a mão na perna dele e não consigo parar de olhá-lo.

Chegamos a Lund por Norra Ringer. Steven me acompanha pelo estacionamento em City Gross.

— Nos vemos hoje à noite? — pergunta ele.

Passo a mão por baixo do casaco dele.

— Eu tenho que trabalhar.

— O quê? Achei que você só estudasse.

— É meio que um trabalho voluntário. Eu atendo a ligações de pessoas que precisam de alguém com quem conversar. É uma central de ajuda.

Isso não está muito longe da verdade, mas não parece o momento certo de falar sobre médiuns e capacidades empáticas com Steven, não importa o quanto nosso tempo juntos tenha sido maravilhoso.

Ele ainda está ao lado do carro quando me afasto. Acena, e eu mando beijos até ele desaparecer. Quem *sou* eu? Estou agindo feito uma adolescente idiota.

Quando chego em casa, me livro tanto do comportamento ridículo como do blazer elegante. Cão está estirado na cama, olhando para mim como se fosse dono do lugar.

— Fora.

Ele vira de barriga para cima no lençol. Estendo a mão para acariciá-lo, e ele foge.

— Não precisa ser tão metido a besta.

Ele desce da cama e vai até o pote de comida. Sirvo uma porção da ração que tem cheiro de rato morto, mas é a única coisa que ele come, além de arenque em lata.

Eu me deito na cama e leio pelo celular as últimas notícias, depois vejo posts nas redes sociais até a hora de começar a trabalhar.

Minhas duas primeiras ligações são de mulheres que foram traídas e largadas por filhos da puta, mas ainda querem saber se existe alguma chance de os cretinos as quererem de volta. Esse é um dos lados ruins do meu trabalho: reforçar a minha visão de que homens são neandertais insensíveis, e mulheres são idiotas e patéticas. É claro que sei que existem pessoas legais por aí, mas foi só quando conheci Steven que confirmei isso em primeira mão.

Desligo depois de discursar por uma hora para uma engenheira biomédica de quarenta anos que estava prestes a perdoar a traiçãozinha do marido com uma estagiária do trabalho e me sinto ofegante e sem fôlego. Como se eu tivesse acabado de correr uma maratona.

Agora que a convenci a queimar o terno Armani do babaca traidor, estou cheia de endorfinas e pingando suor, mas sinto que sou um bom ser humano. Minha empatia é perfeita. E pensar que ainda sou paga para isso.

Existe um manual de conversas que me diz como lidar com diversas situações que podem surgir. Antes de ser contratada, fui informada em termos bem diretos que não podemos brincar em serviço. Não somos terapeutas licenciados. Ao menor sinal de comportamento suicida, somos obrigados a dar o alarme. Não queremos nenhum jornalista investigativo no nosso pé.

Sempre que o telefone toca, eu atendo da mesma forma:

Bem-vinda ao aconselhamento psíquico. Eu meu chamo Jennica. Como posso ajudar?

Essa é a terceira ligação da noite. Já me sinto exausta emocionalmente.

— Alô? — diz uma voz distante.

Tenho certeza de que é uma mulher. Pelo menos nove entre dez ligações são de mulheres. Mas ouço um estalo na linha e a voz fica mais próxima. Percebo que estava errada.

É um homem.

— Oi, Jennica.

Só posso estar ouvindo coisas.

Minha mãe mencionou que temos doença mental nos nossos genes. Acho que é a ironia da vida que fez isso aflorar bem agora, quando tudo está a meu favor.

— Quem fala? — pergunto.

— Sinto muito. Não consegui resistir.

Consigo ver a expressão de diversão no rosto de Steven. Não pode ser verdade. Ele vai perder todo o respeito que sentia por mim.

— Como conseguiu este número?

Ele dá uma risada.

— Pesquisando um pouco na internet. O seu nome é bem incomum.

Ajusto o fone de ouvido e empurro Cão, o gato, que roubou a minha almofada preferida. Isso é muito mais que humilhante. Steven é médico, e eu estou brincando de ser terapeuta no telefone.

— Olha só, eu não sou paranormal nem nada. Nem mesmo acredito nisso. É só um trabalho.

Steven ri ainda mais.

— Que pena, mas talvez você possa me dar um conselho mesmo assim. Eu preciso de certa orientação espiritual.

Ainda não consigo acreditar que ele está fazendo isso. Eu deveria estar puta da vida, mas Steven só ri, e eu decido fazer o mesmo.

— Claro. Posso tentar ser sua guia espiritual.

— Ah, obrigado! Então, é o seguinte. Eu conheci uma mulher, ela é maravilhosa, inteligente, engraçada e charmosa. Mas não parece notar como é fantástica.

— Esse é um problema muito comum entre as mulheres — digo.

— Com certeza! Mas sinto que ela e eu temos algo muito especial. Infelizmente, ela tem dificuldade de deixar os homens chegarem perto demais. Eu não sei como fazer isso sem assustá-la.

— É difícil mesmo.

— Hum. — Steven arrasta a resposta. — Você acha que devo revelar meus sentimentos por ela? Ou é muito rápido?

Parte de mim deseja apenas acabar com a brincadeira e falar para Steven que também gosto dele. Estou quase completamente apaixonada. Mas outra parte não permite. A parte que já passou por isso antes, que conhece as regras do jogo e nunca vai esquecer como é difícil sofrer.

— Melhor esperar — digo. — Mas tenho certeza de que ela já desconfia.

Realmente não existe ninguém como Steven. Quando desligamos, vejo que minhas mãos e meu peito estão agitados.

O que está acontecendo comigo?

Como estão as coisas com o doutorzão?, é a mensagem de Rebecka no grupo.

Emma digita um monte de interrogações e emojis curiosos.

Eu me sento de pernas cruzadas na cama, com o meu travesseiro favorito nas costas, e percebo que estou com um enorme sorriso no rosto.

— É, eu sei, eu sei — digo para Cão, que me olha de lado.

Respondo para minhas amigas:

Não quero atrair azar. Mas, neste momento, está tudo indo bem demais.

TRECHO DO INTERROGATÓRIO DE KARLA LARSSON

Gostaria de falar com você sobre Bill Olsson agora, Karla. Qual a natureza do seu relacionamento com ele?
Eu morei com ele no verão passado. Aluguei um quarto no apartamento dele.

Por quanto tempo?
Quase o verão inteiro. Na primeira semana depois que me mudei para Skåne, fiquei em uma moradia estudantil, mas não conseguia dormir lá por causa das festas que iam até altas horas. Então, vi um anúncio no Facebook e escrevi para ele. No mesmo dia ele alugou o quarto para mim.

Você tem documentos dessa transação?
Documentos? Como assim?

Você deve ter assinado algum tipo de contrato de aluguel, não?
Isso nem passou pela minha cabeça. Bill não sabia ao certo se teria autorização da imobiliária para sublocar o quarto. Mas eu paguei o aluguel.

Pagou? Nós demos uma boa olhada nas transações bancária de Bill Olsson e não encontramos nenhum tipo de depósito.
Mas eu paguei tudo em dinheiro. Dois meses de aluguel adiantado.

É mesmo? Ou será que você e Bill tinham algum tipo diferente de relacionamento?
De forma alguma! De onde você tirou essa ideia?

Bill Olsson já foi com você até a casa dos Rytter?
Não. Ele não tinha nada a ver com eles. Ah... não, espere, ele me pegou lá uma vez.

E quando foi isso?
Sei lá. Não lembro exatamente. Talvez uma ou duas semanas antes dos assassinatos.

E ele entrou na casa?
Eu não tinha acabado a faxina, e Regina Rytter estava dormindo lá em cima. Então, eu o deixei entrar por um minuto. Não foi muito tempo.

Como você descreveria Bill Olsson?
Descrever? Tipo, sei lá... Ele é um ótimo pai para Sally. É um cara legal e tem um coração de ouro. Não tenho nada negativo para dizer dele.

Você sabe se ele é violento?
Com certeza não! Bill é o cara mais tranquilo do mundo.

Nós sabemos que Bill estava com problemas financeiros no último verão. Ele chegou a discutir isso com você?
Sim, um pouco. Afinal, foi por isso que ele alugou o quarto de Sally para mim. Ele precisava do dinheiro para pagar o aluguel, a conta de luz, essas coisas.

Ele nunca pediu ajuda financeira para você?
Não, não de forma direta. Eu pagava o aluguel, então acho que já estava ajudando de certo modo.

Mas de nenhuma outra forma?
Não.

Então Bill nunca a convenceu a fazer alguma coisa que você talvez não quisesse? Da qual poderia se arrepender?
Não... ou... não!
[chorando]
[inaudível]

BILL

Recebi resposta para cinco dos vinte e-mails que mandei pedindo emprego. Sem sorte. O dono de uma casa lotérica promete que quando aparecer alguma coisa vai se lembrar de mim, e uma mulher que gerencia uma butique de decoração diz que talvez precise de alguém no Natal. Faltam seis meses ainda. Estou prestes a desistir. Não adianta.

Depois do café da manhã, Sally vai para o playground com alguns amigos e eu me sento diante do computador. Preciso arrumar um emprego. Só vou jogar um pouquinho primeiro.

Antes do diagnóstico de Miranda, eu gostava de jogar World of Warcraft de vez em quando, mas, à medida que ela foi ficando mais doente, aquilo foi ocupando cada vez mais o meu tempo. Foi a minha fuga quando o câncer tomou a nossa rotina. Hoje, é minha principal fonte de contato com outros seres humanos.

Quando a porta da frente se abre e Sally entra correndo com lágrimas escorrendo, não sei se passaram-se uma ou duas horas. Os amigos, assustados, espiam pela abertura da porta.

— Papai, papai, vem rápido!

Ela está ofegante.

— Filha, o que foi?

Eu me ajoelho e a abraço. Está arquejando.

— O que foi que aconteceu? — pergunto para um dos amigos dela.

Um garoto chamado Mohammad, que é da turma dela e mora no andar de cima, perto da escada, também parece prestes a chorar.

— Não foi culpa da Sally — diz ele.

— Você tem que descer — diz uma garotinha de short e agasalho com capuz, cujo nome não me lembro agora. — O homem está esperando você.

Pego a mão da minha filha e calço o chinelo.

— Mas o que aconteceu? — pergunto para os amigos dela.

— Estávamos jogando bola — diz a garota de agasalho enquanto descemos as escadas.

— Nós fizemos um círculo e o dividimos em quatro — explica Mohammad. — Começamos a jogar a bola de basquete e...

Miranda dizia que eu tenho uma paciência incrível. Quando estava prestes a perder a cabeça com Sally, ela só precisava olhar para mim para que eu soubesse que estava na hora de intervir.

Quando chegamos à entrada do prédio, Sally já está mais calma e respirando mais devagar.

— Eu sem querer joguei a bola em uma janela. — Ela funga.

— A janela do porão — esclarece Mohammad. — A bola bateu e o vidro quebrou.

— Nossa.

Abro a porta e as crianças saem.

— Foi sem querer. — Sally soluça.

— Claro que foi. Acidentes acontecem.

Na esquina, um superintendente predial do departamento imobiliário da prefeitura está fumando e usa um fone de ouvido. Uma vassoura está encostada na parede. Ele interditou a janela quebrada com uma fita adesiva vermelha e branca cruzada.

Sally aperta meus dedos.

— Já cansei de falar para não jogarem bola aqui.

— Mas precisamos da rua asfaltada para jogar — diz Mohammad.

O homem o fulmina com o olhar.

— Foi um acidente — digo.

— Sim, é claro. — O superintendente aponta o cigarro para Sally. — Você é pai dela? Vai ter de pagar pela janela.

Não pode ser verdade.

Sally começa a soluçar de novo. Encaro o homem. Ele se abaixa e apaga o cigarro no chão; as fagulhas brilham.

— Você tem seguro, não tem?

KARLA

Exatamente dezenove segundos antes do fim do prazo, envio meu primeiro trabalho. Eu o reli umas cem vezes, verifiquei e confirmei todas as fontes citadas e folheei os livros do curso até as páginas ficarem manchadas.

Esse curso introdutório de direito é quase todo on-line. Posso enviar perguntas para um orientador e há um fórum de discussão entre os alunos. Até agora não vi nem uma resposta útil sequer para alguma das dúvidas. Está bem claro que ninguém está ali para ajudar ninguém. As pessoas lançam perguntas desesperadas sobre um conceito ou querem saber onde encontrar determinada informação, mas pelo visto ninguém está a fim de responder.

Quando o primeiro trabalho acabou, uma garota chamada Waheeda abriu um tópico para dizer que estava aliviada de enfim terminar e que se sente mal por sempre ser obrigada a superar as expectativas. Não é saudável não ter espaço para cometer um único erro. Para participar da prova final, temos que receber uma nota boa em cada um dos trabalhos.

Tenho certeza de que muitos de nós compartilham do mesmo sentimento que Waheeda. Mesmo assim, ninguém responde.

No fim, sou eu quem escreve alguma coisa.

Eu me sinto assim também. É como se a todo segundo houvesse uma faca no nosso pescoço. Eu quero TANTO isso.

Demora apenas alguns minutos para Waheeda responder e logo começamos uma conversa. Para evitar nos expor demais no fórum, passamos para o Snapchat.

Waheeda está no mesmo barco que eu. Nenhuma de nós teve notas muito altas no ensino médio, mas fomos boas o suficiente para sermos aceitas no curso de estudos jurídicos do modo tradicional. Gabaritar a prova final é a nossa única chance.

EU SEI que vou ser a melhor promotora do mundo, escreve Waheeda. *Vai ser uma grande perda para a Suécia se eu não entrar por causa da merda de um dever de casa.*

Ela conta que por muito tempo pensou em ser policial, mas quem tem poder de verdade é o promotor.

Eu vou prender todo mundo que merece ser preso. Não apenas aqueles que fazem o trabalho sujo, mas todos que sempre se livram das coisas por ter dinheiro ou poder ou o sobrenome certo.

A declaração parece bem ingênua, mas fico impressionada com a paixão dela. Quando conto que o meu sonho é me tornar juíza, ela sugere um pacto para nos infiltrarmos em algum tribunal.

Vamos derrubar o sistema!

Percebo que estou sorrindo.

Quando descobrimos que nós duas gostamos de futebol, Waheeda sugere que eu vá ao treino dela. Parece que joga em um dos melhores times de Lund.

Cara, eu não jogo há uns cinco anos, respondo.

Mas você tem que ir! Você SABE que seria bom dar um chute na canela de alguém depois de entregar um trabalho imenso desse.

Haha, talvez.

Acho que não tenho tempo para jogar futebol neste verão, mas não quero desperdiçar a chance de fazer uma amiga. Waheeda parece legal.

Quando foi a última vez que eu tive um amigo de verdade? Acho que nunca fui uma pessoa totalmente excluída, nunca sofri bullying nem fui ignorada, mas, enquanto as outras garotas da turma se tornavam melhores amigas, eu hesitava em deixar qualquer um se aproximar demais. Parecia importante evitar que descobrissem como era a minha vida em casa. Não é que minha mãe me proibia de convidar amigos para ir lá. Na verdade, ela até encorajava isso e sempre me perguntava por que eu nunca levava ninguém. No entanto, era impossível convidar qualquer um. O caos sempre reinava: garrafas de cerveja, frascos de remédio, restos de comida, cinzeiros imundos. Além disso, eu nunca sabia como minha mãe estava. Meu grande sonho era ter uma noite de tacos e assistir ao Melodifestivalen com minha mãe, só uma noite sem gritos e xingamentos ou sem ela acabar desmaiada no sofá.

Pelo menos eu tinha o futebol. Fazia treinos extras com um pessoal que era um ou dois anos mais velho, e assim formamos um time do condado. Quando eu estava em campo, toda a minha ansiedade desaparecia.

Enquanto eu me preparava para o ensino médio, meu sonho era começar do zero em algum lugar novo. Àquela altura, todo mundo em Boden já sabia tudo sobre mim e minha mãe. Ou acreditavam saber. Era por isso que eu queria estudar em Umeå ou Luleå. Mas minha mãe pediu e implorou, dizendo que não sobreviveria sem mim e, no fim das contas, eu fiquei. Ela já tinha perdido o meu pai. Foi quando tudo começou a desmoronar. Foram necessários vários anos e muitas batalhas difíceis com meus demônios interiores para eu conseguir me libertar. A angústia de tudo isso ainda me assombra todos os dias.

O convite de Waheeda para ir a um treino me leva a pensar em minha mãe. Essa sou eu. É esse o tipo de poder que ela tem sobre mim.

Fico na dúvida por um momento, mas acabo escrevendo que adoraria ir com ela.

Preciso fazer isso. Esse seria um passo para a vida normal que tanto quero. Fico agitada o resto do dia, mas de um jeito bom; abro a porta e vou até a cozinha.

— Opa, desculpe.

Estou completamente despreparada para ver Bill sentado ali, na penumbra, com a cabeça apoiada nos braços cruzados sobre a mesa.

Ele olha para mim com olhos vermelhos.

— Acabei cochilando.

Parece mais que estava chorando.

Está claro que ele sofre muito. Pelo menos eu ainda tenho a minha mãe. Posso ligar para ela sempre que tenho vontade. Bill nunca mais vai poder compartilhar nem um segundo com Miranda.

Tento, meio sem graça, encontrar alguma coisa para dizer.

— Está tudo bem?

Bill se levanta, sem olhar para mim.

— Só estou cansado.

JENNICA

A HBO acabou de lançar uma nova série sobre mulheres desaparecidas no Alasca. Deito na cama com uma tigela de batata chips, molho e uma garrafa de Cava e assisto a um episódio atrás do outro, evitando olhar para a zona de guerra que se tornou a minha quitinete: uma montanha de louça suja, caixas de pizza e uma pirâmide de latinhas vazias de energético. Minha amiga Tina, que conheço desde o jardim de infância, uma vez disse que meu apartamento mais parecia o de um solteirão. Em outras palavras: se eu tivesse um pênis, ninguém esperaria outra coisa. Desde então, comecei a enxergar isso como uma parte importante da minha batalha pessoal pela igualdade: não limpar muito, nem com muita frequência.

De vez em quando, dou umas cochiladas e me esqueço do documentário na TV. E meus pensamentos vão para Steven. O que está acontecendo? Não consigo mais me concentrar. Imagino aqueles olhos claros na minha frente. É quase como se conseguisse sentir as mãos grandes passeando pelo meu corpo. Sinto o corpo pulsar.

Minha família, meus amigos e todo mundo, ao que parece, querem que eu amadureça, encontre alguém, forme uma família e me torne mais uma adulta responsável, que nem eles. Ao mesmo tempo, meu círculo de amigos é normativo, para dizer o mínimo. Sei que muita gente ia questionar se eu apresentasse um viúvo de quarenta e sete anos como meu namorado.

Eu não deveria me preocupar com isso, claro. Tenho quase trinta anos. O que importa o que os outros vão achar?

Quando me levanto para pegar mais bebida, Cão, o gato, sobe na cama e lambe a tigela de molho de alho.

— Ei! Melhor se comportar, senão eu te castro.

Cão sorri, satisfeito.

Parece que Steven é alérgico a gatos, o que é ótimo porque significa que vamos ter que continuar frequentando hotéis ou o apartamento dele na cidade.

Ainda bem. Tenho certeza de que ele já viu lugares mais elegantes nas favelas da Cidade do Cabo. E ele nunca vai entender que este apartamento de solteira é um manifesto feminista.

Quando pego o celular para mudar a música, vejo que recebi uma nova mensagem dele.

Pensei em você o dia inteiro. Podemos nos ver hoje?

Uma chama se acende no meu peito e logo se espalha por toda a minha pele. Fico arrepiada. Cada minuto sem Steven parece um desperdício da minha vida.

Desculpe, tenho que trabalhar, respondo. *Posso ligar depois?*

Procuro um emoji. Será que um coração vermelho é demais? Os coraçõezinhos girando no ar? Um bonequinho mandando um beijo em forma de coração?

Todas essas opções... Elas me enlouquecem. Por fim, desisto de usar emoji. Afinal, ele já é quase um cinquentão, não vai se importar.

Quando faltam apenas dois episódios da série, desligo a TV e começo o meu turno. Com outra taça de Cava na mão, coloco os fones, Cão se aconchega no travesseiro ao meu lado, eu me recosto na cama e atendo a primeira ligação.

É Olivia, uma das minhas clientes regulares. Ela é só um pouco mais velha que eu. As primeiras vezes que ligou, quase perdi a paciência. Achei Olivia uma tonta. A questão é que ela é casada com um alcoólatra. O marido, que também é pai dos dois filhinhos dela, é técnico de informática, um cara esforçado que gosta de pedalar e cozinhar. Mas gosta mais de beber.

Foi só quando Olivia descreveu como o marido dela é maravilhoso com as crianças e como o casamento deles é incrível noventa por cento do tempo que comecei a entendê-la, e percebi que nem sempre a única solução é retalhar o filho da mãe com um machado.

— Você é codependente — repito várias e várias vezes. — Tem que parar de permitir que ele se comporte assim.

Não podemos culpar a vítima, mas, às vezes, é bem difícil.

A última foi que o marido dela organizou uma viagem de fim de semana com a família para uma pousada charmosa em Österlen. Eles andaram de bicicleta e visitaram galerias de arte, fizeram piqueniques e à noite aproveitaram a hidromassagem. Depois, ele encheu a cara.

— Ele começou a gritar e a jogar coisas — conta Olivia. — Mas, na verdade, a culpa foi minha. Eu sou tão descuidada. Quando chegamos ao quarto, eu tinha perdido a chave. E não conseguimos entrar. Já era tarde e não tinha ninguém na recepção. Ficamos lá por quarenta minutos, enrolados na toalha. As crianças estavam com frio e começaram a chorar. Não me admira que ele tenha perdido a paciência.

— Espera aí. Você não perdeu a chave de propósito, não é?

— Claro que não.

Olivia começa a chorar. Ela quase sempre chora durante as nossa conversas.

Abro a mensagem de Steven e releio várias vezes. Não é fácil encontrar um cara legal. Eu tive sorte. E nunca desisti. Estou feliz por não ter me apressado e aceitado qualquer um. Olivia é um bom exemplo de onde isso pode levar.

— Hoje ele foi maravilhoso — conta ela. — Pediu desculpas e ficou com as crianças para que eu pudesse fazer algumas compras em paz. O que eu faço? Eu amo meu marido. Amo minha família.

Gostaria de poder dar uma resposta direta. Se fossem só ela e o marido, seria mais fácil. Com os filhos, porém, tudo muda de figura. Já pensei muito em como teria sido a minha infância se minha mãe tivesse deixado meu pai. Nada garante que a vida teria sido melhor.

— Acho que você precisa procurar um psicólogo.

Eu já disse isso para ela várias vezes.

— Mas eu tenho você. Eu gosto tanto de conversar com você, Jennica.

Não tem por que explicar tudo de novo para ela. Se Olivia quer jogar dinheiro fora comigo, não há nada que eu possa fazer.

Depois, atendo mais duas mulheres. Tento ser o mais empática possível e dar dicas e conselhos. Mais para o fim da consulta, até minto quando me perguntam diretamente se estou em contato com o além. Será que isso de fato importa? Se alguém vai se sentir melhor se achar que as simples dicas de bom senso que ofereço vêm de espíritos ou algo assim, não vejo como uma mentirinha de nada pode fazer mal.

Logo após desligar e tirar os fones de ouvido, ouço alguma coisa na varanda. Antes que eu possa ter qualquer reação, batem na porta.

Cão baixa as orelhas e arqueia as costas. Ficamos nos olhando. Ninguém nunca bate aqui.

Talvez seja alguma criança vendendo biscoitos por um preço ridículo de caro para uma excursão escolar? Ou uma testemunha de Jeová? Talvez eu devesse me juntar a eles.

Outra batida, mais alta dessa vez. Percebo que estou só de calcinha e camisola e corro para me enrolar em um cobertor.

— Pois não? — falo com a porta ainda fechada.

Não é como se este apartamento da década de 1960 tivesse uma porta superforte e segura.

— Jennica Jungstedt? — pergunta uma voz do outro lado.

— Sim. O que deseja?

— Tenho flores para você.

Quando abro a porta, um jovem com dentes amarelados de cigarro me entrega o maior buquê que já vi na vida. Eu me afogo totalmente no cheiro de flores recém-cortadas.

Abro um cartãozinho.

O nome “Steven” com um enorme coração. Um maldito coração vermelho enorme.

BILL

Passo a manhã mergulhado nos jogos de computador enquanto Sally está brincando na casa de uma coleguinha de escola. Não tenho forças para fazer mais nada. O mundo real só me interrompe quando escuto a caixa de correio bater e percebo que me esqueci de almoçar.

Sob a pilha de propagandas coloridas, encontro o envelope da secretaria de habitação popular com a conta de cinco mil coroas pela janela quebrada.

O que fazer quando não se tem dinheiro? Desde que Miranda ficou doente, a grana está curta. Fiquei doente nos primeiros meses depois do funeral, e a situação foi de mal a pior muito rápido.

Comecei com as nossas despesas, procurando promoções para tudo e evitando qualquer compra que não fosse necessária. É fascinante o quanto é possível economizar só comparando preços, comprando em bazares e lojas de segunda mão. Hoje em dia, não podemos nem nos dar ao luxo de comprar pão fresco, bolo para o café, sapatos novos e perfume. A única promessa que fiz para mim mesmo foi que as coisas deveriam mudar o mínimo possível para Sally.

No feriado de Natal, ganhei muita hora extra no cinema e, depois de algumas noites jogando caça-níqueis no cassino, eu tinha uma pequena fortuna. Mas dinheiro sempre atrai dinheiro e, quando se tem bastante, é fácil perder a noção do valor. Assim que consegui dezenas de milhares de coroas, me livrei delas rapidinho. E, em janeiro, perdi o emprego. Alguns blockbusters não foram sucesso de bilheteria, as pessoas preferiram serviços de streaming ao cinema, e logo me tornei desnecessário. As matinês, que eu preferia porque não precisava levar Sally nem arrumar uma babá, foram ficando cada vez menos frequentes e, quando precisei recusar uns dois turnos noturnos seguidos, eu soube que estava sem trabalho.

Foi o fim.

Nossas economias tinham acabado e eu não teria mais salário.

Acabei com a maior parte das despesas recorrentes e mantive apenas as mais básicas. Cancelei todas as assinaturas de streaming e parei de comprar jornal. Decidi que poderíamos viver sem o seguro contra acidentes e o seguro residencial. Cada centavo que eu pudesse economizar seria valioso.

Para conseguir dinheiro, enviei e-mails a todas as redações do mundo oferecendo meus serviços de crítico de cinema e escritor, mas não consegui nada. Respondi a anúncios que prometiam renda extra por tarefas simples. Além disso, estava quase investindo um dinheiro que eu não tinha em um negócio que lembrava muito o clássico esquema de pirâmide. Peguei empréstimos por mensagem de texto e fiquei olhando a montanha de dívidas crescer. Peguei mais empréstimos para pagar os antigos. Eu me desfiz de tudo de valor, com exceção da TV, do meu computador e da minha coleção de DVDs.

Agora, abro o aplicativo que baixei. Há alguns trabalhos em Lund e digo que tenho interesse. São tarefas domésticas e pagam uma miséria, mas não posso me dar ao luxo de escolher. Estou pronto para fazer tudo.

Quando Karla chega em casa às três da tarde, ainda não tomei café da manhã.

Ela abre o freezer e mexe nas gavetas da cozinha.

— A Sally não está em casa?

— Está na casa de uma amiguinha.

— Vou preparar isso para mim — diz ela, me oferecendo metade da refeição vegetariana.

Nós nos sentamos frente a frente à mesa da cozinha. Tento não demonstrar como estou mal, mas o clima logo fica pesado.

— Estou tentando arrumar um emprego — digo para quebrar o silêncio constrangedor. — Mas não tá nada fácil. Não tem muita gente precisando de especialista em cinema.

Karla engole a comida e toma um gole de água.

— Eu até poderia ver na empresa de faxinas, mas sei que eles infelizmente só contratam mulheres.

Dou um sorriso.

— Isso é permitido? Não existe alguma lei de igualdade de gêneros para isso?

Tentei fazer uma piada, mas Karla fica surpresa e parece estar procurando uma resposta.

— Estou brincando — digo. — Nenhuma agência séria de limpeza deveria me contratar.

Para demonstrar o que quero dizer, mostro a bancada bagunçada, e Karla ri, relaxando.

— As contas estão se acumulando — explico, cruzando os talheres no prato. — Quando eu era pequeno, nós nos mudávamos muito. Assim que eu começava a fazer amigos, já tínhamos que partir de novo. Eu realmente quero continuar aqui. Seria muito difícil conseguir outro lugar perto.

— Minha família também não tinha muito dinheiro quando eu era criança — conta Karla, comendo. — Minha mãe passou maus bocados depois que meu pai se foi. Ainda assim, eu nunca senti falta de coisas que o dinheiro pode comprar. Eu sentia falta mesmo era de risos e abraços e alguém com quem jogar cartas. Sally tem tudo isso.

Dou um sorriso. As palavras dela são muito importantes para mim. Sally é a minha vida.

— Como eu disse, ela às vezes dá trabalho. É só avisar se ela...

— Ah, não — interrompe Karla. — Fica nítido que ela teve uma ótima criação.

— Obrigado.

Sério, o mérito não é meu. Sally é muito parecida com a mãe. Todo mundo gostava de Miranda. Ela era o tipo de pessoa que fazia questão de deixar todos à vontade. Era ela que organizava os jantares e as festas, prestava atenção em todo mundo e notava na hora quando alguém se sentia excluído. Era a cola que unia os grupos, e não apenas a nossa família, mas também os amigos e colegas. No fim, mesmo quando estava apenas no tratamento paliativo e já tinha perdido muito peso, Miranda ainda perguntava como as outras pessoas estavam. Como se ela se importasse mais com os outros do que consigo mesma, até quase o fim. As últimas palavras dela, antes de fechar os olhos para sempre, definiram tudo. Miranda sussurrou pelos lábios secos: *Seja lá o que fizer, Bill, não faça por mim, mas por Sally.*

Eu acordava todos os dias com essas palavras no meu coração.

Faço tudo por Sally.

Karla baixa os olhos e empurra a comida com o garfo. Parece perdida em pensamentos.

— O que aconteceu com o seu pai? — pergunto, antes de acrescentar: — Claro que não precisa me contar, se não quiser.

Mas parece que ela quer.

Karla desenha com o garfo pequenos círculos no prato. O esmalte preto está começando a descascar.

— Meus pais eram viciados em drogas. Pararam de usar quando eu nasci, mas meu pai teve uma recaída. Ele morreu de overdose antes do meu aniversário de um ano.

Não consigo me identificar muito com isso. A relação com meus pais nem sempre foi fácil, mas nenhum deles jamais se envolveu com drogas. Eu via pouco a minha mãe, mas ela ainda era presente, mesmo que de longe. Deve ser horrível crescer num ambiente assim como o da Karla.

— Sua mãe conseguiu passar por tudo isso sem recaídas?

Ela faz que não.

— Depois da morte do meu pai, ela voltou a usar. Passou toda a minha infância parando e voltando, parando e voltando.

Aquilo deve ter deixado feridas profundas. Karla parece tão calma e ponderada, mas ainda assim, alegre. É sempre fantástica com Sally. É uma verdadeira sobrevivente, exatamente como eu.

— Você foi uma criança dente-de-leão — digo.

Ela abre um sorriso cético.

— Como assim?

— É o que a mãe de Miranda sempre dizia de mim. Que eu fui uma criança dente-de-leão. Uma criança que sobrevive apesar de tudo. Você sabe, porque dizem que dente-de-leão é uma planta resistente, que cresce em qualquer lugar.

É quase absurdo me comparar a Karla. Claro, meu pai tomava algumas cervejas de vez em quando, mas eu não me recordo de vê-lo bêbado. Ele se esquecia de pagar as contas, era incapaz de se lembrar das coisas e manter promessas. Não entendia o conceito de rotina. Mas nunca foi cruel. Nunca recebi nada além de amor e afeição.

— Eu não costumo falar sobre isso — diz Karla. — Não é qualquer um que entende, e não quero que sintam pena de mim.

Entendo perfeitamente.

— Sinto o mesmo. Quase nunca falo sobre a minha infância. Na verdade, foi só depois que conheci Miranda e a família dela que percebi o quanto minha criação tinha sido estranha.

Karla toma um gole de leite e passa o indicador em cima do lábio.

— Talvez tenha sido até bom meu pai ter morrido. Não sei como eu teria cuidado de dois viciados. Acho que às vezes a morte pode ser libertadora.

Desvio o olhar. Não gosto disso.

Quando perdemos Miranda, muita gente disse coisas parecidas. Que ela finalmente ia descansar, que era uma bênção não ter de sofrer mais. Eu odiava todo mundo que tinha dito aquilo. Não houve nada de positivo na morte de Miranda.

— Sinto muito — disse Karla. — Não foi minha intenção...

— Tudo bem. Eu entendi.

Volto a olhar para ela, que fala baixinho, quase sussurrando:

— Deve ter sido difícil. Ela era tão jovem.

Eu me levanto. Não quero falar sobre Miranda. Qualquer pequena lembrança me leva de volta.

— Obrigado pela comida — digo. — Você já terminou?

Sem esperar a resposta, recolho o prato dela. O garfo escorrega e cai no chão. Nós dois tentamos pegar e quase damos uma cabeçada no outro.

— Ah, desculpe — diz Karla.

Pego o garfo e levo os pratos para a pia. Abro a torneira e sinto uma nuvem escura me envolver. O sofrimento nunca acaba. Esse vazio e esse silêncio são para sempre, e para sempre é tempo demais.

Depois que Sally dorme, fico diante do computador por horas. Meu descanso de tela, Al Pacino como coronel Slade em *Perfume de mulher*, me instiga a abrir o YouTube. Nunca vou enjoar de ouvir o discurso de defesa diante do comitê disciplinar da escola.

A indignação brutal do coronel Slade.

Vou mostrar comportamento inadequado!

Eu deveria assistir ao filme todo de novo. Já faz uns dois anos desde a última vez.

Na mesa diante de mim está a conta que recebi da prefeitura pela vidraça. Ela toma todo o meu campo de visão. Não consigo ignorá-la.

Onde vou arranjar cinco mil coroas? Tenho certeza de que é um valor tranquilo para muita gente, mas, para mim, é uma fortuna.

Sally se revira na cama e choraminga.

Merda. Não posso mergulhar naquela nuvem escura de novo. Tenho que me reerguer o mais rápido possível.

No último ano, conversei com um pastor e com um psicólogo, mas nada funcionou. Era como se estranhos estivessem tentando impor a presença deles em um mundo que é só meu. Eu nem conseguia olhar para eles.

Se ao menos eu tivesse alguém com quem conversar.

Durante quase quinze anos, Miranda foi essa pessoa para mim. Nunca achei que fosse precisar de mais ninguém.

Navego aleatoriamente pela internet em busca de telefones de ajuda e terapeutas. Existem psicólogos que aceitam novos pacientes por telefone. Dá até para conversar por mensagem. Talvez fosse melhor? Eu não sei.

Em um fórum sobre luto, alguém recomentou um site chamado Psychicadvice.com. De início penso que é uma bobagem, mas depois de dar uma olhada eu amoleço. Pelo menos não parecem ser videntes e golpistas. É alguém que *vai ouvir e guiar a pessoa pelo labirinto da vida.*

Sempre me mostrei cético quanto ao lado espiritual de Miranda. Ao contrário dela, nunca acreditei em nada que não consigo ver ou tocar. Ela dizia que a vida seria muito mais interessante se eu me abrisse para as outras dimensões, mas eu só ria da cara dela. Agora, me arrependo. Nada justifica ter uma visão limitada.

Clico no link *Nossos orientadores*. Vejo a foto de várias mulheres que dizem ser paranormais e ter habilidades empáticas.

Uma delas é bem familiar.

Clico na foto e dou um zoom.

Espera um pouco. É ela mesmo?

O cabelo com certeza está mais curto, e o rosto um pouco mais duro, como se a vida não tivesse sido muito boa para ela. Mas já tem cinco anos que não a vejo. Ela não apareceu no funeral. Todo mundo foi, mas Jennica Jungstedt não deu as caras. Típico dela, continuar punindo Miranda até depois da morte.

Eu me recosto, a mão ainda no mouse.

Jennica Jungstedt tem capacidades paranormais? Até parece.

Em um momento de fraqueza, considero ligar para o número da tela. Ainda há perguntas para as quais eu gostaria de respostas. Então, vejo o preço. Quase vinte coroas por minuto. Melhor esquecer.

Sally choraminga na cama de novo. Ela vira de um lado para outro, sonhando. Desligo o computador e me deito ao lado dela.

TRECHO DO INTERROGATÓRIO DE JENNICA JUNGSTEDT

Pode dizer seu nome completo?
Jennica Joanna Jungstedt.

Fale um pouco sobre você.
Vou fazer trinta anos em dezembro. Nasci e fui criada aqui mesmo, em Lund. Fiz cursos variados, inglês e relações internacionais. Trabalhei como professora por um tempo, mas voltei a estudar agora. Moro em Magistratsvägen. No condomínio Delphi para estudantes.

Qual seu relacionamento com Bill Olsson?
Não sei se eu chamaria de relacionamento. Cresci com Miranda, a esposa de Bill, mãe de Sally. Miranda e eu fomos amigas por anos, mas, nos últimos cinco, não tivemos nenhum contato direto. Ela teve câncer e morreu. Uma história trágica.

Pelo que soubemos, o seu relacionamento com Miranda acabou de forma bastante abrupta.
Parece drástico, mas foi assim mesmo. Acho que isso resume bem. Miranda fez besteira. Tive que romper a amizade depois disso. A vida é curta demais para perder tempo com quem magoa a gente.

Mas você manteve contato com Bill Olsson?
Não até o último verão. Fiquei surpresa quando tive notícias dele, para dizer o mínimo.

KARLA

Céu ou inferno? Nunca se sabe com a minha mãe.

Quando as pessoas falam em "viver o agora" e "curtir o momento", quase me dá urticária. As piores épocas da minha vida foram quando tudo parecia calmo por fora, quando minha mãe estava se saindo bem e a vida seguia um fluxo quase normal. Eram nesses momentos que eu sempre ficava só esperando o próximo desastre.

Ligo para minha mãe no ônibus, a caminho da casa dos Rytter. Como sempre, minha mão está tremendo.

— Karla? Querida!

Relaxo na hora.

Minha mãe diz que se levantou supercedo e está indo para a cidade resolver umas coisas. Não é fácil saber se está drogada. Talvez não faça diferença.

Conto, cheia de orgulho, que alcancei a nota necessária no primeiro trabalho.

— Você é incrível. E pensar que minha filhinha vai ser advogada.

— Juíza — corrijo.

— Isso, isso. Vou ficar feliz de qualquer jeito. Sempre disse que você tem cabeça para os estudos. Vai longe.

Ficamos conversando até eu entrar no vestíbulo dos Rytter. Está silencioso e vazio. As luzes estão apagadas e ninguém respondeu ao meu "Olá!".

Com apenas um dos fones de ouvido, começo pelos banheiros, como sempre. Enquanto subo a escada carregando um balde, Regina sai do quarto.

— Já de volta?

Eu tiro logo o fone.

— Oi!

— Acho que eu estava apagada — diz Regina Rytter, esfregando os olhos.

Está de pijama de cetim e com o cabelo todo bagunçado. A voz soa estranha, e reconheço o olhar anuviado. É evidente que está em outra realidade. Presumo que sob a influência de medicamentos fortes.

Penso no que Steven disse. O mínimo de esforço pode provocar uma piora no quadro.

— Seu marido disse que você deve se deitar e descansar — digo.

Ela me encara. O olhar anuviado some e é substituído por uma expressão severa e gelada.

— Não vou permitir que diga que sou incompetente. Posso até estar doente, mas ainda sou totalmente capaz de tomar as minhas próprias decisões. Meu marido tende a exagerar. Gosta de estar no comando.

Coloco o balde no chão de forma tão abrupta que a água balança e transborda.

— Eu ia terminar de limpar o banheiro.

Aponto para a porta fechada. Só quero acabar o mais rápido possível e ir embora.

— Isso pode esperar — diz Regina. — É a cara de *Steven*, tentar influenciá-la antes mesmo de começar a vir aqui. Logo que nos casamos, eu disse para mim mesma que ele era diferente, mas os homens são todos iguais. Fique o mais longe possível deles.

Segurando no corrimão, ela desce a escada.

— Venha!

Lanço um último olhar para a água com sabão. Eu deveria ficar aqui e continuar a limpeza.

— Uma xícara de chá nunca matou ninguém — diz Regina.

Não consigo dizer não e a sigo até a cozinha. Regina abre um armário e a porcelana tilinta lá dentro.

— O amor é perigoso — continua ela. — É tão fácil se enganar quando se apaixona. Era de imaginar que eu fosse notar os sinais, considerando que fui criada por um pai narcisista e tenho um irmão assim também.

Ela enche a chaleira e coloca as xícaras nos pires.

— Imagino que você não sabe nada sobre meu pai, certo?

Encolho os ombros.

— Eu deveria saber?

Tenho um péssimo pressentimento. Essa casa elegante e essa gente. Prometi para Steven que eu mandaria a mulher dele para a cama. Por que ela não me deixa fazer meu trabalho em paz?

— Helmer Lindgren. Reconhece o nome? — Os olhos de Regina estão fixos em mim. — Ele começou como professor de história, mas isso não foi o bastante. Quando eu era pequena, ele começou a escrever livros de história que se tornaram best-sellers. Ele sempre aparecia na TV, e minha mãe pediu demissão do trabalho para ser agente dele. Todo o dinheiro que ganhou foi investido no mercado imobiliário e hoje em dia sua empresa é uma das maiores do sul da Suécia.

— Acho que eu deveria ter ouvido falar dele, então.

Ela dá risada.

— Então você não se interessa pelo império sueco e pelos carolinos? Os assuntos favoritos do meu pai.

— Não muito — confesso. — Mas tirei dez em história.

Eu jurava que Steven tinha sido responsável por comprar aquela mansão maravilhosa e toda a linda mobília e as joias naquela gaveta. Agora já não sei nem se foi ele que contratou o serviço de limpeza. Talvez eu realmente devesse ouvir mais o que Regina tem a dizer.

— Meu pai era um homem muito especial — afirma ela enquanto a chaleira apita. — Dominava qualquer ambiente em que pisava. Para mim, ele é mais um personagem ficcional do que um pai. Eu podia vê-lo na TV e sentir orgulho, mas nunca o conheci de verdade.

Ela coloca água fervente na xícara e diz para eu me sentar.

— Estou falando do meu pai no passado — continua ela — como se ele não estivesse mais entre nós. Porque, para mim, ele raras vezes está.

Penso no meu próprio pai. Na maior parte do tempo, consigo me convencer de que as coisas não teriam sido melhores se ele tivesse sobrevivido. Mas é claro que não tenho como saber. A tristeza pela morte dele foi o que acabou com minha mãe.

Enquanto o chá fica pronto, Regina pega alguns comprimidos na caixinha de remédios. Entrego um copo d'água, e ela abre um sorriso de gratidão antes de tomá-los.

— Você é um doce. Tivemos outra faxineira antes que não era nem um pouco agradável.

Então, houve algum desentendimento com a minha antecessora. Ela não deve ter feito o que Steven pediu. Ou talvez tenha feito? Na verdade, tudo indica que foi Regina que não ficou satisfeita com ela.

Mexo o chá com cuidado para não derramar da xícara.

Não importa o que eu faça, alguém vai ficar chateado. Eu não quero perder esse emprego. Principalmente agora que tenho dois aluguéis para pagar.

— Não costumo tomar muito chá — diz Regina, dando um gole. — Mas parei de tomar café quando fiquei doente e nunca mais voltei.

Sopro a bebida para esfriar.

— Também não sou grande fã — digo, tomando um gole.

Lá em casa, nós tomávamos coca-cola ou cerveja. Minha mãe tomava, de vez em quando, um Nescafé, mas era mais para ter energia ou para ficar acordada.

Olho a cozinha de paredes de azulejos brancos e bancadas de granito, a imensa máquina de café e as cristaleiras cheias de porcelanas lindas. Na cozinha da minha mãe, as xícaras, os pratos e os copos ficavam todos empilhados ao lado de restos de comida. A bancada tinha marcas de mais de dez punhaladas da vez que um dos ex-namorados dela teve um surto.

— Comecei a ter sonhos muito bizarros quando fiquei doente — diz Regina, se ajeitando melhor na cadeira. — Ainda sonho. Parei de tomar café com açúcar, e Steven me deu um monte de remédios, mas os sonhos continuam. Às vezes tão vívidos que parecem reais.

Ela tenta fazer contato visual comigo, mas tenho dificuldade de sustentar o olhar. Sua fala é lenta e mecânica. Minha mãe também fica assim quando toma remédios.

— Nossa, deve ser horrível — digo, afastando minha cadeira.

Não quero ser grosseira, mas prefiro não ouvir mais nada.

Regina continua falando, sem se incomodar.

— É como viver em uma bolha. Estou totalmente envolvida por esse mundinho. Já não sei mais o que é real.

Equilibro a xícara no pires. É exatamente disso que estou tentando fugir. Perdi as contas de quantas vezes encontrei minha mãe no sofá, falando bobagens e delirando.

— É melhor eu voltar para a faxina — digo, me levantando. A xícara treme, mas consigo evitar que derrame.

— Eu queria saber — diz Regina — o que Steven falou para você.

Coloco a xícara na bancada e olho para ela.

— Como assim?

Ela esfrega os olhos e pisca algumas vezes.

— Sei que tem alguma coisa acontecendo. Só me diga o quê.

Continuo olhando para ela ao abrir a lava-louças. Deve estar alucinando. É importante ser muito clara em situações assim, como aprendi em muitos desentendimentos com a minha mãe. Você não deve desafiar nem criticar a pessoa e, sem dúvida, nunca elevar o tom de voz.

— Não há nada acontecendo — respondo. — Acho que é melhor a senhora voltar para a cama.

Ela tenta falar de novo, mas só saem sons embolados. Logo o olhar dela fica parado e ela escorrega da cadeira. Corro para pegá-la.

— Não, não, não — choraminga ela, segurando-se na mesa.

— Vem, vamos colocar você na cama — digo.

Os olhos dela estão vazios e se mexem de um lado para o outro. A cabeça, então, fica pesada demais e cai sobre o peito.

Preciso levá-la de volta para a cama e depois acabar a faxina.

— Você é tão boa — diz ela com a voz arrastada enquanto a ajudo a subir a escada.

Assim que ela se deita, fecha os olhos.

Saio na ponta dos pés e fecho a porta. De repente, me sinto exausta, com a cabeça pesada e os ombros doloridos. Todas as vezes que coloquei minha mãe na cama. Achei que as coisas seriam diferentes agora.

Esgotada, eu me sento na beira do sofá com o balde e um frasco de spray aos meus pés. Parágrafos dos livros de direito e do dever de casa giram na minha cabeça; Bill e Sally, estrogonofe de salsicha, jogo de cartas. Tudo virou uma grande bagunça. Steven Rytter chamando minha atenção, a esposa dele alucinando e desmaiando.

Penso na conversa que tive com minha mãe. Ela parecia tão feliz. Havia uma nota de esperança que não reconheci na voz dela, algo que eu nunca tinha ouvido antes. Talvez as coisas estivessem começando a dar certo para ela. E aqui estou eu, nesta casa que não conheço, com uma estranha obviamente muito doente. Eu deveria estar com minha mãe.

BILL

Enfim consigo meu primeiro trabalho pelo aplicativo. Tiro minha bicicleta velha do depósito no porão, coloco Sally na garupa. Com os pedais fazendo barulho e a corrente agarrando, passo por mães que empurram seus carrinhos de bebê tomando sorvete no Stadsparken, pelos banheiros públicos de Högevall, sigo pela Nygatan e subo em direção a Bantorget.

Minha primeira tarefa como "trabalhador" é montar uma estante de livros para uma jovem em uma casa recém-construída ao norte de Kristallen. Sally fica saltitando e cantando; me ajuda um pouco, e nós rimos quando nos confundimos e prendemos as portas do armário de cabeça para baixo. A mulher fica enfiada no cômodo ao lado, dizendo que faria aquilo sozinha se não estivesse com o dedo infeccionado. Deposita trezentas coroas na minha conta pelo trabalho.

Passamos o dia pela cidade, realizando tarefas. Em geral, só temos um ou dois minutos para aproveitar a oferta e precisamos cobrar barato ou acabam contratando outra pessoa. Sally e eu arrastamos alguns móveis de jardim de uma garagem, lavamos um sofá coberto de vômito e ajudamos um professor idoso de literatura a instalar o Skype.

Ao fim do dia, estamos famintos, estou com câimbra nas pernas e tenho oitocentas e cinquenta coroas a mais na conta. Compramos uma pizza grande e convidamos Karla para comer conosco, mas ela recusa, dizendo que precisa estudar.

Quando coloco Sally na cama, eu me sento no sofá e assisto de novo à primeira temporada de *Game of Thrones*. Já passa da meia-noite quando vou até a cozinha e abro a geladeira.

— Você também assalta a geladeira de madrugada?

Karla está parada na porta, descalça, usando um casaco três números maior que ela.

— Você pode comer um dos meus pacotes de batata chips se não encontrar mais nada. Estão no armário — diz ela.

Preciso ficar na ponta dos pés para pegar.

— Não podemos comer suas batatas chips.

— Vamos dividir.

Encho duas tigelas. Karla para no corredor e, depois, me segue até o sofá e se senta.

— Não consigo mais estudar. Tudo entra por um lado e sai pelo outro — diz ela, apontando para as orelhas. — Não consigo absorver nada.

— Desculpe se a incomodamos.

Mesmo que mal tenhamos ficado em casa hoje.

— Com certeza não é por causa de vocês. — Karla dá um sorriso.

— Você precisa de tantas faxinas assim? Afinal, isso ocupa seu tempo e sua atenção.

Ela assente, levando uma batata à boca.

— Vou conversar com a empresa. Não está funcionando. Como foi hoje?

— Ah, tudo bem. — Conto a ela sobre nosso trabalho. — Não dá para ficar rico, mas agora qualquer trocado faz diferença.

— Talvez você não devesse levar Sally — diz Karla. — Eu posso ficar com ela.

— Nada disso. Você já faz coisas demais.

— Não tem nenhum centro de recreação para ela passar o dia?

Ela olha para mim como se eu devesse saber esse tipo de coisa. Será que acha que pode acontecer algo com Sally em algum dos trabalhos?

— Isso custa dinheiro — digo. — E Sally gosta de vir comigo. A gente se divertiu muito hoje.

Karla pega mais batatas.

— Às vezes os filhos dizem para os pais que gostam de fazer coisas mesmo quando na verdade preferem não fazer. Não sei quantas vezes jurei de pés juntos para minha mãe que adorava ir a festas, ou ao bingo, ou a não sei mais o quê. Sempre dizia tudo que ela queria ouvir.

Isso não tem cabimento. Karla não sabe nada sobre nós.

— Você acha que a situação de Sally é o mesmo que ter pais viciados?

— Não, não. Não estou comparando.

Ela olha para as mãos.

Realmente não devo nenhum tipo de explicação, mas não quero que ela tenha ideias erradas.

— Fico triste de saber que Sally tenha de passar por tudo isso, mas não tenho escolha. Se eu não ganhar dinheiro, não poderemos ficar aqui.

Karla mastiga enquanto mexe no relógio.

— Deve haver algum lugar — insiste ela. — Algo mais em conta?

— Não aqui na cidade. Teríamos de nos mudar para Eslöv ou Hörby. Aqui em Lund tudo custa os olhos da cara e em todo canto existem listas de espera por casas. E passar por uma mudança é a última coisa de que Sally precisa agora que começou a se recuperar.

Karla concorda.

— Mas deve haver algum tipo de ajuda, não é? Você não pode conversar com algum assistente social?

Dou um pulo e algumas batatas caem no chão.

Tento pensar em alguma coisa para dizer, mas Karla parece entender. Assistência social não é uma opção.

— E quanto à sua família? Você não pode pedir dinheiro emprestado para eles?

Família? Eu nem sei se essa é a palavra certa.

— Meu pai morreu há alguns anos, e não tenho muito contato com minha mãe. Ela deixou meu pai quando eu tinha cinco anos, casou de novo e teve outros filhos. Além disso, eu já peguei dinheiro com ela.

Karla fica remexendo na tigela.

— E a família de Miranda? Os avós de Sally? Eles não podem ajudar?

Eu me viro para que ela não veja a minha vergonha.

Miranda nunca me perdoaria se soubesse. Os pais dela eram fantásticos. Vanna e Heinrich abriram as portas da casa deles e foram bastante acolhedores quando eu perdi meu pai e não tinha a quem recorrer.

— Já devo uma tonelada de dinheiro para tudo e para todos — digo, sem entrar em detalhes.

Na última primavera, Sally perguntou sobre a avó, e eu fui obrigado a mentir. Assim que eu conseguisse um emprego e as coisas ficassem mais estáveis, eu pediria o perdão de Vanna e Heinrich.

— O que aconteceu? — perguntou Karla. — Com Miranda?

Olho para os pés. Minhas meias da Intersport estão mais beges do que brancas, e uma delas está com um furo bem grande no dedão.

— Ela acordou uma manhã dizendo que a visão estava um pouco embaçada. Procurou um médico, que a encaminhou para um neurologista. Duas semanas depois, voltou para casa e contou que tinham descoberto um tumor no cérebro.

Esfregando os dedos no joelho, conto a Karla que foi um choque muito grande. Lá está você, vivendo sua vida e cumprindo suas obrigações. Os dias passam, cinzentos e comuns. Tediosos de um jeito que só alguém que já esteve no inferno consegue apreciar e desejar. Às vezes, nada é a melhor coisa que pode acontecer.

— Quando foi isso? Quantos anos Sally tinha?

—Tinha começado o primeiro ano. Miranda e eu nunca falávamos como se as coisas não fossem dar certo. A radiação e a quimioterapia. Cirurgia, é claro. Então, tudo voltaria ao normal.

Karla se ajeita. Os olhos estão marejados.

— Nada nunca voltou ao normal — digo.

Ela se inclina e dá tapinhas no meu joelho, dizendo:

— Vai ficar tudo bem. Você não vai precisar se mudar.

Tento sorrir.

— Espero que não.

Karla se levanta devagar com a tigela de batata chips.

— Acho melhor eu tentar estudar mais um pouco.

Assim que ela volta para o quarto, vou para a frente do computador e entro na conta bancária. Tenho ainda setecentas coroas depois da pizza. Nada mal para um dia de trabalho.

Fico olhando para os números. Setecentos. Não dá para pagar a vidraça quebrada, mas é um bom começo. Eu poderia tentar aumentar o valor. Já funcionou antes.

Sem parar para pensar direito, abro meu antigo cassino favorito.

Meu corpo está vibrando. Isso é melhor do que World of Warcraft. Quase melhor do que sexo. Meu pulso acelera ao ver os ícones girarem; o triunfo total quando eu tirar a sorte grande.

Meia hora depois, já quadrupliquei meu capital inicial. Setecentas coroas se tornaram três mil. Saio do computador me sentindo tonto e cambaleio até a cama. Sally está relaxada e dormindo, o rosto enfiado no travesseiro.

Toda a minha tensão e o meu desconforto explodem em pedacinhos que flutuam como confete sobre minha mente agitada.

— Papai te ama.

Pela primeira vez em muito tempo, consegui alguma coisa. Estou no caminho certo. Algo que parece orgulho cresce no meu peito.

É impossível dormir assim.

JENNICA

Estou no turno da noite. Afofo os travesseiros na minha cama, abro uma garrafa de espumante e encontro um saco de amendoim no armário da cozinha. Cão, o gato, fica me encarando como uma esfinge mal-humorada do canto onde fica a TV. Ele olha para o enorme buquê colorido, com flores vermelhas, cor-de-rosa, verdes e amarelas.

— Você achou que esse dia nunca chegaria, não é? — pergunto. — Alguém me mandando flores.

Não sou o tipo de garota que recebe flores. As únicas plantas que tenho em casa são cactos e suculentas, que não exigem muito cuidado e precisam de água apenas de vez em quando. Não gosto de ser responsável por coisas vivas. Eu talvez preferisse nem ter um gato, se ao menos ele não tivesse insistido em ficar na friagem do lado de fora da minha porta por semanas, miando como se alguém estivesse prestes a esganá-lo. Primeiro, tentei enxotá-lo, cheguei a espirrar água, mas ele não desistiu. E está aqui desde então.

— Você não está com ciúmes, não é? — pergunto enquanto ele continua a encarar o buquê. — Sabe que vai ser sempre o meu preferido.

Hoje recebi um e-mail do Departamento de Geografia e Ecologia Humana. O tom era quase ameaçador.

Pelo visto não estou cumprindo créditos o suficiente e terei que fazer algumas provas e trabalhos antes do início do próximo período para não ser expulsa do programa. Ainda não decidi como vou responder. Não gosto de ameaças, mas preciso me ocupar no outono e, com certeza, não vou voltar a dar aulas.

A primeira ligação da noite é de Maggan, uma cliente assídua que me liga pelo menos uma vez por semana para falar das filhas. Ela acha o máximo eu ter a idade das gêmeas. Dessa vez, uma delas está enchendo o saco de Maggan por ter usado "sem querer um termo racista" na frente do neto.

Desde que tive maturidade suficiente para ter opinião própria, ficou bem claro que minha família é totalmente fodida. Então, é bom ouvir perspectivas diferentes de vez em quando. Embora eu trabalhe como conselheira psíquica, recebo lembretes constantes de que sempre existem pessoas com uma vida muito pior.

Depois de meia hora com Maggan, fico um pouco chateada, mas logo o telefone toca de novo. Tomo rapidamente o resto do espumante e coloco o fone de ouvido.

— Bem-vinda ao aconselhamento psíquico. Eu me chamo Jennica. Como posso ajudar?

Ouço um estalo da linha. Uma voz baixinha e distante. Parece bem jovem.

— Eu não sei — diz ela. — Nunca fiz uma ligação assim.

Penso no nosso manual de conversas. A resposta é automática:

— O que a levou a me ligar hoje?

Uma respiração trêmula. Não insisto.

— Gostaria de fazer contato com a minha irmã — diz ela, por fim. — Ela passou para o outro lado há três semanas.

Nunca vou me acostumar com isso. A Terra está repleta de pessoas que parecem acreditar que podem falar com os mortos. Imagino que o luto e a tristeza possam levar qualquer um ao desespero. No entanto, se eu fosse mesmo capaz de entrar em contato com o mundo espiritual, com certeza encontraria uma forma melhor de lucrar com isso do que ficar sentada numa cama num quarto de dezesseis metros quadrados com um fone de ouvido.

— Sinto muito — digo. — Mas acho que houve um engano.

Estico as pernas, e Cão salta para a estante de livros, onde se espreme entre o Buda e meus exemplares não lidos de Dostoiévski, Soljenítsin e outros autores russos cujos nomes não consigo pronunciar depois de tomar uma garrafa de Cava.

— Sinto muito por dizer isso, mas não tenho como levar nenhuma mensagem para sua irmã porque não sou esse tipo de médium.

Fico realmente com pena da garota. Quem sabe como uma pessoa vai reagir à perda de um parente querido? Tenho certeza de que eu também tentaria alguma coisa.

— Mas... eu achei...

A voz soa frágil.

De acordo com as orientações da empresa, eu deveria encaminhá-la para um dos meus colegas que afirmam entrar em contato com o outro lado, mas pude conversar com alguns deles em diversos eventos de trabalho e não seria nada gentil sujeitar essa menina enlutada a isso.

— Sabe de uma coisa? Acho que você deveria conversar com alguém próximo sobre isso. Talvez buscar uma ajuda profissional? Um terapeuta ou um psicólogo?

— Mas... eu quero...

— Infelizmente, não tenho como ajudar — digo, talvez com mais veemência do que o necessário.

Alguma coisa parece despertar dentro de mim. Tenho a sensação de sair do corpo e me ver de cima, enquanto estou sentada ali com o potinho de nozes e a garrafa de Cava. Se meus pais pudessem me ver agora. Penso na minha irmã e nos meus irmãos mais velhos. Todo mundo já me comparava a eles mesmo antes de entrar na escola: mas o pior sempre veio dos meus pais, embora até minha tia, meus professores e nossos amigos tenham sempre me julgado a partir dos parâmetros estabelecidos pelos meus irmãos. O resultado era sempre o mesmo: eu não chegava aos pés deles.

Arranco os fones de ouvido. Não quero mais receber ligações. Parece desonesto, como se em vez de ajudar eu fosse apenas uma engrenagem de uma máquina imensa que quer lucrar com o luto das pessoas e com a necessidade que sentem de receber apoio.

Eu me levanto quando ouço uma batida na porta.

Será que Steven mandou mais flores? Percebo que estou com saudade.

Cão parece querer assassinar alguém. Não fica claro se essa pessoa sou eu, Steven ou qualquer outra.

Eu me enrolo no cobertor e vou ver quem é.

— Pois não?

— Sou eu.

Levo alguns segundos para entender. Ele está aqui. Está do lado de fora do meu apartamento. Olho rapidamente para o cômodo. O chão está cheio de caixas de pizza e pilhas de livros. A pia da cozinha está lotada de louça suja que eu planejava lavar amanhã. O cheiro aqui dentro não é de rosas.

Steven é um cara acostumado com Grand Hotel e tudo brilhante e limpo. Se eu deixá-lo entrar neste chiqueiro, ele nunca mais vai querer me ver na vida.

— É você, Steven? — pergunto, abrindo uma fresta tão pequena que tudo que ele consegue ver é o meu lindo rosto.

— Oi...? Tem problema eu ter vindo? — pergunta ele.

Dou um sorriso enorme. Claro que tem. Não é certo aparecer na casa das pessoas do nada. Mas é óbvio que não falo isso.

— Tudo bem.

É verdade que ele me disse que é alérgico a gatos, mas eu preciso de uma desculpa melhor.

— É minha colega de apartamento — digo para ele, olhando para trás. — Eu contei que temos um trato. É uma situação bem delicada. Nunca permitimos homens aqui.

— Eu entendo.

Steven parece cético. Decepcionado.

Tenho que pensar em alguma desculpa bem rápido. Eu me recuso a jogar fora tudo que construímos.

— Não posso convidá-lo para entrar — inclino um pouco a cabeça e dou uma piscadinha. — Mas, se você me der dois minutos, eu troco de roupa e a gente sai para comer alguma coisa. Por minha conta.

Não posso pagar, é claro, mas e daí? Preciso fazer alguma coisa.

— Gosto da ideia — responde Steven.

Eu me viro para o apartamento e grito.

— Sim, eu sei! Já vamos sair.

Cão fica me olhando da estante de livros.

Faço cara de impaciência para Steven e um gesto para ele me esperar onde está, então fecho a porta. Levo menos de um minuto para colocar um vestido, pentear o cabelo e pegar uma bolsa com o essencial.

— Sim, eu sei que ele é velho — digo para Cão. — Mas a idade é só um número e blá-blá-blá.

Quando saio, Steven está recostado casualmente olhando o celular. Atravessamos a varanda de acesso e descemos a escada.

— Você veio de carro? Ou é melhor chamar um táxi?

Steven olha para mim, surpreso.

— Vamos chamar um táxi — responde ele depois de um momento. — O carro pode ficar aqui por uma noite.

Vamos até o píer em Bjärred. Quando eu era pequena, minha mãe e eu vínhamos tomar sorvete aqui. Bem no fim do píer tem um restaurante. As gaivotas gritam e eu respiro fundo o ar marinho. Do outro lado da baía, vemos os prédios de Malmö, a ponte e o arranha-céu Turning Torso.

Um garçom nos acompanha até uma mesa para dois perto do bar.

— Por que você não tem namorado? — ele pergunta.

Caio na risada.

— O quê?

— Você quase nunca fala sobre ex-namorados — diz Steven. — Deve ter tido vários nesses anos todos. Como é possível que ainda esteja solteira?

Tomo um gole do vinho absurdamente caro.

— Se você perguntar ao meu pai, ele vai dizer que é porque sou uma preguiçosa que prefere ficar na cama o dia inteiro vendo Netflix. Ou talvez seja porque sou uma socialista incompetente que nunca superou o estágio de teimosia e faz exigências surreais a todos à minha volta.

— E você é? — pergunta Steven, fingindo estar horrorizado.

— Preguiçosa e incompetente?

— Não, socialista?

Nós dois rimos.

— Para o meu pai, qualquer um que esteja um pouco à esquerda de Margaret Thatcher é basicamente comunista. É impossível conversar com ele sobre política, para ser bem sincera.

É um verdadeiro malabarismo tentar descobrir até que ponto posso ser sincera com ele.

— Tenho certeza de que você está exagerando.

— Claro.

Steven não precisa saber que os poucos ex-namorados que apresentei ao meu pai tiveram de passar por uma preparação de duas horas.

— Sinto muito por não podermos ficar lá em casa — digo em tom sério. — É tão idiota, mas não posso trair a confiança da minha amiga.

Digo que o apartamento em Delphi é temporário. Que estou procurando outro lugar.

— Espero que eu encontre até o outono. Você aguenta até lá?

Steven ri.

Tudo é tão simples com ele.

— Eu entendo. Vivi uma situação bem parecida há séculos em Ulrikedal. Esses lugares costumam ser charmosos, mas não são exatamente claros e arejados.

— Puta merda, você estudou aqui também?

— Só por um ano. O resto do tempo estudei em Glasgow. E durante todo esse período não tive muito tempo para transar. — Steven ri. — Nem lá, nem aqui. Eu passava a maior parte do dia estudando na biblioteca.

— Duvido muito.

— É a mais pura verdade. Eu não era muito inteligente nem "esperto", como dizia minha mãe. Precisava compensar estudando, lendo tudo pelo menos umas quinhentas vezes. Além disso, é preciso de dois para transar, e nunca apareceu nenhuma voluntária. Acho que sou um desses caras que melhoram com o tempo.

Damos mais risadas. Altas dessa vez. Gosto de rir com ele.

A garçonete traz o lombo de bacalhau. Do outro lado, as luzes da ponte se acendem.

— Vou jantar com alguns amigos em Malmö na sexta-feira — diz Steven. — Eu adoraria se viesse com a gente.

Parece quase um momento solene. Como uma declaração. Não se apresenta qualquer pessoa aos amigos.

— Parece uma boa — respondo.

Ficamos lá até os funcionários começarem a apagar as luzes e levantar as cadeiras. No banco traseiro do táxi, Steven coloca a mão na minha coxa. Com a outra, afasta uma mecha de cabelo do meu rosto.

— Você sabe o que faz comigo, srta. Jungstedt?

Deslizo o indicador pelas marcas do rosto dele. Gosto da pele firme e áspera.

— Isso é loucura — sussurra ele. — Não acontece comigo desde... desde Regina.

Ele pisca algumas vezes. Talvez seja deprimente, mas parece que eu o faço se lembrar da esposa.

É claro que eu a pesquisei no Google. Regina Rytter não tinha muitos registros na internet: um antigo perfil no Facebook que nunca foi apagado e uma foto de origem incerta ao lado de Steven. Era bonita, com traços de uma modelo clássica: cabelo louro cacheado, olhos azuis, lábios carnudos.

— Você pode nos deixar aqui — diz Steven ao motorista.

Paramos na praça Mårtenstorget. O céu está estrelado, e o vinho deixou uma leve agitação na minha mente. Um bêbado cochila no banco em frente ao chafariz na entrada do museu de arte.

Assim que saímos do carro, abraço e beijo Steven.

TRECHO DO INTERROGATÓRIO DE VANNA SCHUMACHER

Pode dizer seu nome completo?
Vanna Schumacher.

Gostaria de falar com você sobre Bill Olsson. Qual é a natureza do seu relacionamento com ele?
No momento, infelizmente não temos nenhum tipo de relacionamento. Um fato que lamento todos os dias.

Quando vocês se conheceram?
Já faz alguns anos. Miranda tinha só dezessete anos quando Bill veio morar com a gente. Eles se conheceram pela internet, e Bill estava passando por um momento difícil. O pai tinha acabado de morrer, então meu marido e eu permitimos que ele morasse na nossa casa.

Como você descreveria o Bill?
Um homem muito bom. Um pouco tímido e talvez até ingênuo. Meu marido nunca foi um grande fã, mas Bill realmente amava Miranda. Não tenho dúvidas quanto a isso.

Então, você é a avó materna de Sally, a filha de Bill?
Exatamente.

Mas não tem contato com Sally?
Quase nenhum.
[choro]
Tudo começou a dar errado depois que Miranda morreu. Meu marido descobriu que uma quantia de dinheiro tinha sumido e acusou Bill. Foi uma atitude idiota. Eu gostaria que tivéssemos lidado com a situação de outra forma.

Que dinheiro?
Miranda tinha aplicado um dinheiro em fundos de investimentos. O plano era que o valor ficaria para Sally quando ela fosse maior de idade. Mas, quando meu

marido foi verificar, descobriu que Bill tinha encerrado o investimento e sacado o dinheiro. Não sobrou nada.

E o que Bill disse sobre o assunto?
Ele jurou que pagaria tudinho para Sally quando ela completasse dezoito anos. Acho que Bill passou por um momento financeiro muito difícil quando Miranda ficou doente. Era ela que sustentava a família e, enquanto ela estava no hospital, Bill não podia trabalhar muito. Ele pegou um empréstimo comigo e com meu marido. Foi quando cobramos o dinheiro que descobrimos que a maior parte da poupança de Sally tinha desaparecido.

A maior parte? De quanto estamos falando?
Pelo menos cem mil coroas. Tenho certeza de que meu marido poderá informar o número exato.

Bill pagou o empréstimo que pegou com vocês?
Não. Não recebemos nem um tostão de volta.

Quando foi a última vez que você conversou com Bill?
Em algum momento do verão passado. Acho que início de julho, talvez. Eu fiquei muito feliz de ter notícias dele quando ele ligou. Comentamos de levar Sally para um passeio no Stadsparken. Mas, no fim das contas, o motivo da ligação era outro.

É mesmo? Qual?
Um empréstimo, é claro.

KARLA

Ao atravessar a rua em direção ao campo de futebol, meu coração está acelerado. Na verdade, não sei praticamente nada sobre Waheeda; só estamos trocando mensagens há alguns dias. Ainda assim, quando a vejo, sei na hora que é ela, parada no estacionamento com uma bolsa de lona retrô pendurada no ombro e o pé apoiado no muro atrás.

— Juíza Karla! — exclama ela no instante que me vê.

O cabelo gigante balança de um lado para outro e o riso dela parece um canto de passarinho.

— Tem certeza de que posso aparecer assim? — pergunto enquanto ela me leva para o campo.

— Mas é claro. Não estamos na Liga dos Campeões nem algo do tipo.

Algumas garotas estão correndo pelo campo e treinando passes. Outras chutam a bola ou fazem alguns truques em grupos alegres. E outras ainda treinam chutes ao gol.

Waheeda joga a bolsa e se senta na lateral do campo para calçar as chuteiras amarelas e, bem nessa hora, o único homem em campo, de uns quarenta anos, gordo e bronzeado, vem até nós com um sorriso cético.

— Oi, treinador! — cumprimenta Waheeda. — Trouxe uma amiga.

Ele me olha de cima a baixo.

— Espero que não tenha problema — digo.

— Você já jogou? — pergunta ele. — Estamos na segunda divisão.

Waheeda ri.

— E o que você acha? Ela jogou no Piteå. Talvez já tenha ouvido falar? Karla acabou de se mudar para cá. Ela veio de Norrland, não dá para perceber? Está cursando direito. Exatamente como eu.

O treinador passa a mão no rosto e bufa.

— Piteå. Eles não estão na liga Allsvenskan?

— Na verdade...

Estou prestes a desmentir quando Waheeda dá um pulo e me chama.

— É melhor ser rápido se quiser ficar com ela. Senão o LBK pode chamá-la. Você tem um contrato para ela assinar?

O treinador faz que sim e se apresenta com um aperto de mão preguiçoso.

É bom estar de volta ao campo.

Todo o resto desaparece.

Não preciso pensar em trabalho, nem escola, nem minha mãe, e muito menos em Bill ou Sally.

Não tenho um grande talento com a bola, mas meu antigo treinador elogiava meu cérebro campeão, minha capacidade de me esforçar ao máximo. Mesmo sendo pequena, nunca tive medo de entrar no meio da batalha, até contra os oponentes mais fortes.

— Eu não esperava — diz Waheeda enquanto dividimos uma garrafinha de água no gramado depois do treino. — Você parece uma princesa, mas joga como um rei.

A própria Waheeda é a estrela do time, com pernas atléticas e passes brilhantes.

Arranco algumas folhas do gramado enquanto o técnico de pernas arqueadas se aproxima.

— Quer vir para o próximo treino também?

Os óculos dele estão embaçados.

Encaro Waheeda, que olha para o céu e solta uma risada.

— Claro — digo.

Claro que sim. Nesse meio-tempo, tenho outro trabalho do curso para fazer, além das faxinas, que me deixam mais cansada do que eu esperava.

— Quanto paga? — pergunta Waheeda.

O técnico tira os óculos e lança um olhar sério para mim.

— Calma — diz Waheeda. Ela se levanta e dá um tapa no ombro dele. — Estou brincando.

O técnico ri.

— Obrigada por ter me convidado — digo para Waheeda no caminho para o estacionamento.

— Para de bobeira — responde ela, me cutucando com o cotovelo. — Tchau!

Quando subo no ônibus em frente ao hospital, sinto o peito leve. O motorista colocou uma música dançante nos alto-falantes, e o ônibus desce a montanha, em direção ao sol.

Depois do banho, volto para o meu quarto. Bill e Sally ainda estão à mesa. Não quero atrapalhar. Ainda assim, mal fechei a porta quando ouço uma batidinha.

— Sou eu — diz Sally. — Você quer jogar baralho?

Na verdade, preciso dedicar cada segundo da noite ao próximo trabalho do curso, mas não estou nem um pouco inspirada e não tenho coragem de decepcionar Sally.

— Vou só trocar de roupa — digo.

De calça de moletom cinza, uma camisola e cabelo molhado, eu me acomodo no sofá enquanto Sally dá as cartas.

— O treino foi legal? — pergunta Bill.

— Foi. — Estou radiante. — Foi demais.

Sally arregala os olhos.

— Eu também quero começar a jogar futebol, pai.

— O quê? Você nunca...

Ele olha para mim como se a culpa fosse minha, e Sally cruza os braços com uma careta.

— Sim, sim, é claro que pode jogar futebol, se é isso que você quer — diz Bill, dando tapinhas no braço da filha. — Só achei que você não ligasse para isso.

— E não ligava mesmo — retruca Sally. — Mas *agora* eu ligo. Você sempre diz que é bom mudar de ideia. É o que se deve fazer ao descobrir que está errado. Acho que eu estava errada em relação ao futebol.

Bill sorri e dá uma piscadinha para mim.

— Parece que alguém tem uma fã.

Então, começamos a jogar. Bill e eu somos o tipo de pessoa que deixa Sally ganhar. Não para evitar conflito com uma má perdedora, mas para ver o brilho nos olhos dela quando faz a dancinha da vitória, mexendo o quadril.

— Eu sou a melhor!

Quando Bill liga a TV, não demora muito até Sally descansar a cabeça no colo dele. Ela estica os pezinhos e pede que eu chegue perto de Bill porque quer fazer carinho em nós dois.

— Quanto custa para jogar futebol? — pergunta Bill.

— Não sei ao certo. Umas duzentas coroas talvez.

Nós dois olhamos para Sally.

— Me dói tanto dizer não para isso. Nós simplesmente não temos como pagar.

Conheço bem essa frase. Precisei pegar muitas chuteiras emprestadas ou receber doações dos pais das minhas colegas de time. Foi só quando eu já era adolescente que descobri que o clube tinha me deixado continuar a jogar mesmo após minha mãe passar anos sem pagar mensalidades.

— Talvez a gente possa dar uma olhada no Facebook? Tem gente que doa de tudo.

Minha mãe odiava ganhar coisas. Foi criada assim. A pessoa precisa fazer um esforço para pagar a sua parte. No mundo dela, era quase como se fosse menos vergonhoso roubar do que aceitar doações e caridade.

Peguei meu celular e comecei a olhar nos grupos de compra e venda de Lund.

— Tenho certeza que a gente consegue.

Bill assente e diz:

— A pior parte é que talvez a gente não consiga continuar aqui. Sally está se saindo tão bem. Eu odiaria ter que arrancá-la desse porto seguro.

Tenho certeza de que esse comentário é um reflexo da criação de Bill. Não quer que a filha acabe sem raízes, como ele. Por outro lado, seria uma única mudança, se afastar um pouco da região central.

— Sem dúvida você consegue encontrar um lugar barato e legal que agrade os dois.

Na mesma hora me arrependo do que digo. É claro que se isso acontecesse eu ficaria sem ter onde morar. Nunca mais vou colocar os pés naquela moradia estudantil que mais parece uma boate vinte e quatro horas.

— A Sally mudou depois da morte de Miranda — diz Bill. — Ela se fechou como uma ostra e se recusava a ficar longe de mim, mesmo que fosse por apenas alguns minutos. Foi só depois dessa primavera que as coisas começaram a melhorar e ela começou a rir de novo. Os professores foram ótimos. E os amigos e os pais dos amigos. É por isso que a perspectiva de sair daqui é tão triste.

Bill cobre os olhos e engole em seco.

Não sei o que dizer.

Gostaria que houvesse algo que eu pudesse fazer por eles.

BILL

Sally pegou *Harry Potter* na biblioteca. Antes de nos deitarmos para começar a ler, conto que Miranda leu todos os livros no ensino médio.

— Quantos anos ela tinha? — pergunta Sally.

— Uns dezessete ou dezoito.

— Uau! Mas a bibliotecária disse que já posso ler.

— Tenho certeza que sim.

Lemos sobre o pobre Harry sendo tratado com tanta crueldade pelo primo e os tios. Sally fica tão chateada que agarra o livro.

— Você já sofreu bullying, pai?

— Hum, não.

Eu não chamaria o que passei de bullying. Os outros garotos nunca chegaram a ser cruéis comigo. Nunca consegui formar nenhum tipo de relacionamento com ninguém, nem bom nem mau, antes de meu pai dizer que já estava na hora de nos mudarmos.

— E a mamãe? — pergunta Sally.

— A mamãe? Não, com certeza não.

Miranda sabia se defender muito bem. As pessoas diziam que ela era forte, embora ela odiasse isso.

— Sua mãe era uma super-heroína — digo.

É assim que a vejo.

Tanto no sentido positivo quanto negativo, talvez.

Sally me devolve o livro e abre um sorriso.

— Você é meu herói, pai.

Continuo lendo apesar do nó na garganta. Sally logo adormece e faço uma orelha para marcar a página.

Karla saiu com alguns colegas da faculdade, e o apartamento está vazio e silencioso. Eu me sento à escrivaninha do quarto enquanto ouço a respiração da minha filha dormindo.

O computador está lento. Fecho alguns programas que estão consumindo a memória e algumas abas do navegador.

Miranda não gostava de demonstrar fraqueza. Ela chegava a exagerar, mas mantinha todos os sentimentos sob controle. Em alguns aspectos, éramos parecidos.

Penso no que aconteceu naquela festa e nos eventos que se desenrolaram a partir de então, que a afetaram mais do que ela estava disposta a admitir. Deve ter sido horrível quando todas as amigas viraram as costas para ela. Jennica Jungstedt conseguiu manipular todas.

Paro na guia do site de consultoria psíquica. Jennica me olha da tela. Está com um sorriso amigável, mas consigo enxergar quem ela é de verdade.

Eram um grupo muito unido. Miranda, Jennica e mais duas garotas. Quando eu me mudei para Skåne, elas ainda estavam no ensino médio, e acho que não ficavam muito satisfeitas quando Miranda escolhia passar noites tranquilas comigo em vez de ir a festas com música alta e regadas a bebida.

Jennica e eu praticamente nunca tínhamos conversado, pelo menos nada em um nível mais profundo, antes daquela festa de aniversário de vinte e cinco anos que virou tudo de pernas para o ar. Eu nem quero pensar nisso... Consegui controlar os pensamentos por tanto tempo, mas, quando vejo Jennica de novo, sou arrastado de volta àquela noite e fico mais uma vez agoniado.

Nossos guias psíquicos dão o suporte e os conselhos necessários para você seguir em frente quando a vida estiver muito difícil.

Que piada. A Jennica de quem me lembro, aquela sobre a qual tanto ouvi ao longo dos anos, é completamente incapaz de sentir empatia e compaixão. Nunca vou me esquecer de como ela fixou os olhos em mim naquela noite mais que terrível. Ela não teve a menor consideração com o fato de que eu também tinha sido traído.

Aquele namorado dela, Ricky, era basicamente um criminoso. Ainda consigo vê-lo como se fosse ontem. O cabelo enrolado na nuca, aquele sorriso maldoso e satisfeito.

É claro que Miranda encontrou outras amigas no trabalho e na escolinha de Sally, mas nunca foi a mesma coisa. Ela tinha crescido com Emma e Rebecka, e sempre comentava que sentia muita falta delas.

Por pura raiva, pego o telefone e digito o número. Trinco o maxilar enquanto escuto tocar do outro lado.

— Bem-vinda ao aconselhamento psíquico. Eu me chamo Jennica. Como posso ajudar?

A voz passa falsidade. Miranda disse mais de uma vez que nunca tinha confiado em Jennica.

— Minha companheira... — começo, mas não sei o que dizer depois.

— Sim?

Eu deveria desligar, mas alguma coisa tomou conta de mim, um poder que não consigo controlar, uma fúria terrível. Olho para a imagem de Jennica. Ela pode até estar sorrindo e entrando no personagem, mas não consegue esconder a parte insensível e arrogante. Sem pensar duas vezes, deu as costas para a amiga com quem tinha crescido e vivido tudo. Miranda nunca mais fez parte da turma depois daquilo. Foi uma mancha que ela teve que carregar até o túmulo.

— Estou ouvindo — diz Jennica. — Pode falar no seu tempo.

— Ela morreu.

As palavras são duras e diretas. Mas quero deixar aquilo muito claro. Ela deveria saber muito bem como foram os últimos anos. Vou falar tudo. Se ela tiver ao menos um caquinho de coração, deveria pedir desculpas.

— Sinto muito — diz ela. — Você quer conversar sobre isso?

Sinto vontade de gritar. Se Sally não estivesse dormindo ao meu lado, eu teria berrado com todas as minhas forças.

— Você não sente porra nenhuma! — sibilo, entre dentes.

Se ela sentisse muito, teria ido ao funeral. Não teria tratado Miranda como lixo e feito as amigas de infância se virarem contra ela.

— Do que você está falando?

Ela parece tão arrogante quanto antes.

— Você diz que pode se comunicar com os mortos — eu cuspo as palavras. — Se é assim, pode pedir desculpas para Miranda.

Silêncio por um tempo, enquanto ouço a respiração de Jennica no meu ouvido.

Então esse é o trabalho dela. Se aproveitar da desgraça alheia e fingir dar conselhos. Fico imaginando o que sua família chique acha disso. Nunca conheci os pais dela, mas Miranda me contou um monte de coisas a respeito deles. Parece que o pai foi um homem de negócios bem-sucedido, e a mãe era uma espécie de esposa troféu que frequentava galerias de arte e jogava golfe. Os irmãos mais velhos de Jennica seguiram os passos do pai e ganharam a própria fortuna. Todos estudaram, são reconhecidos e têm carrões. Pelo que Miranda me contou, Jennica é uma decepção para a família.

— Bill? — diz ela. — Bill Olsson, é você?

Miranda a descrevia como uma alma perdida que buscava afirmação.

— Você é uma fraude do cacete.

Minha voz me trai.

— E por que eu deveria me desculpar com Miranda? — Jennica não mudou nada. — Foi ela que me decepcionou. Você se esqueceu disso?

— Não foi mesmo. Miranda sofreu um abuso naquela noite. Vocês todas ficaram botando pilha para ela beber até quase desmaiar, e o Ricky se aproveitou da situação.

Passei vários anos evitando falar o nome dele em voz alta. De repente me sinto tonto e enjoado.

— Não foi isso que aconteceu — diz Jennica.

— Você o defendeu. Você escolheu um cara em vez da sua amiga de infância. — Tento controlar as lágrimas. Não quero que ela ouça meu choro. — Então, você colocou todo mundo contra Miranda. Será que não percebe o quanto ela se sentiu sozinha?

Giro a cadeira para olhar para Sally. Ela chutou as cobertas e está abraçando o ursinho de pelúcia, que já desbotou e ficou duro por causa das lágrimas.

— Ela mentiu para você — diz Jennica.

Eu me recuso a ouvi-la.

— Você não consegue nem pedir perdão! — berro.

Sally abre os olhos e choraminga.

— Papai?

Desligo e me deito na cama ao lado dela. Sally abraça o ursinho enquanto eu acaricio seu cabelo macio. A testinha está úmida de suor. Preciso me acalmar, mas a raiva que sinto de Jennica Jungstedt é difícil de segurar. Respiro fundo. Pelo menos, ela sabe.

— Você não vai embora, vai? — Sally chora de tanta preocupação.

— Não vou a lugar nenhum.

JENNICA

Quando entro na Espresso House, ofegante e com cabelo destruído pela chuva de verão que veio do nada, encontro Emma e Tina já sentadas com seus filhos em uma mesa no canto. Silvio, o filhinho de Emma, está engatinhando com um caminhão de brinquedo sustentável, e Lotus, a filha de Tina, está presa ao cadeirão diante de um monte de chocalhos, carrinhos de madeira, bichinhos de pelúcia e quebra-cabeças. Como se trinta segundos de inatividade pudessem destruir o cérebro infantil.

— Como vocês estão? — pergunto.

— Tudo bem — diz Tina, de forma casual.

— Estou exausta.

É praticamente um milagre que tenham conseguido vir. Desde que tiveram filhos, até mesmo um encontro para um cafezinho virou um grande projeto.

— Chegamos um pouco antes da chuva — revela Emma.

Como sempre, estou cinco minutos atrasada. Dessa vez, isso me custou o penteado e a maquiagem, que está escorrendo.

Ficamos em silêncio, olhando as crianças por um momento. Exagero na quantidade de açúcar mascavo no meu cappuccino e pego um pouco da espuma com a colher.

Emma, Tina e eu conseguimos conversar sobre qualquer assunto. Crescemos juntas. Fui eu que fiz um absorvente de papel higiênico quando Tina ficou menstruada pela primeira vez durante a aula de costura no quinto ano. E Emma segurou minha mão por uma semana inteira depois da minha primeira decepção amorosa. Nunca guardamos segredo uma da outra. Agora parece que não temos outro assunto a não ser crianças.

— Lotus não está comendo direito há duas noites — comenta Tina. — Estou pensando se eu não deveria entrar com a fórmula.

— Ah, não! — diz Emma, como se a pequena Lotus estivesse entre a vida e a morte.

Não faço nenhum comentário. Imagino que não seja comum um bebê morrer de anorexia e desnutrição na Suécia, mas não posso opinar. Afinal, não sou mãe.

— Como estão as coisas? — pergunta Tina.

Ela mal tem tempo de olhar para mim enquanto Lotus exige toda a atenção da mãe.

Preciso bater com a mão na mesa para avisar que tenho algo importante para dizer.

— Eita — diz Emma, fazendo carinho na testa do filho.

O garotinho fica olhando espantado para mim.

— Vocês nunca vão adivinhar quem me ligou ontem — digo.

É por isso que estamos aqui. Foi por isso que enviei uma mensagem para elas.

Emma e Tina são as minhas amigas mais antigas. Junto com Rebecka e Miranda, nós formávamos uma aliança e tanto na época da escola. A maioria das garotas andava em dupla. Mas nós estávamos sempre juntas. Nós cinco. Até o meu aniversário de vinte e cinco anos.

— Tudo bem. Pode contar — diz Emma assim que Silvio volta a engatinhar com seu caminhãozinho de lixo.

Coloco a colher na mesa e faço uma pausa dramática.

— Bill Olsson. O companheiro de Miranda.

Elas ficam boquiabertas. Espantadas.

— O Bill? — pergunta Tina. — Por que ele ligou?

— Como ele está? — pergunta Emma. — Eu tenho pensado muito em Sally nos últimos tempos.

— Ele ligou para o meu telefone de trabalho.

— Como assim?

É claro que Emma e Tina estão entre as poucas pessoas que sabem da minha situação profissional.

— Ele ligou para o serviço de conselhos? — pergunta Emma. — Não sabia que era você?

— Sabia. Estava furioso e fazendo acusações.

— Que acusações?

— Por você ter perdido o funeral? — sugere Tina.

— Por causa do meu aniversário de vinte e cinco anos.

Elas olham para os filhos, como se quisessem se assegurar de que nada de perigoso fosse entrar no subconsciente das crianças.

— Ele estava gritando feito louco, falando sobre estupro. Como se Miranda fosse inocente na história toda — digo. — Ele coloca Miranda em um pedestal.

— Ele fez isso desde o início — comenta Tina.

Emma assente.

— O Bill venerava Miranda.

— E ainda deve venerar — digo. — Parece que ela contou um monte de mentiras para ele.

— Deixa isso pra lá — diz Emma. — Tenho certeza de que ele deve estar em um estado lastimável depois de tudo que aconteceu.

É claro que está. Mas que direito ele tem de me ligar e me acusar de um monte de coisas? Alguém deve contar a verdade sobre a parceira dele.

— Espero que ele consiga superar — diz Tina. — Pelo bem da pequena Sally.

Ela come um pedaço do sanduíche de carne e salada e tira um brinquedo da boca da filha.

— Na boca, não.

— Gente — diz Emma com os olhos brilhando de curiosidade. — Quero saber tudo desse médico gostosão.

Ela apoia os braços na mesa e se debruça para ouvir sobre Steven. Tina mastiga de boca aberta. Enviei fotos no nosso grupo, mas agora mostro algumas no meu telefone.

— Ele não parece mesmo ter quarenta e sete anos — diz Tina.

Emma dá um zoom em uma das imagens e observa com atenção.

— Você disse que ele já foi casado, mas não tem filhos, não é?

— Isso. Ele não teve filhos. A mulher morreu há um ano.

— Que sorte que ele não teve filhos — comenta Tina, limpando a baba do queixo de Lotus.

Não ficou claro quem tem sorte aqui. Steven ou os filhos inexistentes? Ou talvez eu?

— Espero que dê certo — diz Emma.

Não sei se esta foi a intenção dela ou se estou vendo coisa onde não tem, mas parece um aviso, tipo: *se esforce para não fazer merda com mais esse.* Como sempre acabo fazendo.

Então, de repente, Emma está com muita pressa. Parece que Silvio deveria ter cochilado há cinco minutos. É quase como se toda mãe de primeira viagem virasse um pouco autista na maternidade. Tina, que antes devorava macarrão com queijo ao chegar tarde em casa de um bar, hoje fica ansiosa ao perceber que o sanduíche de salada de beterraba estragou o ciclo de refeições porque já é quase meio-dia e ela tem que almoçar logo mas está sem fome.

Quando saímos do café, o céu está claro e azul. Há algumas poças d'água, um lembrete de que o tempo bom é instável. É melhor aproveitar enquanto pode.

Um policial estacionou na calçada e está prestes a cutucar um morador de rua deitado no chão.

Emma cobre os olhos de Silvio ao atravessar em direção à estação.

Cubro a boca para esconder um arroto e subo na bicicleta.

Na sexta-feira, vou conhecer os amigos de Steven. Espero que não tenham filhos.

TRECHO DO INTERROGATÓRIO DE WAHEEDA BASHIR

Pode dizer seu nome completo?
Waheeda Mounira Bashir.

O que faz durante o dia?
Sou estudante.

E mora aqui em Lund?
Morei aqui a vida toda.

Pode explicar como conheceu Karla Larsson?
Fizemos o mesmo curso de introdução ao direito. Era uma aula on-line, mas nós duas moramos em Lund. Trocamos mensagens no fórum do curso por um tempo e depois continuamos nos falando pelo Snapchat. Ela tinha acabado de se mudar para cá e não conhecia quase ninguém. Perguntei se queria ir ao treino de futebol comigo. Juro, aquela garota parece que vai quebrar, ela é tão magrinha, mas é forte como um cavalo em campo.

Você sabia que ela trabalhava como faxineira?
Sim, claro que sabia.

Ela comentou sobre isso?
Disse que tinha que esfregar privadas e coisas do tipo. Pareceu bem nojento. As pessoas deveriam ter vergonha. Será que não podem limpar a própria sujeira?

Karla comentou sobre os clientes com você?
Hum... sim. Ela falou sobre um. O médico. Disse que havia algo estranho nele.

Ela mencionou o nome?
Sim, era aquele cara. Steven.

O que ela disse sobre Steven Rytter?
Ela contou o que ele estava fazendo com a esposa.

KARLA

Eu me tranco no quarto para estudar. A cada dez minutos mais ou menos, Waheeda me manda uma mensagem. Ou é porque está desesperada por causa de algum conceito que não entende ou porque encontrou um filtro que precisa experimentar. Adoro como ela me faz rir.

Estou ouvindo Bananarama nos fones e não escuto as primeiras batidas. Mas, no silêncio entre "Cruel Summer" e "Love in the First Degree", ouço alguém batendo com força na porta.

— Bill? Desculpe. Eu estava ouvindo música.

Ele está sem fôlego, pingando de suor e com o cabelo caído na testa.

— Apareceu um trabalho maravilhoso no app. Eu posso ganhar mil e quinhentas coroas em duas horas, mas...

Ele se vira. Sally está deitada no sofá com um livro.

— Tudo bem. Eu fico com ela.

Bill dá um suspiro profundo.

— Tem certeza? Eu já conversei com ela e...

— Não tem problema — asseguro a ele.

Claro, eu deveria usar o meu tempo para estudar, mas o meu cérebro precisa de algumas paradas de vez em quando. E eu me divirto com Sally. Ela sempre me deixa de bom humor.

— Vai logo — digo para Bill. — Vamos ficar bem.

Ensino um novo jogo de cartas chamado Desconfia, e ela logo domina a arte de esconder cartas embaixo da mesa sem que eu note.

— Quanto tempo você vai morar com a gente?

É a minha vez de embaralhar. Corto o baralho algumas vezes.

— Não sei ainda.

— Acho que você deveria ficar para sempre.

Dou uma risada, mas Sally está olhando para mim com uma expressão séria.

— Acho que um dia eu vou acabar querendo me mudar para o meu próprio apartamento — digo. — Quem sabe eu não arrumo um namorado? Você não vai querer morar com o seu pai pelo resto da vida, vai?

— Vou.

Sally cruza os braços e desvia o olhar. Eu me inclino em direção a ela, que se esquiva.

Nunca a vi desse jeito.

— Ei...

Ela funga, e me aproximo mais. Coloco a mão no braço dela.

— Eu nunca vou querer me mudar daqui. Meu pai disse que talvez tenhamos que nos mudar para o interior se ele não conseguir encontrar um emprego. Aí, vou ter que ir para uma escola nova e todos os meus amigos vão estar aqui.

Lágrimas escorrem pelo rosto dela, então eu a abraço.

Bill estava certo. Uma mudança agora é a última coisa de que Sally precisa.

— Talvez isso não aconteça. Seu pai pode encontrar um emprego.

Ela funga e engole em seco.

— Eu acho que ele deveria voltar a trabalhar no cinema. Eu ajudava a rasgar os ingressos.

— Nossa, que legal.

Sally cobre a mão com a manga da camisa e limpa o rosto.

— Eles podem mesmo obrigar você a se mudar mesmo que não queira?

— Não se preocupe com isso — digo.

Todos os dias, desde que me entendo por gente, carreguei comigo o peso da instabilidade. Era como uma bomba-relógio no meu peito. Nenhuma criança deveria ter de viver assim.

— Por que as coisas não podem simplesmente dar certo? — pergunta Sally.

Pego as mãos dela.

— Tudo vai dar certo — digo.

Espero que não esteja prometendo demais.

Na manhã seguinte, estou de volta à casa dos Rytter. Decidi dar uma última chance. Se mais alguma coisa estranha acontecer, vou ligar para Lena, da empresa de faxina, e pedir para não vir mais para cá.

A mansão está no mais completo silêncio. A porta do quarto de Regina está fechada. Mal comecei a aspirar quando sinto meu celular vibrar no bolso.

É Silja, amiga da minha mãe.

Congelo e desligo o aspirador com o pé.

— Aconteceu alguma coisa?

— Não, não. Está tudo sob controle — responde Silja.

A voz dela é rouca por conta de quarenta anos de tabagismo.

— Eu prometi para sua mãe que ligaria para conversar com você.

— Tá bom.

Passo o aspirador por cima da soleira da porta que leva à sala de estar e começo a puxá-lo atrás de mim como um cachorro desobediente.

— Ela decidiu parar com tudo, Karla. Marcamos uma consulta na associação. Vou ajudá-la a entrar no programa que oferece tratamento com metadona.

Parece até o nome de um programa de estudos universitário. O programa de estudos legais da faculdade de direito. O programa de tratamento com metadona. Minha mãe e eu já conversamos sobre isso.

— Isso é só trocar um vício por outro. Minha mãe sabe o que penso a respeito.

Da última vez que a peguei na delegacia, ela jurou que tudo ficaria bem se conseguisse o tratamento com metadona. Estava chapada de Valium e ao ser presa guardou o rímel no sutiã.

Silja suspira.

— Você deveria voltar para casa, querida. Sua mãe precisa de você. Ela está bastante motivada desta vez, mas é um passo enorme para ela.

Quero muito acreditar que vai dar certo. Quero dar todo o meu apoio, mas, da última vez que minha mãe foi se tratar, acabou com uma ligação no meio da madrugada. Ela passou dois dias desaparecida. Os mais longos dias de toda a minha vida.

— Ela está falando sério agora — insiste Silja. — Eu conheço sua mãe. Você deveria de verdade voltar para casa e me ajudar.

— Veremos.

Não adianta ficar discutindo. Não vou desistir do meu sonho. Não agora. Não dessa forma.

Quando desligamos, arrasto o aspirador de volta para o vestíbulo. Estou prestes a limpar embaixo da escrivaninha quando vejo pés nas escadas.

Solto a mangueira do aspirador no chão.

Regina Rytter está no meio da escada como uma estátua. Ela pisca algumas vezes e os olhos ficam mais vivos.

— Kajsa?

— Karla — corrijo.

— Isso — diz ela, passando a mão pelo cabelo. — Eu não sei no que estava pensando. Que sonho estranho eu tive.

— Tudo bem — respondo. — Mas acho que é melhor voltar para a cama.

Sem protestar muito, ela se vira e eu subo a escada com ela.

— Prometa que vai me contar se tiver problemas com Steven — diz ela. — É impossível agradar aquele homem.

Não sei se quero ouvir mais. Não quero me envolver na vida deles. Já tenho preocupações o suficiente com minha mãe. Ao mesmo tempo, não consigo ignorar Regina quando ela está se sentindo assim.

Ela entra no quarto, se senta na beira da cama e cobre os joelhos; eu começo a sair e a fechar a porta.

— Ei — chama ela. — Espere um pouco.

Descubro que não consigo afastar o olhar.

Não é difícil perceber que Regina já foi uma mulher bonita, mas agora está pálida, e as mãos tremem ao pegar os comprimidos na mesinha de cabeceira.

A caixinha organizadora de remédios está no chão.

Eu me abaixo para pegar.

— Ah, obrigada. Que gentileza a sua.

Regina sorri e tenta abrir a tampa.

— Você já encontrou um lugar para morar?

— Oi?

Ela olha para mim e pisca.

— Não é fácil. Nunca há quarto para todos os estudantes.

Explico que aluguei um quarto em um apartamento.

— Ah, é claro — diz ela. — Muitos aposentados alugam cômodos para estudantes.

— O cara com quem eu moro não é aposentado. Ele só tem trinta e três anos.

Ela coloca o copo na mesinha e se recosta nos travesseiros com delicadeza.

— E por que ele quer uma locatária? — pergunta ela, curiosa. — Você está sendo cuidadosa, não é? Tem muita gente por aí disposta a tirar vantagem de estudantes.

— Não precisa se preocupar. Bill perdeu o emprego. A companheira dele morreu há um ano e ele tem uma filhinha para cuidar.

— Minha nossa!

Regina leva as mãos à cabeça.

— Sempre tem alguém com mais dificuldades que a gente, não é? — comenta ela, fazendo uma careta. — Mas é muito estranho pensar assim, né? Não acho que isso seja um grande consolo.

Ela esfrega as têmporas e contrai o rosto.

— Está tudo bem? — pergunto.

Ela geme.

— Parece que minha cabeça vai explodir.

— Tente descansar um pouco.

Ela fecha os olhos, mas não parece relaxar. Está claro que sente dor. Eu gostaria de poder ajudar.

Hesitante, coloco a mão por cima do cobertor.

Ela continua contraindo o rosto e se remexendo.

Demora um pouco para a tensão ir embora. A respiração fica mais pesada e a cabeça tomba para o lado. Saio do quarto na ponta dos pés.

Quando chego lá embaixo, paro diante do lustre de cristal no teto.

É uma loucura. Ao olhar aquela mansão incrível de fora, qualquer um imaginaria felicidade e sucesso. E aqui, as coisas são assim. Sombrias e tomadas pela doença.

Eu me viro para a escrivaninha. Joias caras guardadas ali pegando poeira, objetos que provavelmente ninguém daria falta se sumissem.

Pense só no que uma única joia significaria para Bill e Sally.

Dizem que a oportunidade faz o ladrão, mas isso é simplificar demais. Sempre existem outras circunstâncias. Quando eu ajudava minha mãe a roubar carne no supermercado, ela sempre se defendia dizendo que não afetaria ninguém. Uma vez, nós invadimos uma casa e roubamos computadores e celulares. A justificativa era que os donos poderiam comprar outros.

Não era justo, disse ela, que algumas pessoas tivessem tanto enquanto outras não tinham o suficiente nem para passar o dia.

Quando eu era criança, não via falhas no conceito de justiça da minha mãe. Hoje em dia eu penso diferente. Mesmo assim, abro a gaveta da escrivaninha.

Não sou ladra.

Imagino Sally dormindo sossegada no colo de Bill.

Não sou ladra.

JENNICA

Depois de um almoço longuíssimo com minha mãe, volto pedalando a toda para meu apartamento em Delphi. Cão está na cama, se lambendo nos lugares mais impróprios.

— Ei, faça isso quando estiver sozinho.

Olho para ele. Depois me lembro do meu vibrador embaixo da cama e fico envergonhada por ter dois pesos e duas medidas.

Quatro horas e duas máscaras faciais depois, estou em um táxi. O restaurante fica bem no meio dos canais, das praças e das ruas de paralelepípedo de Malmö. Nada mau um menu degustação acompanhado por drinques no jantar.

O casal que vamos encontrar já está acomodado.

O amigo de Steven se chama Andreas e veio de Gotemburgo a negócios. Enquanto eles se abraçam, batendo um na barriga do outro e falando sobre quanto peso perderam desde a última vez em que se viram, cumprimento Pauline, uma mulher de uns trinta e cinco ou quarenta anos, com corpo de modelo e peito de silicone.

Sinto vergonha da minha aparência. Quando comparada ao vestido de renda salmão de Pauline e os scarpins cintilantes, pareço pronta para ir a um festival de dança e música.

— Que maravilhoso te conhecer — diz Andreas, me dando um abraço desajeitado. — Estou tão feliz por você e Steven.

Lanço um olhar para Steven, que está dando um beijo no rosto de Pauline. O que será que ele disse sobre mim?

— O seu sobrenome é Quiding, certo? — pergunto. — Você tem algum parentesco com Mariana Quiding?

Pensei nisso assim que ouvi o nome. Mariana foi colega de trabalho do meu pai por anos até ficar claro que eles tinham um caso. Aquela foi a primeira vez que soube da infidelidade do meu pai. Nunca vou me esquecer daquela puta velha, que foi convidada a ir à nossa casa inúmeras vezes, com um sorriso no rosto para a minha mãe.

— Não, eu não conheço nenhuma Mariana — respondeu Andreas. — Quiding é um sobrenome antigo da família, que começamos a usar quando nos casamos.

Enquanto a entrada é servida, Steven e Andreas contam como ficaram amigos, praticamente em uníssono. São amigos desde o ensino médio, e a amizade deles sobreviveu mesmo não morando mais na mesma cidade há vinte anos.

— Achei que você tivesse feito o ensino médio na Escócia — digo.

Steven e Andreas trocam um olhar rápido.

— Não, não. — Steven sorri. — Eu estudei em Hvitfeldtska em Gotemburgo.

— O terror das mulheres já naquela época — Andreas dá uma risada. — Ninguém nunca resiste a você.

Um comentário tão de mau gosto, mas acompanho o sorriso educado deles.

— Ah, tadinho. E eu que achei que você fosse um desses caras que demoraram a se desenvolver.

Andreas cai na gargalhada. Ele sugere um brinde e eu viro a taça de uma vez. Ficar totalmente bêbada é a única coisa que pode salvar este jantar.

— Steven é um amigo querido — diz Andreas.

— Eu digo o mesmo — responde Steven.

— Alguma pessoas são assim. Mesmo que a gente não veja com muita frequência, sabe que pode contar com elas, e vice-versa.

Eles se olham e quase parecem um casal apaixonado. Não sei se dou risada ou se fico com ciúmes.

— Fico muito feliz de ver Steven de pé de novo — diz Andreas, olhando para mim. — Depois de tudo que passou. Ele merece isso de verdade.

Andreas começa um discurso sobre como foi triste assistir à evolução da doença de Regina. Foi tudo tão rápido. Ela era uma pessoa tão audaz e cheia de vida, que curtia cada momento, e se transformou na sombra de um ser humano à beira da morte.

Eu me aproximo de Steven, cujos olhos estão marejados. Como serei capaz de substituir a mulher dele? Ela deveria estar sentada aqui com a mão no joelho do marido.

Eu me sinto inadequada.

É só uma questão de tempo até que ele veja quem sou e tudo isso acabe.

É claro que tenho curiosidade pela história, mas essa situação é tão constrangedora que não faço nenhuma pergunta.

— Minha esposa agora tem exatamente a mesma idade que Regina tinha quando adoeceu — comenta Andreas.

Pauline olha para ele sem piscar.

Andreas é o tipo de pessoa que vomita asneiras. Sem parar para respirar, fala sobre a vida deles, o trabalho, a ioga e as viagens para a Nova Zelândia. Pelo visto eles têm filhos adolescentes que jogam futebol americano.

Pauline não dá um pio.

Ela não é nada além de um acessório.

A cada minuto que passa, a minha vontade de dar um chute no saco desse cara aumenta.

— Steven sempre foi ótimo com os nossos filhos — diz ele. — Você gosta de crianças, Jennica?

A pergunta me pega de surpresa.

— É claro — digo, olhando para eles, sem saber se Andreas e Pauline têm senso de humor. — Acho crianças legais em geral. Tenho certeza que gostaria de ter filhos um dia.

Sinto uma falsidade na risada de Andreas, e Pauline me lança um olhar vazio. Mais ou menos como esperado.

Enquanto o garçom apresenta o próximo prato do menu, alguma coisa com alga e toranja, lanço um olhar de desculpas para Steven e tento pensar em algo agradável para dizer para aliviar a tensão.

— Os meninos ficaram sozinhos em Gotemburgo no fim de semana? — pergunto, empurrando o pedaço de alga no prato com o garfo. — Espero que a casa esteja de pé quando vocês voltarem.

Andreas tem um acesso repentino de tosse e cobre a boca com o guardanapo, e Pauline toma um gole de vinho.

— Ah, não, eu não sou a mãe dos filhos dele.

Andreas alterna entre o riso e a tosse.

— Pauline e eu não somos casados. Somos só amigos.

Fico boquiaberta.

Com certeza, a essa altura, já percebi o que está acontecendo. Mesmo assim, quero manter essa descoberta escondida na minha mente, possivelmente para resistir à vontade de dizer tudo que penso da situação.

Amigos, uma ova. Esse cuzão está em um restaurante elegante em Malmö com uma maldita Barbie enquanto a esposa está em casa, tomando conta dos filhos. Eu de repente me vejo no meio de uma situação bosta do tipo que meus clientes me contam todos os dias.

Os outros seis pratos têm gosto de bile para mim. Não digo nada e evito olhar para Pauline, enquanto Andreas continua falando sobre Steven como se ele fosse algum semideus.

Era assim que meu pai passava as noites quando o resto da família ficava assistindo à TV e sentindo a falta dele? Todos aqueles jantares e viagens de negócios. Reuniões importantes, sempre impossíveis de remarcar. Bruxelas, Londres, Nova York, Borås. Sempre havia algum lugar para estar que não em casa.

Estremeço dos pés à cabeça e viro outra taça, que o garçom tinha enchido com um vinho ácido do sul do vale do Ródano.

Quando o jantar finalmente acaba, saio do restaurante o mais rápido possível.

Não encaro Andreas. Ele quer me dar um abraço e um beijo no rosto, mas me afasto.

Assim que Steven e eu estamos sozinhos no táxi, eu relaxo.

— Nunca mais me convide para uma coisa dessas.

Ele afrouxa a gravata.

— Foi o mexilhão? Também não gostei, mas é tão difícil...

— Não estou nem aí para a merda dos mexilhões!

Steven fica surpreso. Ele está segurando a gravata como se fosse uma forca.

— Foi o Andreas? Ele às vezes é bem intenso, mas...

— Ele é um filho da puta maldito que trai a esposa.

Steven fica em silêncio.

Respiro fundo algumas vezes para me acalmar. O táxi pega a autoestrada, e Steven tira a gravata.

Preciso contar a ele sobre meu pai.

— Eu ainda estava no primeiro ano da escola quando descobri o que estava acontecendo. Meus irmãos são bem mais velhos. Eles conseguiram lidar com isso de outro jeito. Mas eu fiquei traumatizada. Passei a infância me perguntando por que meu pai não amava a gente, por que ele não queria fazer parte da nossa família. Por que minha mãe nunca dizia nem fazia nada a respeito. Às vezes, eu sentia muita raiva dela.

O motorista está tocando música alta, e eu me irrito com ele.

— Que horror — diz Steven.

— E é exatamente isso que seu amiguinho do peito está fazendo.

— Claro que não.

Ele enfia a gravata amarrotada no bolso do paletó.

— Claro que é. A esposa de Andreas está em casa em Gotemburgo com os filhos, enquanto ele está saindo para jantar com uma piranha.

— Não é tão simples assim — diz Steven. — Pauline e Andreas se conhecem há anos. Ela não é uma piranha.

— Tudo bem, talvez não seja culpa dela.

Mas ela com certeza tem um pouco de culpa também. Sabe que Andreas tem família.

— Não gosto do que ele está fazendo — diz Steven. — Para mim, infidelidade está fora de questão. Mas cada um é cada um. A monogamia não funciona para Andreas, e a esposa dele sabe disso. Eles têm uma espécie de acordo tácito.

— Isso é uma desculpa esfarrapada.

Penso na minha mãe.

— Não estou defendendo a atitude dele.

— É exatamente o que você está fazendo. Um acordo tem que ser recíproco, não é? Como um acordo pode ser tácito?

Olho pela janela e observo os campos dourados passarem, o grande moinho e as fazendas antes de pegarmos a saída para Lund.

Será que meu pai teria dito o mesmo? Um acordo tácito?

A mão de Steven está apoiada no espaço entre nós.

— Sinto muito, Jennica. Você nunca mais vai precisar se encontrar com Andreas de novo. Não passamos muito tempo juntos. Ele mora bem longe.

Steven coloca a mão nas minhas costas e acaricia devagar. Sinto cócegas, mas também me derreto um pouco.

— Eu sei que você não é responsável pelas ações do seu amigo — digo. — Mas é importante termos a mesma opinião sobre traição.

Steven continua a carícia ao dizer:

— Eu odeio traição. Aos meus olhos, é a atitude mais incompreensível do mundo. Se as pessoas não se amam mais, é muito melhor se separarem.

Ele pousa a mão na minha nuca, e os dedos conseguem passar embaixo do cordão do vestido. Vejo o motorista nos olhando pelo espelho retrovisor.

— Desculpe, pode aumentar a música de novo.

Sem nem piscar, ele aumenta o volume até todo o carro estar vibrando.

Steven ri e beija a minha nuca.

Quando chegamos ao apartamento, ele serve um último drinque e coloca uma música do Bruce Springsteen. Tiro o rock de velho e coloco Lana Del Rey. Com suas mãos grandes, Steven me segura pelo quadril. Dançamos juntos, minha cabeça apoiada no ombro dele. Sinto o cheiro quente e seguro.

Ele me leva devagar para o quarto. Meu vestido cai em volta dos meus tornozelos, e ele acaricia meus seios. Nos beijamos lentamente. A língua dele é gentil, mas firme.

Não há dúvida de quem vai assumir o comando. O olhar de Steven é resoluto e cada movimento tem um objetivo. Logo estou deitada com ele em cima de mim, me abraçando forte. Steven não afasta o olhar nem por um segundo enquanto se move, e logo chegou tão fundo dentro de mim que meu corpo está prestes a se dissolver em átomos. Sempre que estou quase lá, ele diminui o ritmo e me beija com paixão. Quando o *grand finale* chega, jogo a cabeça para trás e grito até as paredes tremerem.

E, uau, nessa posição. Estou em êxtase. O sexo "papai e mamãe" era quase considerado uma ofensa na Central do Tinder. Mas essa versão é um verdadeiro paraíso.

— Caramba, Jennica Jungstedt, eu gosto mesmo de você — sussurra Steven.

Ele está deitado, ofegante, com gotinhas de suor brilhando nos pelos do peito. Nossos dedos estão entrelaçados.

BILL

Desde a conversa com Jennica Jungstedt, tenho andado por aí com uma sensação ruim no corpo. Uma sensação incômoda e desagradável da qual não consigo me livrar.

Por que ela disse que Miranda mentiu? Não entendo sobre o que Miranda poderia ter mentido. Fico louco da vida por Jennica parecer tão calma. Minha ligação não foi nada além de uma inconveniência momentânea, um lembrete de algo que ela preferia esquecer. Eu não deveria ter perdido meu tempo. Ela nunca vai assumir a responsabilidade pelo que fez, nunca vai se desculpar.

Fico sentado na varanda, atento ao aplicativo de trabalho. Pelo menos consegui um serviço com uma idosa em Vävaregatan que precisa de ajuda para instalar um alarme na casa, que tem a porta para a rua. Enquanto pedalo por Stadsparken, passo embaixo do viaduto Trollebergsvägen e sigo para o norte, para além da estação de trem, Sally fica em casa, brincando no pátio.

Do lado de fora do tribunal há uma confusão de viaturas de polícia, policiais uniformizados e uma multidão na entrada. Fico curioso, mas só descubro o que aconteceu quando chego à casa da idosa.

— Você não leu o jornal? — pergunta ela. — É o julgamento daquele caso de Kärrlösa.

Me lembro de ter ouvido alguma coisa, mas não dos detalhes. Não quero fazer perguntas para não parecer desinformado, mas a idosa continua contando:

— Aqueles dois vagabundos que entraram na casa de um homem do interior. E o homem matou os dois.

Ouvi falar do caso, é claro. A internet explodiu logo que o crime aconteceu. As pessoas achavam que o homem deveria ser liberado na hora. A culpa toda era dos ladrões, e ele só estava protegendo seus próprios bens.

— É por isso que estou instalando um alarme — comenta a senhora. — Eu não tenho arma.

É um sistema bem barato com detector de vibrações e sensor de movimento. Provavelmente nada que afaste criminosos experientes. Mas guardo minha opinião para mim.

A senhora me mostra onde quer que eu instale, e, em seguida, a ensino a usar o controle remoto. Sinto cheiro de alguém grelhando alguma coisa no jardim. Os sinos da igreja Allhelgon começam a badalar.

Assim que chego à bicicleta, meu telefone toca. Coloco o pé no chão e pego o celular no bolso.

— Alô?

— É Bill Olsson?

O homem está ligando do cinema Spegeln em Malmö. Recebeu o meu e-mail e ficou interessado.

— Maravilha!

— Você parece ter bastante experiência. Preciso de alguém que possa começar mais ou menos agora... Na semana que vem.

— Com certeza, eu consigo.

O horário vai ser principalmente durante o dia, de segunda-feira a sexta-feira. É quase bom demais para ser verdade.

— Você escreveu que trabalhou em Lund por muitos anos — diz o homem. — Então, deve ter trabalhado para Anette Stehn?

Quase fico sem ar e me debruço no guidão.

— Trabalhei para ela, sim.

Não é coincidência não ter colocado Anette como referência.

— Eu a conheço muito bem — continua ele. — Vou dar uma ligada para ela hoje.

— Beleza — respondo.

De repente, as coisas não parecem tão promissoras assim.

Naquela noite, Sally e eu preparamos um espaguete à bolonhesa enquanto Karla está no treino de futebol. Leio *Harry Potter*, e Sally e eu acabamos dormindo.

Acordo ao ouvir a porta da frente; levanto correndo, me sentindo envergonhado por algum motivo.

Karla olha para mim, perplexa.

Ela está na porta, usando um vestido de alcinha, batom vermelho e sombra esfumada.

— Saí com minhas amigas do futebol.

Olho a hora no relógio. Já passa da meia-noite.

— Acho que peguei no sono — digo.

Karla levanta a mão.

— Espera. Tem uma coisa que quero mostrar.

Ela entra no quarto antigo de Sally e volta com algo na mão.

— Veja — diz ela. — Isso foi da minha avó.

Esfrego o olho.

Ela está me mostrando um anel de ouro com uma pedra que parece bastante com um diamante.

— É uma joia de verdade?

Karla faz que sim.

— Pode ficar com ele. Tenho certeza que vai conseguir vender por dez ou vinte mil coroas em Tradera. Acho que vai cobrir o aluguel do mês que vem.

KARLA

Digito o código do alarme e abro a porta da mansão dos Rytter.

Está silenciosa e escura. Ninguém responde quando anuncio a minha presença.

Ouço Rick Astley e Bonnie Tyler ao começar a limpar os banheiros. Como sempre, uso apenas um dos fones.

A música me leva de volta à cozinha lá de casa. Estava sempre enfumaçada apesar do exaustor. Eu me sentava em uma cadeira velha embaixo da janela para fazer o dever de casa. Minha mãe vivia dizendo que se orgulhava de mim, que eu era a luz de toda a escuridão dela.

Dessa vez ela quer parar de usar de verdade. Segundo Silja, pelo menos. E o que mais quero na vida é acreditar. E se ela não conseguir porque não estou lá para dar todo o meu apoio? É tão egoísta assim eu não pular no primeiro trem para voltar para casa?

Passo o desinfetante de limão, esfrego a porcelana em volta da torneira do bidê, fecho a porta do banheiro e começo a tirar o pó.

Logo chego ao móvel do vestíbulo. Todas as gavetas estão fechadas.

Não consigo acreditar que peguei o anel. Fiquei tão arrependida que não tenho mais nem um segundo de paz. Qualquer um consegue entrar na faculdade de direito, mas, para ser juíza de um tribunal sueco, o passado da pessoa é vasculhado nos mínimos detalhes. Eu sei disso.

A autoridade jurídica checa antecedentes antes de alguém ser indicado como candidato a juiz.

Logo todas as superfícies estão brilhando sem nenhuma poeira.

Preciso devolver o anel. Vou dizer para Bill que mudei de ideia.

Lá em cima, a porta do quarto de Regina está aberta. Evito passar na frente e ando na ponta dos pés.

Arrumo a cama e afofo os travesseiros do quarto ao lado. Tem uma taça com resto de bebida na mesinha de cabeceira. De início, acho que é água, mas o cheiro é de vinho. Imagino que Steven durma aqui. Ele dorme sozinho ou Regina vem ficar com ele à noite? Eu me debruço na cama para cheirar a fronha e ver se precisa ser lavada.

— O que você está fazendo? Cadê o Steven?

Eu me viro e arranco o fone do ouvido.

Regina está na porta atrás de mim, despenteada e com o olhar cortante.

— Eu vou lavar os lençóis.

— Por quê? Cadê o Steven?

Ela olha de um lado para o outro.

— Ele não está no trabalho? — pergunto. — Não é nem meio-dia.

Ela cambaleia e se segura na porta.

— Tudo bem? É melhor você se deitar.

Ela respira de forma profunda e lenta, levando a mão ao peito.

— Já vai passar.

— Vem, melhor se sentar — digo, oferecendo meu braço.

Ela aperta meu bíceps com força enquanto vamos devagar até o sofá.

— Sei que você acha que estou mentindo — diz Regina —, mas dezoito meses atrás eu estava muito melhor do que a maioria das mulheres de quarenta e um anos. Malhava cinco dias por semana. Treino de alta intensidade e boxe. Steven e eu passávamos muito tempo ao ar livre. Amo caminhar e andar de caiaque. Também praticávamos mountain bike.

Consigo imaginar os dois: um casal atraente com rios de dinheiro e oportunidades ilimitadas. A vida que a maioria das pessoas só teria em sonhos. A doença dela parece ter acabado com tudo.

— Ninguém entende o mal que um vírus pode causar — continua ela. — Febre alta, vômito e dor no corpo todo. Perdi o olfato e o paladar. Foi a pior coisa que já aconteceu comigo, mas é claro que eu achava que tudo ia passar em uma ou duas semanas.

Ela fica ofegante e leva a mão ao peito.

— Mas os sintomas continuaram. Depois de quatro semanas de cama, eu me senti bem o suficiente para me levantar e sair. Mas, então, tive uma recaída e piorei muito. Tem sido assim desde então. Sempre que sinto que tenho mais energia e tento fazer algo além de ficar deitada no escuro, pioro muito.

Nem consigo imaginar. Nem minha mãe ficou tão mal. Sempre tivemos dias melhores, momentos em que ela se sentia bem e as coisas ficavam próximas do normal.

— Você está assim há um ano e meio? — pergunto, como sempre, tentando esconder os meus sentimentos.

— Minha vida mudou completamente em uma semana — conta Regina. — Steven e eu costumávamos tomar uma taça de vinho nos fins de semana. Íamos a restaurantes, ao teatro e a shows. Agora, o máximo que consigo é assistir à TV por meia hora.

Li no jornal uma matéria sobre pessoas que acabam tendo sintomas de longo prazo depois de infecções virais, mas eu realmente não fazia ideia de que poderia ser tão ruim.

E ainda roubei um anel dela.

— Eu era muito sociável e tinha muitos amigos — continua Regina.

Eu me viro para as prateleiras na parede. Livros pesados de decoração de interiores e culinária intercalados com vasos Klong e esculturas de Kay Bojesen, do tipo que só vi no Instagram.

— No início, todo mundo ligava — diz Regina. Quando ela respira fundo, a voz fica mais baixa. — As pessoas se sentiam mal por mim, é claro. Mandavam flores e chocolate. Mas, depois de um tempo, perderam a paciência porque eu não conseguia recebê-las nem conversar ao telefone. Não posso culpá-las.

Ela me encara e parece enxergar dentro de mim. Minha mãe sempre diz que eu não consigo esconder nada, nem algo tão pequeno quanto uma picada de mosquito.

Achei que tivesse deixado tudo aquilo para trás. Roubos, mentiras e segredos. Achei que tivesse me tornado uma pessoa diferente. Mas uma vez ladra, sempre ladra. Assim que puder vou devolver o anel à gaveta.

— Tenho que continuar a faxina — digo, me levantando, mas Regina agarra meu joelho.

— Fique onde está. — A voz soa inesperadamente rígida. — Ainda vai dar tempo de você fazer o que precisa.

Evito encará-la.

— Eu já nem tenho muita esperança. Ninguém quer assumir o meu tratamento. Eles só ficam me encaminhando de um médico para outro. A maioria acha que é coisa da minha cabeça. Se Steven não tivesse bons contatos, acho que eu nem conseguiria os meus remédios.

— Que bizarro.

Esse é um bom resumo do sistema de saúde sueco. Acompanhei minha mãe a inúmeros médicos, salas de espera estéreis com sofás macios em clínicas de reabilitação e de emergência psicológica, consultórios particulares com aquários coloridos e slogans chamativos na porta. Fomos encaminhadas de um lado para o outro, passamos por triagens e esperamos um pouco mais.

— Você tem que exigir um tratamento — digo. — Não pode continuar assim.

Ela se recosta e assente. Os olhos estão quase fechados.

— Eu sei. Mas não tenho energia para continuar. Às vezes... às vezes, eu só quero que tudo acabe.

Estremeço. Vejo minha mãe diante de mim e preciso controlar o sofrimento.

— Você não pode desistir. Pense em todas as pessoas que te amam.

A tentativa de suicídio da minha mãe é uma ferida que nunca vai cicatrizar. Por um longo período, isso me dominou por completo. Eu sentia muito medo sempre que chegava em casa e me deparava com a porta do quarto fechada. Precisei de anos de terapia para aceitar que não era culpada pelo que tinha acontecido.

Regina se inclina para a frente.

— Ninguém me ama mais.

Ela soa como minha mãe. Mas parece acreditar de verdade em cada palavra.

— E Steven? — perguntou.

— Ele já não me ama há muito tempo. Ninguém ficaria mais feliz do que ele se eu sumisse.

BILL

Sally e eu passamos a manhã inteira na praia em Lomma. Embora eu não goste do calor e odeie areia, e minha pele não aguente muito sol, passamos duas horas maravilhosas.

— Quantos dias ainda tenho de férias? — pergunta Sally.

Fazemos as contas juntos.

Depois, cavamos um grande buraco na areia e enchemos com a água do mar.

— Ah, pai. Espero que o verão nunca acabe.

Ela ainda está com o rosto cheio de protetor solar e o cabelo com cheiro de sal quando pegamos o ônibus para Malmö, no fim da tarde.

Aguardando por mim no andar de baixo da estação central de Malmö tem um cara interessado em comprar o anel de brilhante da avó de Karla. Tem algo estranho em como ele nunca me olha, mas analisa o anel com muito cuidado e, depois de alguns instantes de deliberação silenciosa, me oferece catorze mil coroas.

Catorze mil!

No caminho de volta, entro no aplicativo do banco no celular e pago o valor da janela quebrada. Depois disso, tenho dez mil coroas na conta. De repente, respirar fica mais fácil. Nem mesmo pensar em Jennica Jungstedt pode estragar meu dia. Estou sorrindo tanto que sinto o rosto doer. Bagunço o cabelo da minha filha várias vezes, até ela afastar a minha mão e perguntar o que deu em mim.

— Só estou feliz.

Talvez aliviado seja uma palavra melhor.

Naquela noite, fico no sofá com uma toalha molhada sobre meus ombros queimados de sol enquanto Sally assiste a vídeos do TikTok no meu celular.

— Por que ela ainda não voltou para casa?

Já são quase dez horas da noite e Karla passou o dia todo fora.

— Ela é jovem. Aposto que tem um monte de coisas para fazer.

— Que tipo de coisas?

Eu deveria saber que algo assim ia acontecer. Só faz algumas semanas desde que Karla se mudou, e Sally já se apegou a ela.

— Quero mostrar minhas tatuagens para ela — diz minha filha, estendendo o bracinho coberto de tatuagens temporárias.

— Tenho certeza que vão durar até amanhã.

Ajudo Sally a escovar os dentes e leio dois capítulos de *Harry Potter* para ela, que dorme no meio de uma cena tão emocionante que tenho que continuar lendo para ver o que acontece.

Quando estou saindo na ponta dos pés do quarto, ouço Karla entrar. Eu me sento no sofá com meu celular e me preparo para contar a surpresa.

É um empréstimo, claro. O dinheiro do anel é de Karla, e não tenho o menor interesse em virar alvo de caridade. Mesmo assim, esses milhares de coroas vão me salvar até o fim do verão.

Karla para na entrada da sala, cruza os tornozelos e apoia o ombro na parede. A blusa está com um nó bem acima do umbigo e, como sempre, a franja cobre os olhos.

Para mim é difícil ficar parado. Tenho que mostrar para ela os números na minha conta bancária.

Mas, quando eu me levanto, percebo que tem algo errado.

Karla olha para mim.

— Não me odeie.

— Como assim?

Ela começa a retorcer as mãos.

— Eu mudei de ideia.

— Como assim?

— O anel — diz ela. — Eu mudei de ideia em relação ao anel. Não quero mais vender.

Demoro um tempo para entender.

Ela mudou de ideia.

— Mas não dá mais. Eu já vendi.

— O quê?

Karla fica olhando para mim.

O rosto pálido como um fantasma.

— Olhe isto! — digo, mostrando meu celular. — Recebi catorze mil coroas por ele.

Karla parece estar sofrendo.

— Sinto muito, mas você não pode vendê-lo. Será que não pode devolver o dinheiro?

Sinto a boca seca. Não sei o que dizer. Ela deveria ter pensado melhor antes.

— É claro. Posso tentar. — Fecho os olhos e engulo em seco. — Mas... por que você mudou de ideia? Aconteceu alguma coisa?

— Como assim? Não.

Eu achei que ela tinha certeza absoluta de que queria se desfazer do anel. Não pareceu nem um pouco apegada a ele. Algo deve ter mudado.

— Eu... tipo...

Ela leva a mão à testa e começa a piscar. E, então, contrai o rosto.

Está claro que subestimei a ligação sentimental que tinha com o anel.

— Calma. A gente vai dar um jeito.

Não sei o que fazer com as mãos, mas não me atrevo a tocá-la.

— Eu não sei como as coisas terminaram assim. — Karla está chorando.

— Vamos dar um jeito. Vamos conseguir o anel de volta.

Ela olha para mim com os olhos vermelhos.

— O anel não é da minha avó.

— Não é?

Não estou entendendo. Será que ela roubou o anel?

— Sinto muito, Bill. De verdade! Eu peguei de um dos meus clientes. Eles são ricos e acho que nem vão dar falta. Mas eu não sou ladra. Não quero ser uma ladra.

Tento consolá-la enquanto absorvo o que ela acabou de me contar. Essa possibilidade nem tinha passado pela minha cabeça. Eu jamais teria imaginado.

— Tudo bem. Vou mandar uma mensagem para o cara que comprou e ele vai devolver.

Ela se senta no sofá e esfrega os olhos.

Minha imagem de Karla está mudando.

Ela roubou de um cliente. Um anel de diamante que pode muito bem ser uma joia de família. E agora me deixou com um problemão nas mãos.

Talvez eu tenha me deixado enganar por ela ser tão pequena e fofa, mas não a conheço.

Ela me conta que roubou o anel de um médico que mora em Professorstaden. Descobriu uma gaveta cheia de joias e diamantes por acaso.

— E você simplesmente pegou?

Que burrice. Mais cedo ou mais tarde alguém vai dar falta do anel e é claro que todas as suspeitas vão recair sobre Karla.

Ela afunda o rosto nas mãos.

— Eu só estava pensando em você e na Sally. Não quero que Sally tenha que passar por mais momentos difíceis.

— Mas isso não ajuda em nada.

Espero que o cara que comprou o anel não tente descobrir mais sobre ele. Se formos pegos, essa merda toda também vai sobrar para mim.

— As joias ficam *ali*. — Ela chora mais. — Não é como se elas fizessem aquelas pessoas mais felizes. Ele trabalha o tempo todo, e a mulher está muito doente. Passa o dia na cama, e o marido me disse para não conversar com ela.

Coço o rosto, sentindo a barba por fazer contra minhas unhas. Talvez seja possível recuperar o anel sem que o cara de Malmö desconfie a ponto de começar a bisbilhotar. Eu preciso inventar alguma desculpa.

— No início, achei que eles não fossem notar — diz Karla, olhando para mim com os olhos vermelhos. — Essas pessoas não vivem como você e eu. Elas moram em um verdadeiro palácio. São podres de ricas. Mas a mulher está mais doente do que eu desconfiava. Ela precisa tomar remédios muito fortes e fica totalmente apagada. Não consigo suportar a ideia de que roubei dela.

A história só piora. É quase irreal.

Karla abre um mapa no celular e me mostra fotos de satélite daquela mansão imensa que mais parece uma *villa*. Fica bem ao lado do Jardim Botânico.

— Como é mesmo o nome deles?

Faço uma pesquisa no Google por Regina e Steven Rytter, mas não tem muita informação na internet. Parece que não existe ninguém com aquele nome morando em Lund. Ou eles se registraram em outro lugar, ou não se registraram por questões de privacidade. Se são ricos como Karla alega, a explicação deve ser essa.

De todo modo, consigo ver algumas fotos antigas. Dr. Steven Rytter está sorrindo em todas elas. Os músculos marcados na camisa polo, e ele irradia sucesso. Tudo indica que a mulher é filha do autor Helmer Lindgren. Eu já li alguns livros dele.

Afundo no sofá, ainda coçando a barba. Essas pessoas não são desconhecidas. Se o roubo for descoberto, tanto Karla quanto eu vamos ter problemas.

Vejo uma foto de Steven e Regina juntos. Os dois têm um ar saudável e feliz, mas algo parece errado. Tem alguma coisa falsa. Acho que não existe nenhuma foto minha e da Miranda como aquela.

— Vou recuperar o anel — digo.

Karla enfia as pernas embaixo do corpo. Ela cresceu no meio de viciados. Tenho certeza de que essa não é a primeira vez que roubou. Mas eu não quero ser arrastado para essa confusão.

Escrevo uma mensagem longa para o cara em Malmö que comprou o anel. Com uma dose saudável de emoção, explico que minha amiga mudou de ideia e quer o anel de volta por uma questão de valor sentimental, não financeiro. Digo que pertenceu à avó dela.

Karla lê a mensagem antes de eu enviar.

— Você acha que ele vai concordar? — pergunta ela.

— Ele pareceu ser um cara honesto.

Uma mentirinha de nada.

— Espero que sim — diz ela. — Obrigada por ser tão compreensivo. Espero que não me odeie.

Eu me obrigo a sorrir.

— É claro que não odeio.

Estou sentado no sofá navegando pela internet, e Karla vai ao banheiro para escovar os dentes. Meus olhos pousam na foto de Miranda. Tenho que colocar a minha vida em ordem antes que esse problema fique ainda maior. Não posso decepcionar Miranda. Não de novo.

É claro que vou conseguir encontrar um emprego. Algo permanente. Eu talvez esteja por baixo agora, mas não sou um idiota nem pretendo me tornar.

Miranda um dia me contou que Jennica Jungstedt me chamou disso. Debochou da minha faculdade e disse que eu deveria escolher um curso de verdade e parar de depender de Miranda e da família dela. É como se Jennica não tivesse a menor consciência de quem é. Imagina, atirando pedras quando tem telhado de vidro. Miranda parece ter aceitado bem; nunca tinha explosões e raramente demonstrava estar chateada. Era sempre tão compreensiva, dizia que Jennica passara por uma infância difícil. Mas eu fiquei furioso e em segredo cerrei os punhos.

Fecho os olhos e ouço a água correndo no banheiro. Depois, a descarga. Por um instante, imagino Miranda andando por aqui. Esses sons simples do dia a dia, do ir e vir, de rotinas que seguimos sem nem pensar, coisas comuns das quais nunca imaginamos sentir falta. Em um piscar de olhos, é isso que nos enche de tristeza e saudade.

Por que eu? Por que fui eu que fiquei aqui sentado, sofrendo e sentindo falta da minha mulher?

Deve existir alguma lógica nisso tudo. Algum tipo de justiça. Se, além do que aconteceu, eu ao menos não tivesse que me preocupar com dinheiro.

Antes de dormir, entro no meu e-mail e me deparo com uma nova mensagem do homem do cinema Spegeln.

Depois de conversar com Anette Stehn do Filmplaneten em Lund, infelizmente, informamos que você não está mais concorrendo à vaga.

TRECHO DO INTERROGATÓRIO DE ANETTE STEHN

Pode dizer seu nome completo?
Anette Stehn.

No que você trabalha?
Eu gerencio o cinema Filmplaneten aqui em Lund.

Bill Olsson já foi seu funcionário?
Bill trabalhou com a gente por mais de uma década. Acho que de início era para ter sido um trabalho temporário enquanto ele ainda estava na faculdade. A maioria dos nossos funcionários é estudante. Muitos vêm e vão. Mas Bill foi um dos poucos que ficou com a gente por muito tempo. Ele amava o cinema. Um verdadeiro cinéfilo.

Como você descreveria o Bill?
Ele era um bom colega. Todos gostavam dele. Foi terrível o que aconteceu com a companheira dele. Ela era tão jovem. Bill tirou uma licença familiar por causa disso, mas, no resto do tempo, o trabalho dele foi exemplar. Nunca deu qualquer sinal de problemas. E é justamente por isso que fiquei tão chocada com tudo que aconteceu.

Você fez uma queixa contra Bill Olsson na primavera passada, correto?
Sim, é verdade. Não tive escolha.

Pode nos contar o que aconteceu?
Durante o inverno, começaram a desaparecer coisas no cinema. Tíquetes de entrada, cartões de presente. Itens que começaram a aparecer no site de vendas Blocket. Na primeira vez que o denunciei, nada aconteceu. A investigação foi encerrada. Então decidi colocar uma câmera escondida.

E pelo que sabemos essas fitas foram entregues à polícia. O que você descobriu?
Que era Bill que estava roubando. Ele confessou tudo. Estava enterrado até o pescoço em dívidas depois da morte da Miranda. Mas eu o demiti na hora. Depois, ele foi condenado e teve que pagar multas.

JENNICA

Steven liga quando estou assistindo sem prestar muita atenção a uma série em que o marido joga a mulher de uma varanda.

— Você viu que *Stoner* está em cartaz esta noite no Stadsteatern?

Na verdade, vi, sim. Passei por vários pôsteres na cidade. Mas não assisto a uma peça de teatro desde o ensino fundamental, época em que minha mãe me levava ao teatro infantil para ver obras pedagógicas com uma lição de moral no fim.

— Você leu o livro — comenta Steven — e gostou, não foi?

— Eu amei. — Uma daquelas histórias épicas de uma vida perfeitamente normal. — Mas eu soube que os ingressos estão esgotados há séculos.

— Não importa. Tenho dois ingressos aqui na minha mão.

Eu me sento na cama.

Na tela, a mulher que foi atirada da varanda sobreviveu, contra todas as possibilidades, diz que encontrou Deus e perdoou o marido, que é pai dos filhos dela *e a atirou de uma varanda do quinto andar como se ela fosse um saco de lixo.*

— *Perdoou?* Você deveria ter contratado alguém para enfiar uma lança no cu dele.

Desligo a TV.

— Oi? — Steven ri. — Do que você está falando?

— Desculpe. Foi só minha colega de quarto.

O gato fica ofendido. Eu o fulmino com o olhar.

— Que tal a gente se encontrar às seis e meia e jantar depois? — pergunta Steven. — Podemos discutir a peça mais tarde.

— Por mim, está ótimo. Eu sempre consigo me empanturrar com a pizza do Billy.

Steven ri de novo. Ele claramente acha que estou brincando.

Conversamos mais um pouco sobre *Stoner*, o livro ficou esquecido por décadas e foi relançado como uma redescoberta de conto de fadas muito tempo depois da morte do autor.

Quando olho o relógio, percebo que meu turno começou há dez minutos.

— Desculpe, Steven. Tenho que desligar.

Eu já devo ter perdido algumas ligações.

Ao atender, Olivia parece em pânico.

— Eu estou tentando ligar há um tempão. O que houve?

— Sinto muito. Eu fiquei presa em uma reunião de trabalho — minto. — Mas sou toda ouvidos agora.

Olivia é a minha cliente casada com o alcoólatra. Ela sempre é bastante transparente quanto aos próprios sentimentos, mas hoje está pior do que o normal. Grita tanto que preciso afastar o fone.

— Eu fiz uma coisa horrível. Indesculpável!

— O que houve?

— Eu bati nele. Você está me ouvindo, Jennica? Eu dei um soco na cara dele, com a mão fechada. O nariz dele sangrou.

Isso parece, no mínimo, fora do comum para uma mulher como ela. Por outro lado, já estava mais do que na hora de Olivia reagir.

— Eu estava fuçando o telefone dele. Sei que não devia, mas tive uma forte intuição de que havia alguma coisa errada. E minha intuição acertou! Ele está trepando com uma mulher qualquer do escritório. Tem um monte de fotos dela no celular. E mensagens dizendo o quanto ele quer comê-la.

Olho para o teto e fecho os olhos. Quanta merda uma pessoa aguenta antes de explodir? Eu era adolescente quando encontrei um cartão-postal de uma das amantes do meu pai falando que estava com saudade e assinando com um coração. Senti vontade de vomitar e coloquei toda a culpa na mulher que estava tentando roubar meu pai. Quando Ricky e Miranda me transformaram na vítima de uma infidelidade, eu já tinha idade suficiente para saber que a culpa era dos dois.

— Você não deveria ter parado no soco — digo para Olivia.

Ela parece devastada.

— Eu dei um soco na cara dele. As crianças viram tudo. Estou com tanta vergonha.

— Pois não deveria estar. Você não fez nada de errado.

— Eu bati nele. Isso é agressão.

Eu a interrompo:

— É legítima defesa.

Ela não fica convencida.

Começo a metralhar Olivia com um discurso sobre a opressão milenar do patriarcado e digo que, às vezes, precisamos tomar medidas drásticas, incluindo violência. Ela não deveria se sentir culpada.

— A culpa é a melhor amiga do patriarcado. Nunca se esqueça disso. Pare de sentir pena dele, o filho da mãe ainda saiu ganhando.

Não fica claro para mim se estou conseguindo ajudá-la. Os soluços e as fungadas de Olivia continuam até eu não conseguir mais entender o que ela está dizendo.

Quando desligamos, solto um longo suspiro e olho para Cão.

Ele mia com tristeza.

Parece estar se perguntando: "Como você consegue aguentar isso?".

Depois do meu turno, me arrumo e pego o ônibus para o centro.

Steven está me esperando na frente do teatro. Camisa, gravata, paletó. O cheiro é de quem acabou de tomar banho.

Ficamos de mãos dadas durante toda a apresentação. Ele reage a algumas cenas apertando meus dedos, e nós trocamos um olhar de compreensão. *Temos que conversar sobre isso depois*.

No intervalo, tomamos água com gás e, quando a peça termina, caminhamos abraçados pela Stortorget.

Fico esperando que ele pergunte *o que achou?* ou *em uma escala de zero a dez, o que achou?* Mas Steven não é assim. Eu adoro isso.

No Mat & Destillat, pedimos lagostim com molho de limão.

— Sabia que lagostim é muito mais parecido com camarão do que com lagosta? — pergunto. — Quando eu era criança, achava que era uma lagosta pequenininha.

Steven meneia a cabeça e ri.

— Ah, vai me dizer que nunca achou isso?

Ele pergunta se recebi alguma ligação interessante. Penso em contar sobre Olivia, mas percebo que Steven não entenderia. Ele sabe tudo sobre teatro, arte e literatura. Mas não faz ideia das merdas que acontecem nos bastidores. Aposto que sairia com alguma máxima dizendo que nada justifica a violência e que ela perdeu a razão ao agredi-lo.

Penso em Bill Olsson.

— Recebi uma ligação inusitada outro dia.

Conto a ele sobre Miranda, minha amiga de infância que teve um tumor na cabeça e morreu, e que teve uma filhinha com um cara, Bill, que ela conheceu quando estávamos no ensino médio.

— Por que ele ligou para você? Isso aconteceu há tanto tempo.

— Ele era um zero à esquerda na época em que saía com a Miranda. Ela sempre o traía, mas acho que ele nunca descobriu. Ele engolia todas as histórias que ela contava, e eu acabei sendo o bode expiatório quando todo mundo parou de andar com eles.

Conto para Steven o que aconteceu no meu aniversário de vinte e cinco anos.

— Eu aluguei uma casa no interior e convidei umas oitenta pessoas. Na época, namorava um cara chamado Ricky. A gente estava junto fazia uns meses e eu gostava muito dele.

Steven não precisa saber que eu persegui o cara por uns seis meses e o encontrei "por acaso" numa noite ao passar pelo trabalho dele, bem na hora que ele estava saindo. Tive uma ou duas paixonites ao longo dos anos, mas Ricky foi o meu primeiro projeto de namorado de verdade.

— Miranda e Bill tinham tido bebê e estavam levando uma vida bem familiar — conto. — Ela provavelmente estava há meses sem ir a uma festa. Bebeu um pouco além da conta. Depois do jantar, disse para algumas amigas que estava doidinha pelo Ricky.

Steven franze a testa, e as sobrancelhas bem-feitas ficam unidas.

— Ela deu mole para o seu namorado?

— Ela estava bêbada, mas isso não é desculpa.

Miranda e eu tínhamos brincado juntas de Barbie. Tínhamos construído fortes na floresta e colecionado beijos de garotos da pré-escola. Qualquer forma de traição me tira totalmente do sério, mas eu nunca vou superar o fato de que uma das minhas melhores amigas me traiu, uma pessoa que eu conhecia a vida toda, alguém que tinha cem por cento da minha confiança.

— Eles dançaram um pouco naquela noite, mas aquilo não me incomodou. Ela era minha amiga e o namorado dela estava lá. Então, em algum momento depois da meia-noite, Ricky e Miranda desapareceram. Eu os encontrei em um banheiro.

— Sério?

— Sério. Eu rompi com os dois. Miranda ainda tentou entrar em contato algumas vezes nos anos seguintes para fazer as pazes, mas não consegui perdoá-la. Não consegui.

— Mas o namorado dela...

Steven coloca os talheres no prato. Já percebeu tudo.

— Acho que Bill nunca entendeu direito o que aconteceu. Miranda mentiu e jogou toda a culpa no Ricky.

— E ele acreditou?

Tomo um gole de vinho e passo o guardanapo na boca.

— É o que parece. Ele venerava a Miranda. Aos olhos dele, ela nunca fazia nada de errado. Mas as outras amigas do grupo, Emma, Tina e Rebecka, meio que ficaram do meu lado e em seis meses Miranda estava completamente afastada de todas. Sei que Emma e Tina entraram em contato depois que Miranda ficou doente. Foram visitar no hospital e compareceram ao funeral. Mas para mim foi uma ruptura para sempre.

— Eu entendo. Você tem que poder confiar nos amigos mais próximos.

— Não é? E, para terminar, ele me liga, tantos anos depois. Parece que viu meu número na internet.

Steven leva a mão ao queixo como se estivesse pensando.

Já tinha escurecido em Lundagård, e dava para ver o brilho da catedral no fim da rua.

— Fiquei incomodada — digo, tomando o último gole do vinho — por ele ter a audácia de ligar para me acusar.

Steven encolhe os ombros.

— Talvez você devesse contar a verdade para ele — ele se ajeita melhor na cadeira. — Quando Regina morreu, eu tinha uma visão positiva demais dela. Logo que nos conhecemos, eu me apaixonei completamente, fiquei encantado. Só agora, depois de tanto tempo, consigo ver como eu era cego. Regina também tinha defeitos. Ciúme, necessidade de me controlar. Ela lia todas as mensagens que eu recebia no celular e me acusava de flertar com outras mulheres, mesmo só tendo olhos para ela. Perceber que ela não era uma santa me ajudou a superar o luto.

Levo a mão à nuca. O botão da calça parece prestes a arrebentar.

— Espero que não tenha descoberto nada de errado sobre mim. Meu lugar aqui no seu pedestal continua firme e forte?

Steven ri.

Mas eu tenho certeza de que ele tem razão.

Para ser bem honesta, quando penso nas acusações que Bill me fez, sinto cada vez mais raiva. Talvez seja um favor contar para ele toda a verdade.

KARLA

Waheeda segura a porta do restaurante japonês. O cheiro não é muito agradável. Planejamos nos encontrar para estudarmos juntas, mas Waheeda não comeu o dia todo e, não sei como, me convenceu a provar sushi.

— *Walla*, tá de sacanagem que nunca comeu sushi? Como assim?

Ela sacode a mão em cima da cabeça como se estivesse tentando espantar um monte de moscas. Eu ainda não sei dizer ao certo quando ela está sendo sarcástica ou quando está fazendo graça.

— Eu já comi *surströmming* — digo. — Mas peixe cru não é muito a minha praia.

— Qual o problema do peixe cru? *Chara*, *habibti*. *Yalla*. Pode parar de bobeira.

Ela me ajuda a escolher alguns bons pedaços para provar e, para minha surpresa, acho bem gostoso.

— Então? Gostou? — pergunta Waheeda, lambendo os dedos. — A gente pode ir ao estande de faláfel se preferir.

— Não, não. Eu gostei.

— Sério? Você está com cara de quem comeu cocô.

Dou risada. Ela realmente tem um jeito engraçado de falar.

— Não. É que eu estava pensando em outra coisa — confesso.

Bill ainda não deu notícias do anel. Talvez o homem que comprou não queira devolver. Eu só espero que ele não comece a xeretar de onde veio.

— Conta tudo — diz Waheeda. — Algum problema sério?

Termino de mastigar e tomo um gole de água. Não sei bem o quanto eu deveria contar para ela.

— Eu faço faxina algumas vezes por semana para um médico e a mulher dele. Mas tem alguma coisa muito estranha lá.

Explico que Regina está doente e que passa a maior parte do tempo na cama. Digo que ela imagina coisas, sofre com alucinações e tem dificuldade de diferenciar os sonhos da realidade. Enquanto conto, penso na minha mãe, mas não conto essa parte.

— Ela diz que tem medo do marido — digo. — Mas não sei o que...

— Certeza que ele bate nela. — Em um piscar de olhos, Waheeda sai do modo brincalhão e entra no modo muito sério. Tanto a expressão quanto a voz dela ficam duras. — Cem por cento de certeza.

Ela joga o cabelo volumoso para o lado.

— Será mesmo?

— Você acredita em Papai Noel também? — pergunta Waheeda. — É claro que ele bate nela.

— Mas que tipo de monstro faria uma coisa dessas com uma pessoa frágil e doente?

— Ah, você não faz ideia. O mundo está repleto de monstros. Existem até médicos do mal. Alguém deveria tomar uma atitude.

Ela está certa. Não posso permitir que isso continue. Se Regina mencionar o assunto de novo, preciso convencê-la a procurar ajuda. Eu só tinha treze anos quando o então namorado da minha mãe, um baterista de uma banda de heavy metal, bateu no rosto dela com uma garrafa. Ela se recusou a denunciá-lo para a polícia, mas pelo menos conseguiu se livrar dele para sempre. Eu não vou me perdoar nunca se alguma coisa acontecer com Regina Rytter e eu não tiver feito nada por ela.

Quando faltam apenas duas peças de sushi, Waheeda pergunta se quero ajuda e pega um.

— Hora de ir embora, então? — pergunto.

Nós temos que estudar de verdade. Esse trabalho precisa ser entregue até às vinte e três horas e cinquenta e nove minutos.

Coloco meu exemplar do Código Penal e o livro do curso na mesa bamba, enquanto Waheeda abre o laptop.

— Veja isto — diz ela, virando a tela para mim.

Tiroteio em Kärrlösa resulta em três anos de cadeia.

— Nosso sistema penal é muito fodido — diz Waheeda. — Os verdadeiros bandidos ficam à solta, e as pessoas normais que só estavam se defendendo são presas.

Todo mundo em Lund conhece o caso de Kärrlösa, uma cidadezinha na planície, uma tragédia terrível que aconteceu quando dois adolescentes locais tentaram invadir a casa de um homem de setenta anos. Sem mais nem menos, o idoso pegou a espingarda e atirou nos dois ladrões, matando-os bem na porta de casa.

— *O tribunal disse que os jovens estavam armados e que o homem tinha motivos para temer pela própria vida* — lê Waheeda. — *A situação foi tensa, e a vítima mal teve tempo de pensar nas próprias ações. Mesmo assim, o uso de força letal foi indefensável, e, como resultado, o homem de setenta anos foi condenado a três anos de prisão por homicídio culposo.*

Leio por cima do ombro dela.

— *"O uso de força letal em casos de legítima defesa só se justifica quando não existem alternativas para evitar o ataque", disse o perito jurídico Leonard Emsäter para o* Aftonposten.

— Mas como ele deveria ter agido? — pergunta Waheeda. — Pedindo gentilmente que guardassem as armas? Convidando os assaltantes para tomar um café e dizendo que sabia que não era culpa deles estarem fazendo aquilo? Que a culpa era do sistema? Que eles provavelmente tiveram uma infância péssima?

Irritada, ela batuca na mesa.

— E o que a lei diz? — pergunto.

Na verdade, tenho mais a dizer sobre o assunto, mas Waheeda está tão agitada que prefiro evitar a discussão.

Acho que o argumento do tribunal foi bem sensato. Nós queremos mesmo uma sociedade em que as pessoas podem defender a propriedade privada como bem entenderem?

— Deve estar no Código Penal — diz Waheeda, passando as páginas.

Lembro de um caso nos Estados Unidos em que um homem atirou na filha de quatro anos porque achou que era um ladrão. Eu deveria citar isso para Waheeda. Apresentar os argumentos para defender meu ponto de vista. Mas nunca gostei de debater, causa gritos e desentendimentos. E com certeza não quero colocar em risco essa nova amizade.

— Achei — diz Waheeda, antes de começar a ler o Código Penal. — *O direito de legítima defesa pode ser aplicado em casos de um ataque criminoso contra alguém ou contra a propriedade.*

Ela bate o indicador com tanta força no livro que amassa o papel fino.

Nesse meio-tempo, continuo lendo. Fica muito claro que nunca é permitido o uso de um grau maior de violência do que a situação exige. Além de determinar o nível concreto da ameaça, o tribunal também deve pesar se existia a possibilidade de sair da cena do crime, de pedir ajuda ou de atingir partes menos vitais do corpo.

— Não há nada de errado com a lei — diz Waheeda. — A questão é como ela é interpretada. Os velhotes nos tribunais precisam se atualizar. Precisam de gente como você e eu.

TRECHO DO INTERROGATÓRIO DE ELDAR KAHRIMANOVIĆ

Pode dizer seu nome completo?
Ensar Eldar Kahrimanović.

Fale um pouco sobre você.
Tenho trinta e um anos e trabalho na área comercial, com TI e celulares. Sou casado e tenho dois filhos pequenos. Mais o quê? Moro em Limhamn, em Malmö.

Como conheceu Bill Olsson?
Eu respondi a um anúncio que ele tinha publicado sobre a venda de um anel e fiz uma oferta.

Você comprou o anel dele?
Nós nos encontramos na estação central. Eu conferi se o anel era verdadeiro e comprei por catorze mil.

Você pediu recibo?
Não. As pessoas fazem isso?

Você pediu o recibo da compra original do anel?
Fala sério! Era um anel antigo de algum parente. É claro que ele não tinha recibo.

E o que aconteceu com o anel?
Eu recebi uma mensagem no dia seguinte, dizendo que ele tinha mudado de ideia. E ele ficou falando que a amiga estava triste porque era o anel da avó dela ou algo assim. Decidi ser legal e disse que devolveria se ele transferisse o dinheiro para a minha conta.

E foi isso que aconteceu?
Não. O dinheiro nunca foi devolvido. Então, eu fiquei com o anel.

E o que você achou de toda a situação?
Achei que tinha alguma coisa estranha pra cacete com aquele cara.

BILL

Desde a morte de Miranda, toda manhã é igual. Eu acordo no susto e vou conferir se Sally está respirando. No início, ela abria os olhos na hora, como se conseguisse sentir a minha preocupação no ar, mas agora que se mudou para o meu quarto e passamos a noite toda juntos, ela parece ter um sono mais pesado e se sente mais segura. Hoje em dia, preciso tocar, às vezes até sacudir, para ela abrir os olhos azuis e dizer:

— Oi, pai! Com o que você sonhou?

Foi Miranda que começou com a rotina dos sonhos. Se a gente não se lembrasse do sonho, poderia inventar alguma coisa. Nunca fui muito bom nisso, mas Miranda sempre criava histórias fantásticas.

— Eu sonhei com a Karla — diz Sally, esfregando os olhos para afastar o sono. — Sonhei que vocês se casavam e eu era a dama de honra, e Céline Dion aparecia cantando "My Heart Will Go On".

A música favorita de Miranda. Pedi para tocarem no funeral.

— Karla é nossa locatária — respondo. — Temos que respeitar o espaço dela.

Digo isso para proteger Sally, mas percebo que falei alto demais, e ela fica magoada.

— Não dá para controlar os sonhos, sabe?

— Claro que não. Foi bobeira minha dizer isso.

Dou um sorriso e faço carinho no rosto dela.

— Karla é minha amiga — diz ela.

— Não é, não. Karla é...

— A locatária. Eu sei.

Dou um beijo no braço de Sally e faço cosquinha até ela se dobrar de tanto rir. Não sabemos muito sobre Karla, mas já sei que ela é ladra e mentirosa.

— Venha, vamos fazer bolinhos — digo, jogando as cobertas para o lado.

Depois do café da manhã, Sally vai para o pátio, coberta de protetor solar fator trinta, boné e uma garrafa d'água.

Vou para a varanda e me apoio no parapeito. Está tranquilo e deserto lá embaixo. Lund vive a calmaria do verão. A maioria dos alunos voltou para casa, e tudo fica em suspenso até setembro.

Sento na sombra e dou uma olhada nas vagas de emprego, mas isso me deprime. Decido jogar World of Warcraft. Quando o telefone toca, já perdi duas horas.

Número bloqueado. Atendo com um tom curioso:

— Alô?

— É o Bill?

— Sim... Quem fala?

Eu me levanto e olho para o pátio. Não vejo sinal de Sally.

— Não é legal ligar para as pessoas do nada e fazer um monte de acusações sem cabimento — diz a voz no meu ouvido. — Sei que você está passando por momentos difíceis e é claro que eu gostaria que Miranda nunca tivesse ficado doente, mas foi ela que traiu a *minha* confiança. Nós éramos amigas de infância! O que ela fez foi imperdoável.

Jennica Jungstedt. Não acredito que ela ligou para gritar comigo. Será que nunca vai pedir desculpas?

— Você jogou todos contra ela. Nem apareceu no funeral.

— Achei que você não fosse querer a minha presença — retruca Jennica, enquanto dou um sorriso falso para os vizinhos.

— Miranda foi uma vítima. — Entro no apartamento e fecho a porta da varanda. — Ela estava inconsciente quando o filho da puta do Ricky a estuprou.

— Foi isso que ela te disse? Por que ela não deu queixa na polícia?

Miranda vomitou algumas vezes naquela noite. Pegamos um táxi para a casa dos pais dela; tínhamos deixado Sally com eles. Miranda disse que mal conseguia se lembrar do que tinha acontecido no banheiro. Caiu em um choro histérico, implorando que eu a perdoasse por ter bebido demais. Ela só queria esquecer aquela noite e seguir em frente. Disse que não conseguiria prolongar aquilo de jeito nenhum. E eu respeitei a vontade dela.

— Miranda estava bêbada como um gambá, sem dúvida — diz Jennica. — Mas não estava inconsciente quando eu peguei os dois no banheiro. Na verdade, pelo contrário. Ricky disse que foi ela que tomou a iniciativa.

— Mentira! — Bato com o dedão do pé no sofá e sinto latejar de dor. — É claro que ele mentiu. Se você ainda não entende isso, não temos mais o que discutir.

Desligo na cara dela e me jogo no sofá, agarrando o dedão. Nunca vou receber um pedido de desculpas de Jennica, foi uma ideia idiota ligar para ela. E que importância tem isso? Miranda está morta.

Meus olhos ardem e ficam marejados.

Miranda nunca mais chorou por causa disso depois daquela noite. Ela estava muito chateada, mas não quis conversar sobre o assunto. Tinha medo de que nossa filha de algum modo entendesse e que aquilo ficasse para sempre alojado no subconsciente dela, mesmo que fosse tão pequena. Miranda sempre evitou conflitos e explosões emocionais. Somos bem parecidos nisso. Não choramos nem mesmo quando ela ficou doente. Por mais de um ano, ela se manteve forte durante as operações, sessões de rádio e quimioterapia. E eu a acompanhei. Tínhamos nossas conversas e dávamos risadas; deixamos a vida continuar como se o tumor não existisse. Foi só quando Miranda se foi que tudo ficou real demais de um jeito totalmente diferente; foi quando a realidade me atingiu em cheio.

Eu não estava preparado para a solidão. Miranda sempre esteve ao meu lado. Era o meu porto seguro, minha confidente e melhor amiga. Claro que eu tinha alguns colegas antigos da época em que trabalhei no cinema, trocava mensagem com eles às vezes, e tinha as pessoas da indústria cinematográfica que conheci pela internet, e um ou dois colegas de escola, mas ninguém com quem eu podia conversar de verdade, ninguém com quem podia compartilhar meu lado mais profundo.

Já faz tanto tempo agora. Logo que Miranda faleceu, os outros entendiam que eu estava mal. É um direito seu se desestruturar quando acabou de perder alguém. Mas as pessoas não param de falar que o tempo cura todas as feridas e, depois de um ano, começam a ficar fartas e perdem a paciência.

Quanto tempo dura o luto? Raramente se fala sobre isso, mas, às vezes, basta um olhar ou um tom de voz.

Eu dependia de Miranda. Nós éramos quase um só. Quando ela se foi, levou toda a minha segurança junto.

Olho para a foto dela na parede. As três pintinhas no rosto. Sinais de nascença. Tenho pintas quase idênticas. Costumávamos brincar que era uma tatuagem de casal.

Ela jamais me trairia.

Abro o laptop de novo. Tem uma nova mensagem do cara que comprou o anel roubado. Ele escreve que compreende a situação e que pode devolver o anel assim que eu transferir o dinheiro para a conta dele.

Sugiro que a gente se encontre no dia seguinte. Entro na minha conta bancária. O saldo me encara. Quase dez mil. É muito dinheiro, muito mesmo. Mas pode ser mais.

Abro a página do cassino.

Merda.

Eu não quero. Nem deveria. Mas meus dedos estão inquietos. Afinal, sei que posso muito bem dobrar ou triplicar o valor. O dinheiro extra poderia salvar o nosso verão. E, então, Karla poderia pegar o anel de volta e ir morar em outro lugar.

É claro que é uma aposta. Um risco. Mas eu já consegui antes.

Meus dedos tremem.

Eu realmente não deveria.

TRECHO DO INTERROGATÓRIO DE BILL OLSSON

Nós demos uma olhada mais detalhada na sua conta bancária, Bill. Como você descreveria sua situação financeira atual?
Não é ótima. Tem sido muito difícil desde a última primavera, quando tive que pedir demissão do meu emprego no cinema.

Você está com dívidas até o pescoço.
Sim, umas duzentas mil coroas. Mas sempre paguei em dia. Não estou sujeito a nenhuma intimação da Agência de Execuções.

Como você se sustentou desde que saiu do emprego no cinema?
Tive que cortar todas as despesas desnecessárias. Consegui uns bicos por um aplicativo. E, além de tudo, aluguei um quarto do nosso apartamento.

Como você se descreveria, Bill?
Como assim?

Que tipo de pessoa você é?
Sei lá. Bem comum, eu acho. Como a maioria das pessoas.

Você tem explosões de raiva?
Claro que não. Pode perguntar a qualquer um. Não me irrito à toa.

O nome Jesper Lövgren significa alguma coisa para você?
Sim, sim, é claro. Mas o que quer que ele tenha dito, tenho certeza de que não é verdade.

O que quer dizer com isso?
Jesper Lövgren mente. Ele já fez isso antes.

Quando foi que ele mentiu?
Depois que Miranda morreu, eu tentei obter ajuda da assistência social, sabe? Por um tempo, eu mal conseguia me levantar da cama. Jesper Lövgren foi o assistente social do meu caso.

Jesper Lövgren fez uma denúncia contra você na polícia. O que aconteceu?
Eu estava fora de mim. Minha mulher tinha acabado de morrer e... E me ligaram chamando para uma reunião com o assistente social. Eles me acusaram de ser um pai ruim e ameaçaram tomar a guarda de Sally. Eu perdi a cabeça. Disse algumas coisas inadequadas e joguei documentos no chão. Mas não foi, de jeito nenhum, uma ameaça nem um "ato de violência contra um funcionário público", como Jesper Lövgren alegou. O promotor encerrou o caso, e eu fiquei livre de qualquer suspeita.

Mas você perdeu a compostura? Essa é uma caracterização adequada do que aconteceu?
Eu perdi tudo. Minha mulher tinha acabado de morrer, e estavam ameaçando tirar a minha filha de mim.

Então às vezes você perde o controle?
[Nenhum comentário.]

JENNICA

Quando acordo, Steven dobrou o travesseiro ao meio. Está deitado de lado, olhando para mim como se eu fosse um espécime totalmente desconhecido da humanidade.

— Gostaria de ficar aqui com você o dia todo — sussurra ele, enfiando a mão embaixo do meu cobertor. — Mas tem um garotinho que está esperando há meses por esse dia. Ele tem seis anos e uma doença renal séria que precisa de cirurgia.

É realmente admirável. Gostaria de poder fazer diferença de verdade na vida das pessoas em vez de ficar a noite toda convencendo mulheres velhas a largar seus maridos traidores.

— Tem pãezinhos que você pode esquentar no forno — diz Steven. — E suco de laranja na geladeira.

Eu poderia me acostumar a ficar na cozinha com cheiro cítrico de Steven Rytter, meus joelhos dobrados em cima da cadeira, tomando café e sentindo a brisa da janela aberta.

Steven mudou tudo. Nos últimos anos, tentei manter os encontros sem sentido e a vida amorosa errante em particular, mas agora sinto vontade de contar para todo mundo a novidade. Quero trocar meu status de relacionamento no Facebook e postar no Instagram fotos beijando Steven. Quero gritar para o mundo ouvir, dar detalhes e mergulhar de cabeça nos meus sentimentos.

Mal me reconheço.

O café logo esfria na minha xícara, mas continuo na cozinha com o celular, pensando em Bill Olsson. Pelo menos agora ele sabe a verdade sobre a santa Miranda. Eu só não tenho energia para me importar mais.

Depois de trocar mensagens por um tempo com Tina e Emma, digito o nome de Steven no campo de pesquisa do Google, como as pessoas costumam fazer de vez em quando, mesmo que raramente apareça algum conteúdo novo. Fico passando pelos resultados. Tem uma foto dele abraçando Regina. Parecem tão felizes. E pouco mais de um ano depois, ela está morta.

Dou um zoom na foto e ela fica toda pixelada. Embaixo vejo escrito "Regina Lindgren". Deve ser o nome de solteira.

Copio e colo a informação no campo de pesquisa.

Centenas de resultados.

Olho as opções, e o site *Hitta.se* chama minha atenção. Páginas amarelas. Está escrito: *Regina Lindgren, quarenta e três anos, Lund*. Quando clico no link, vejo um endereço que não reconheço: Linnégatan, em Professorstaden, pertinho do Jardim Botânico.

Regina Lindgren mora aqui com Steven Rytter.

Sinto um frio na espinha.

Coloco o pé no chão e me inclino.

Sinto um frio na barriga ao clicar no mapa e dar um zoom. Uma mansão com um quintal imenso.

Deve ser algum engano. Uma falha no sistema. Steven mencionou que ele e Regina moravam em Professorstaden, não é? Eles só não devem ter atualizado o site. Com certeza já ouvi histórias sobre as dificuldades de apagar a presença de alguém na internet depois da morte.

Depois de me arrumar no banheiro de Steven, monto na minha bicicleta e pedalo na direção oeste, passando por Stortorget. Está lotado de gente. A temperatura está agradável, não quente o suficiente para ir à praia, mas perfeito para um passeio no centro da cidade. Estou quase na passarela perto de Gleerups quando mudo de ideia. Eu deveria ir para outra direção. Não é nem fora do meu caminho.

Estou muito curiosa em relação à casa na Linnégatan.

KARLA

A Biblioteca Universitária de Lund talvez seja a construção mais linda que já vi. Fico parada por alguns instantes no parque do lado de fora, tirando fotos do grandioso palácio de tijolos com suas janelas magníficas. A fachada é coberta por heras, e três torres se erguem, quase tocando o céu, lembrando uma catedral.

Quando Waheeda pediu para nos encontrarmos na BU, eu não fazia ideia do que ela estava falando.

"A Biblioteca Universitária!"

"O quê? Do que você está falando?"

"Bi-bli-o-te-ca", disse ela, pronunciando cada sílaba bem devagar e tentando articular a palavra para soar como o sueco padrão.

Pegamos uma mesa e espalhamos nossos livros e laptops. Embora uma placa diga que só bebidas com tampas são permitidas, Waheeda abre um energético e enfia a mão em uma pacote de salgadinho de queijo.

— Olha só isso — diz ela, se aproximando mais de mim com o laptop. — Voltando à nossa discussão da última vez. Você já ouviu falar na Doutrina do Castelo?

— Como no castelo de um rei?

— Exatamente — confirma Waheeda, passando rapidamente pelo texto na tela, sem me dar tempo de ler nenhuma palavra. — O seu lar é o seu castelo.

— Isso parece uma coisa que os americanos diriam.

— Exatamente, minha cara Watson. Como sempre, os americanos estão bem mais adiantados do que nós quando o assunto é bom senso.

Dou um risinho debochado. Eu adoro jeans, coca-cola e panquecas fofinhas, mas, para ser bem sincera, acho a adoração de Waheeda pelos Estados Unidos bem preocupante.

— Do que está rindo? — pergunta ela, com as mãos erguidas.

— Ah, nada. Continue.

Ela estreita os olhos, desconfiada, antes de continuar:

— A Doutrina do Castelo dá ao cidadão o direito de se proteger se alguém invadir sua casa. Tipo, aquele velhote de Kärrlösa jamais iria para a cadeia se a Doutrina do Castelo existisse aqui na Suécia. Se alguém invade uma casa nos Estados Unidos, o dono tem o direito de usar violência. Isso não deveria ser aplicado aqui também?

— Será?

Ela lê em voz alta um texto de um site que não parece exatamente científico.

— *Leis de defesa à propriedade e de não necessidade de retirada dão aos cidadãos o direito de usar força letal para se defender de sérias lesões corporais, sequestro, estupro e outros crimes graves.*

Para de ler e olha para mim.

— Juro que estou ouvindo — digo.

— *A Doutrina do Castelo se aplica aos cinquenta estados para o caso de ataques ocorridos na casa do cidadão, mas em trinta e seis estados existem leis de legítima defesa que permitem que o cidadão se proteja com força letal não importa onde ocorra o ataque.*

Ela enche a boca de salgadinho de queijo. As migalhas caem no laptop. Temo que fiquem presas entre as teclas.

— Diga alguma coisa — pede Waheeda, me dando uma cotovelada. — O que você acha.

— Cara, é basicamente o princípio de "atirar primeiro, perguntar depois".

Conto a ela sobre o homem que achou que tinha um ladrão em casa e acabou matando a própria filha de quatro anos.

Waheeda mastiga de boca aberta.

— Mas isso jamais aconteceria na Suécia. Nossas leis de posse de armas são totalmente diferentes.

— Mas pelo visto algumas pessoas têm armas de fogo em casa — digo, pensando no idoso de Kärrlösa.

— Sério? Bom, veja isso. — Waheeda coloca o computador dela no meu colo. — Realizaram estudos nos Estados Unidos e descobriram que as leis de legítima defesa não resultaram em nenhum aumento na taxa de homicídios. A questão é o princípio da coisa, da visão que eles têm de criminosos e de vítimas. Na Suécia, nós colocamos o criminoso no papel mais importante. As pessoas aqui parecem achar que um julgamento se baseia, acima de tudo, nos direitos do acusado. As vítimas são totalmente esquecidas.

— Mas é possível manter os dois pensamentos ao mesmo tempo, não é? Uma coisa não exclui a outra.

— No país onde eu nasci, a vítima é central para a justiça. Quando alguém é assassinado, a família da vítima pode exigir remuneração do assassino. Se não se chegar a um acordo ou uma reconciliação, a pessoa tem direito à vingança.

— Vingança? Sei lá. Justiça não se trata de vingança, não é?

— *Abou*, mas é claro que se trata! — Waheeda faz um bico como se eu a tivesse ofendido. — Pensa na sua cliente de faxina, a mulher do médico. Se ela se cansar de todo o abuso mental e físico e decidir se vingar dele, isso não é justiça? O opressor receberia o que merece.

— Acho que eu quero acreditar que a sociedade está um pouco mais avançada do que isso.

— Escuta. — Waheeda chega tão perto que sinto o cheiro do salgadinho de queijo no hálito dela. — Esse argumento não é bom. É como se só um tipo de progresso fosse o certo. Tudo que não é ocidental logo é descartado como "não civilizado". A justiça não é um conceito científico, não dá para aprender apenas em livros. Quando eu tinha, tipo, uns dez anos, um garoto no recreio me empurrou para uns arbustos e enfiou a mão dentro da minha calcinha.

Está acontecendo alguma coisa com Waheeda. A voz dela perde força e o olhar confiante começa a ceder.

— Eu fui direto aos meus irmãos e contei o que tinha acontecido. No colégio, aprendi que a gente deve procurar um adulto, talvez denunciar para a polícia, mas, para mim, era óbvio que eu tinha que contar para os meus irmãos primeiro. — Ela começa a estalar os dedos. — O que você acha que aconteceu? Eles foram à polícia? Não. Eles tiveram uma conversa séria com o garoto. No dia seguinte, ele chegou na escola com o olho roxo. Depois disso, passou a me tratar como uma rainha e nunca mais ninguém me incomodou.

Ela respira fundo. Eu olho para a minha pulseira e fico mexendo nela.

— Sinto muito que uma coisa dessas tenha acontecido com você — digo. — Mas eu não acredito em uma sociedade que constrói a justiça em cima da vingança e onde os cidadãos fazem justiça com as próprias mãos.

Waheeda passa a mão na testa e baixa a voz.

— É fácil falar, até que aconteça com você.

Quando eu chego em casa, já são oito e meia da noite, e meu cérebro está completamente vazio. Bill está sentado à mesa da cozinha, mexendo no computador. Ele mal responde quando dou oi.

Pego um Red Bull na geladeira.

— Sinto muito — diz ele. — Mas acho que não vamos conseguir o anel de volta.

— O quê?

— O cara não quer devolver.

— Qual é o problema dele?

Bill mantém os olhos fixos no computador.

Eu tenho que conseguir o anel de volta. Seria um completo desastre se Regina ou Steven descobrisse que sumiu.

Acho que vou ter que dar o meu jeito.

— Você pode me dar o telefone dele? — peço. — Ou o e-mail, ou qualquer contato que você tenha?

— Não vai adiantar. Ele está decidido.

— Só me deixa tentar. Você pode me dar o telefone dele?

— Sh! Você vai acordar a Sally.

Bill leva o indicador aos lábios, com raiva.

Paro e tento ouvir algum barulho vindo do quarto.

Já acordei tantas noites por causa de gritos e brigas. Os amigos ou namorados drogados da minha mãe, arrumando confusão por qualquer besteira. Eu cobria a cabeça com o travesseiro e rezava para aquilo parar. Nenhuma criança deveria sentir esse tipo de medo.

— Se você quiser, eu posso falar com essa tal de Regina Rytter — diz Bill. — Posso explicar que a culpa é toda minha. Se tivermos sorte, ela não vai procurar a polícia. Posso pagar pelo anel.

— Nem pensar. Você não tem dinheiro. E é claro que Regina ia perceber que fui eu que roubei.

— Tá bem — Bill apoia o queixo nas mãos como se estivesse tentando pensar em alguma coisa. — Eu posso ligar e conversar com o cara de Malmö de novo. Vou tentar convencê-lo.

— Mas eu posso ligar. Talvez...

Ele me interrompe de forma abrupta.

— Pode deixar que eu ligo.

Qual é o problema? Ele está enrolando. É como se estivesse escondendo alguma coisa sobre a venda.

— Então, liga para ele o mais rápido possível — digo.

Bill só fica olhando para a tela. Claramente irritado. Será que não percebe o que está fazendo comigo? Se descobrirem que roubei, estará tudo acabado. Nunca vou conseguir realizar o meu sonho de ser juíza.

Vou para o meu quarto, fecho a porta e me jogo na cama. Começo a pensar na conversa que tive com Waheeda sobre justiça. Minha mãe sempre fala sobre carma. Quando a pessoa faz o bem e tem bom coração, o universo conspira para recompensá-la. A justiça vista como um resultado lógico, a lei da natureza. Não vi muitas evidências disso na vida. Talvez seja como Waheeda disse. Se você quer justiça, é melhor garantir por conta própria.

TRECHO DO INTERROGATÓRIO DE KARLA LARSSON

Gostaria que olhasse esta fotografia aqui, Karla. Você reconhece este objeto?
É um anel com uma pedra pequena. Parece um diamante.

É um diamante.
Está bem.

Você já viu este anel?
Difícil dizer. Já vi vários anéis parecidos. Poderia ser qualquer um deles.

Este anel pertence a Regina Rytter. Ela herdou da mãe. Você se lembra de tê-lo visto na casa de Regina quando estava fazendo faxina?
Não posso afirmar com certeza. Não presto atenção aos pertences dos clientes. Mas eu talvez tenha visto em algum momento.

O anel foi colocado à venda na internet no fim de junho. Conseguimos chegar ao vendedor. Foi Bill Olsson. Como você explica isso?
Sei lá. Eu nem tenho certeza se já vi este anel.

Você sabia que Bill ia vender o anel de Regina?
Como assim? Eu já disse que não sei nada sobre este anel.

Foi por isso que Bill matou Steven e Regina? Porque eles descobriram o roubo?
Não, não! Bill não matou ninguém. Ele não roubou o anel.

Quem foi que roubou, então?
Fui eu.

JENNICA

Para ser sincera, não sou fã de pedalar; parece algo tão bobo para mim, que sou adulta. Quero dizer: por que mais Deus inventou o táxi? Mas quando a pessoa é nascida e criada em Lund, andar de bicicleta é quase um direito de nascença, assim como leite materno e água benta. Todo mundo se locomove pedalando por aqui. A cidade foi construída para ciclistas. Existem ruas de mão única por todos os lados, e não há muitos lugares para estacionar o carro. Não pode ser coincidência haver tantos estudantes morando na zona norte, de onde basta descer ladeiras para chegar aos grêmios estudantis, com seus banquetes e bares, e subir para voltar para casa.

Em setembro, as ruas próximas aos grêmios estudantis de Lund, as Nações, ficam lotadas de repente, repletas de jovens de vinte anos em bicicletas antigas ou militares, cidadãos habilidosos do mundo global que acabaram de sair do ensino médio para estudar quatro créditos de liderança de projeto e dominar o mundo. Tão curiosos, famintos e imortais quanto os estudantes antes deles, ao longo de eras. Mas agora o verão furou a bolha estudantil, e os universitários trocaram os departamentos acadêmicos e os bares das Nações pelos campos de morango e estágios na firma do papai. No lugar deles, duas freiras caminham em paz pelos paralelepípedos em direção à igreja católica.

Pego a ciclovia entre o cemitério e o Jardim Botânico. As casas neste bairro valem pelo menos uns dez milhões. Meu pai sempre quis morar em Professorstaden, mas minha mãe acha muito esnobe.

Ao cruzar a Östervångsvägen, olho por um bom tempo para as mansões da Linnégatan. Em algum lugar aqui está a casa na qual Steven morou com a falecida esposa.

Aqui não é Professorstaden de verdade. Pelo menos, não de acordo com meu pai. Ele gosta de dizer que a fronteira do bairro fica mais ao norte, mas os corretores de imóveis idiotas parecem achar que metade de Lund faz parte do bairro.

Levo minha bicicleta pela Linnégatan, seguindo pela calçada do lado oposto ao da casa. Consigo imaginar Regina parada no portão se despedindo de Steven de manhã. Sinto algo que se assemelha a ciúme se revirar dentro de mim. Como isso é possível? Eu nunca sinto ciúme, muito menos de alguém que já morreu.

Tento descobrir qual das grandes *villas* pertenceu a Steven e Regina. Tem um Tesla preto em uma das entradas. Deve ser coincidência.

A casa fica quase que completamente oculta atrás do jardim exuberante, mas dá para ver as janelas do andar superior. As venezianas estão fechadas. Há um ar de abandono ali.

Paro e me inclino para ver a placa do carro.

Sinto um aperto no estômago.

Conheço bem aquela combinação de números.

Empurro a bicicleta pelo meio-fio e estou prestes a atravessar a rua quando o portão se abre.

— Jennica?

Aperto o guidão. Estou tonta, quase prestes a desmaiar.

Steven corre na minha direção.

— O que você está fazendo aqui?

Ele me abraça e tenta me dar um beijo, mas eu o empurro.

— A pergunta é: o que você está fazendo aqui? Você não deveria estar fazendo uma cirurgia nos rins de um menininho de seis anos de idade?

Ele levanta as mãos e dá um passo para trás. A expressão no rosto é de mágoa. A voz está carregada de decepção.

— Eu estou indo. Mas tive que vir falar com os inquilinos. Eles estão tendo problemas com o sistema de ventilação. Eu tive que chamar um faz-tudo.

Inquilinos, ventilação, faz-tudo. Não consigo entender nada daquilo.

— Esta casa é sua?

Empurro a bicicleta até a entrada e olho entre os arbustos e as árvores até a grande mansão.

— Eu disse isso para você, não disse? Nunca consegui vender — conta Steven.

Tenho uma vaga lembrança.

— Ah, é.

Ele olha para mim com curiosidade e sinto que estou ficando vermelha.

— Está tudo bem?

Tento me recuperar. A linda *villa* de tijolos está aninhada entre arbustos de junípěros e lilases. Vejo uma rede e um pequeno caramanchão.

De repente, avisto uma jovem em uma das janelas. No mesmo instante, ela desaparece.

— É uma casa muito bonita — digo para Steven.

— É mesmo. — Ele pega a chave do carro no bolso. — Mas, para mim, está ligada a tantas lembranças horríveis. Prefiro ficar o mais longe possível daqui.

— Faz sentido.

— Eu deveria tentar vendê-la de novo. Mas morro de pena da família que mora aqui. Eles não teriam dinheiro pra isso. A filha está para começar o ensino médio. Mas, quando ela se formar, acho que vou ter que lidar com isso.

— Que legal da sua parte.

Legal até demais, se quer saber a minha opinião.

Steven esfrega a chave.

— Vai dar um trabalho danado me livrar de todos os móveis antigos e outras coisas. Regina era meio acumuladora.

Ele sempre baixa o olhar ao mencionar a ex-mulher.

Coloco a mão no braço dele e olho para a casa uma última vez. Duas estátuas patéticas de leão ladeiam a entrada. Regina deve ter escolhido aquilo. Estremeço.

— Preciso ir agora — diz Steven, e o carro dele apita ao ser destravado. — A operação.

Pedalo mais alguns metros e a marcha da minha bicicleta começa a dar defeito. Desço e dou alguns chutes nas correntes em frente ao Jardim Botânico. Costuma funcionar.

Depois de alguns xingamentos, volto a pedalar.

Trinta anos e relegada àquela bicicleta velha. Quando existem Teslas no mundo.

KARLA

Estou na sala de estar dos Rytter segurando o espanador quando meu celular toca.

— Mãe? Está tudo bem?

Afundo na cadeira em forma de ovo da qual consigo ver o jardim iluminado pelo sol da manhã.

— Não estou nada bem — as palavras estão arrastadas. Ela claramente tomou alguma coisa. — Aqueles merdas do centro de tratamento estão se recusando a me dar mais metadona.

Baixo o volume da ligação.

— Mãe, podemos conversar sobre isso mais tarde? Estou no trabalho.

— Você não está nem aí. Se você se importasse, não teria ido embora e me deixado aqui sozinha.

Ela chora e funga. Eu a decepcionei. Perdi a esperança. É claro que ela notou.

— Mãe, eu...

— Para de dar desculpas esfarrapadas. Só para. Eu não aguento mais.

Ela chora. O som oscila, como se ela tivesse deixado o aparelho cair e pegado de novo.

— Alô? Mãe? Está me ouvindo?

Silêncio.

Ligo de novo, mas só dá ocupado.

Quando me levanto da cadeira para continuar a tirar o pó, a porta da frente se abre. Dou alguns passos em direção ao vestíbulo.

— Oi, Karla.

Steven Rytter está saindo com uma camisa florida e um terno elegante.

— Oi...?

Ele olha para mim. O rosto está sombrio.

Será que ele ouviu que eu estava conversando com a minha mãe? Olho em volta sem entender.

— Só quero deixar uma coisa bem clara para você — diz Steven. — Para me certificar de que não teremos mais nenhum mal-entendido.

Ele está sorrindo, mas os olhos têm um brilho cruel.

Eu me escondo atrás da franja.

— Eu já pedi várias vezes para você não incomodar minha mulher. — O tom dele é enfático. — Posso confiar que você vai atender a esse pedido?

— Claro. Peço desculpas. Tentei dizer para Regina voltar para a cama, mas ela estava determinada a tomar chá comigo. Eu nem gosto de chá.

Até eu percebo que estou falando rápido demais. Não posso perder este emprego.

— Tivemos outras faxineiras que tiveram dificuldade de deixar Regina em paz — continua Steven. Não está mais sorrindo. — Elas foram substituídas na mesma hora.

Então foi por isso. Regina disse que tinha sido por outra questão. O que mesmo? Que a minha antecessora era desagradável.

— Peço desculpas — repito. — Não vai acontecer de novo.

Steven dá um passo na minha direção. Ele é tão alto. Preciso olhar para cima para falar com ele.

— Diga a ela para tomar o remédio e voltar para a cama. Estamos entendidos?

Estremeço. As palavras de Waheeda ecoam na minha mente. Ela pode muito bem estar certa sobre Steven Rytter. Nem me atrevo a pensar no que ele faria com Regina, alguém tão doente e que está quase sempre apagada por causa dos remédios.

— Pode voltar para a faxina — diz Steven.

Eu me esforço para retribuir o sorriso falso.

Assim que ele fecha a porta, ajeito a cortina da janela do vestíbulo. Steven acabou de abrir a porta do carro. Ao lado dele está uma mulher de bicicleta. Parecem agitados com a conversa, gesticulam muito. Ela é jovem e bonita. Parece chateada com Steven. Quem é? Uma amante? De repente, ela vira e me vê.

Solto a cortina e volto correndo para a sala de estar. O pano está embolado na minha mão. Eu o aperto com força. Alguns minutos depois, me atrevo a voltar à janela. O carro desapareceu. A bicicleta também. Assim como a jovem.

Eu me viro. Regina está em pé no vestíbulo. Com a mão sobre a escrivaninha onde estão guardadas as joias, um pouco inclinada. Olha para mim, confusa.

— É melhor você voltar para a cama. Seu marido está zangado comigo.

Ela tosse e leva a mão ao peito.

— Não consigo achar meus remédios.

— Vamos lá — digo, pegando o braço dela.

— O que o Steven disse? — pergunta ela. — Foi alguma coisa do anel?

Eu congelo. Não pode ser verdade. Eles já deram falta.

— Que anel?

Tento parecer despreocupada.

Regina olha para mim, os olhos anuviados.

— Um anel delicado. Um solitário com brilhante. Você viu?

— Não, sinto muito.

Eu a levo até o andar de cima, escondendo o meu rosto da melhor forma possível. Minha mãe sempre diz que sou como um livro aberto, não consigo esconder meus sentimentos.

— Era o anel de noivado da minha mãe. — Regina suspira. — Sempre ficou na gaveta de cima da escrivaninha do andar de baixo, mas não consigo encontrar. Tenho que falar com Steven. Talvez ele tenha visto.

Não me atrevo a olhar para ela. O que foi que eu fiz? Arrisquei todos os meus sonhos. Bill prometeu ligar para o cara que comprou o anel. Temos que recuperá-lo.

Regina se senta na beira da cama e leva a mão à testa.

— Estou com uma dor de cabeça horrível. Preciso dos meus remédios.

Não vejo o organizador de comprimidos. Costuma ficar na mesinha de cabeceira. Abro a gaveta e procuro, me abaixo e olho entre a cama e a parede. É como um filme de terror passando pela minha mente. Todas as vezes que revirei o nosso apartamento de cabeça para baixo em busca de remédios enquanto minha mãe berrava por causa da abstinência.

— Você se lembra da última vez que os pegou?

— Ficam sempre ali — diz ela, apontando para a mesinha. — Rápido, por favor.

Eu me jogo no chão e tateio embaixo da cama. Reviro as cobertas, mas não consigo encontrar.

Regina suspira e geme.

— Você vai ter que ir lá embaixo pegar no armário de remédios.

No banheiro do primeiro andar, há uma cômoda, e na porta mais à esquerda encontro um frasco de comprimidos, duas caixinhas e algumas cartelas soltas. Espero que Regina saiba quais precisa tomar.

Leio os rótulos enquanto subo correndo.

Diazepam, Xanax, Lorazepam, Oxazepam.

Esses são os comprimidos certos?

Depois de vinte anos convivendo com uma mãe viciada, sei algumas coisas sobre medicamentos. Diazepam é o mesmo que Valium. Por um tempo, minha mãe tinha vários na despensa.

— Encontrei estes — digo, e mal tenho tempo de mostrar os comprimidos antes de Regina arrancá-los da minha mão.

Ela abre a caixa de Diazepam.

— Água — resmunga, enfiando dois comprimidos na boca. — Tem um copo no banheiro.

Antes de ir buscar, olho a caixa de novo. Lorazepam. Não é a mesma coisa que Ativan? Minha mãe diz que causa muita dependência química.

— Tem certeza que são estes? — pergunto.

— É claro. Agora me dê água!

BILL

Quando Sally pega no sono, fico deitado ali encarando o teto com o *Harry Potter* apoiado na barriga.

Sally se mexe.

Às vezes, é difícil olhar para minha filha porque ela é parecida demais com Miranda.

Uma noite, estávamos deitados aqui, nesta mesma cama, sob este mesmo teto, com Sally ainda bebê dormindo ao meu lado, exatamente como agora.

"O que você faria se Sally e eu morrêssemos?", perguntou Miranda.

Nesse momento é assustador pensar nisso.

"Eu também não ia mais querer viver", me lembro de ter respondido.

Estava sendo cem por cento honesto.

Meus olhos ardem.

John Milton estava certo em *Advogado do diabo*. Se Deus existe, deve ser sádico.

Jennica Jungstedt sempre foi uma pessoa horrível. Quando era mais nova, provocava todo tipo de drama no grupo de amigas. Não me surpreende nada que continue fazendo acusações contra Miranda, mesmo depois da morte dela, afirmando que ela deu em cima de Ricky naquela festa horrível.

Miranda não era de flertar com os outros. Sempre confiei nela, nunca tive nenhum motivo para sentir ciúme.

Pego *Harry Potter* e coloco um marcador de livro que parece um rabo comprido de rato. Sally ganhou de Natal da Miranda.

Perdoei minha mulher logo depois da festa. Nunca nem passou pela minha cabeça o contrário.

Alguns dias depois, fiquei sabendo da reação de Jennica. Ela tinha terminado tudo com Ricky, é claro, mas distribuiu igualmente a culpa entre ele e Miranda. Nunca mais quis nos ver. Primeiro achei que não fosse nada de mais, mas acabei percebendo que ela tinha conseguido convencer as outras garotas de que Miranda estava errada.

Nunca mais voltamos a falar da festa e muito menos de Ricky. Fiquei enojado com tudo aquilo.

Ainda deitado ao lado de Sally, entro no aplicativo do banco para ver o saldo. Como se isso por si só fosse capaz de, de repente, multiplicar o valor. Como se a nossa situação não passasse de um pesadelo.

Tão rápido quanto o dinheiro do anel entrou na minha conta, consegui fazê-lo desaparecer.

O que você faz quando começa a perder dinheiro no cassino? Aumenta a aposta e corre riscos maiores. Só mais uma rodada, uma última tentativa. A esperança só abandona a gente quando todo o dinheiro acaba.

Mas a questão não é só que o dinheiro acabou. Tem também empréstimos para pagar, daqueles rápidos e com juros nas alturas. E dá para aumentar a conta em cinco minutos.

E, então, tem uma última aposta que promete resolver tudo.

Eu não deveria cair nessa.

Sally está dormindo, a respiração profunda. Ela emite um ronco baixinho quando inspira, exatamente como Miranda. Eu poderia ficar olhando para ela para sempre. Conheço cada detalhe do rosto da minha filha, as covinhas, as sardas, a curva dos lábios. Se não fosse por Sally, provavelmente este jogo já teria acabado para mim.

Na manhã seguinte, consigo um trabalho no aplicativo para receber duas mil coroas. Um cara em Gunnesbo quer que eu retire algumas tábuas e o lixo da propriedade dele. Comemoro, e Sally vai cantando enquanto pedalo pelas ruas de Lund.

O homem que me contratou está esperando na frente de casa com os braços cruzados. Deve ter uns cinquenta anos e usa um chapéu de palha.

— Você trouxe uma criança? — pergunta ele.

Sally dá um passo para trás e se esconde atrás de mim.

— Tudo isso precisa ir para o lixo? — pergunto.

A entrada da garagem está cheia de madeira e tábuas, devem ser o entulho da demolição de um barracão.

— Suponho que tenha mais gente vindo — diz o homem de chapéu de palha. — Você vai precisar de um carro para o trabalho.

— Nós vamos dar conta — digo, sabendo que não consegui esconder muito bem as minhas dúvidas. — Não é tão longe do lixão. Podemos fazer várias viagens.

Na verdade, sei que é uma causa perdida. Mesmo se trabalhássemos o dia todo sem parar, Sally e eu conseguiríamos tirar no máximo um terço de todo aquele entulho. Não adianta nem tentar sem um carro. Provavelmente uma caminhonete.

— Pode esquecer. Vou contratar outra pessoa — diz o homem de chapéu de palha. — Você não pode deixar uma criança carregar isso.

Duas mil coroas se evaporam, mas não vou ficar me condoendo. Sally e eu nos sentamos em um banco na sombra enquanto procuro mais trabalho no aplicativo. Finalmente consigo um: um casal de idosos em Annehem precisa instalar um roteador.

Sally monta na garupa; o sol está de lascar. Eu me esforço para subir a ladeira depois da estação de Gunnebo e, quando chegamos ao topo, estou tão suado que minha camisa passou de turquesa para azul-marinho. Pelo menos a instalação do roteador é moleza e recebo trezentas coroas mais uma gorjeta de vinte coroas para Sally.

— Sinto muito ter que trazer você para essas coisas — digo enquanto voltamos no calor infernal.

Sally dá uma risada.

— Mas é superdivertido, pai. E eu acabei de ganhar vinte coroas.

Ela balança a nota, toda feliz.

Quando chegamos em casa, em Karhögstorg, meu pescoço está queimado de sol. Do lado de fora da mercearia Hemköp, a moradora de rua que está sempre ali recebeu uma sacola de latas retornáveis de alguém. Há anos ela fica ali todos os dias, da hora que abre à hora que fecha. O tempo deixou suas marcas: a pele é áspera e enrugada; os olhos, fundos.

— Oi, olá — diz ela, como sempre.

— Oi! — exclama Sally. Ela puxa o meu braço e cochicha: — Temos algumas moedas para ela?

— Sinto muito — digo mais alto.

Sally pega as vinte coroas, mas eu coloco a nota de volta no bolso dela.

Atravessamos a praça bem devagar. Algumas crianças desenharam uma amarelinha com giz e estão no meio da brincadeira. Sally me pergunta se pode participar.

— Claro, mas não é para sair daqui. Te chamo quando o jantar estiver pronto.

Minhas pernas estão bambas depois de pedalar tanto. Sinto cheiro de comida na escada: carne assada, ervas e alho. Estou morrendo de fome, mas não sei se temos algo em casa.

Quando entro no elevador, meu telefone vibra.

— É Bill Olsson?

Meu primeiro instinto é desligar, mas a mulher do outro lado começa a falar tão rápido que nem tenho chance. Ela diz que é da companhia de luz.

— Estamos entrando em contato por causa de três contas em atraso. Já enviamos diversos avisos pelo correio, mas, de acordo com meus registros, ainda não recebemos nenhum pagamento.

— Eu vou pagar — digo, enquanto o elevador para no nosso andar. — As coisas andam muito difíceis. Eu perdi o emprego, mas se vocês puderem ser um pouco mais pacientes...

Enfio a mão no bolso para pegar a chave.

— O senhor sabe que isso constitui uma quebra de contrato — diz a mulher. — De acordo com a lei, temos direito de cortar a luz se você não pagar.

— Olha só. Eu tenho uma criança em casa. Ela só tem oito anos. Você cortaria a luz da casa de uma criança? Como pode ser tão antiética?

A mulher fica totalmente na defensiva. Só está fazendo seu trabalho, e ética não tem nada a ver com isso.

— Vou pagar — digo. — Só preciso de umas duas semanas.

Destranco a porta, entro em casa e tiro os sapatos. Estou com fome, suado e irritado. Quando chego na cozinha, Karla está encostada na bancada tomando um copo d'água.

— A Sally não está com você? — pergunta ela.

Os olhos dela estão arregalados. Aconteceu alguma coisa.

— Ela está lá embaixo brincando. Por quê?

Ela toma um gole de água e joga o resto na pia.

— Regina Rytter deu falta do anel.

Paro e fico imóvel. Todas as minhas emoções desaparecem. Só resta o vazio. Não consigo mais lidar com tudo isso.

— Como? — pergunto. — Como isso é possível?

— Parece que era o anel de noivado da mãe dela.

Só consigo balançar a cabeça.

— Você prometeu que ia conseguir recuperá-lo — diz Karla. — Você falou com o cara de Malmö?

Respiro fundo e desvio o olhar.

— Não tive tempo. Vou ligar para ele hoje à noite.

— Você tem que fazer isso!

Karla parece em pânico.

Eu me viro devagar e olho para ela.

— E não é só isso. — Ela está ofegante. — Regina não estava encontrando os remédios hoje, então fui pegar mais comprimidos no armário para ajudar.

Ela fala tudo rápido e fica em silêncio.

— E daí?

Meu estômago começa a roncar. Eu não comi nada o dia todo. Na geladeira tem uma bandeja de iogurte que venceu há dois dias.

— Minha mãe toma benzodiazepinas desde sempre — diz Karla enquanto eu cheiro um iogurte. — O mesmo tipo de remédio que Regina está tomando. É um medicamento muito forte e deixa a pessoa cansada.

— E...?

Não sei muito sobre remédios controlados, apesar de Miranda ter tomado um monte. Quando ela foi internada na clínica de tratamentos paliativos, um médico de lá me receitou alguns antidepressivos, mas nem me dei ao trabalho de comprar.

— Você acha que ainda dá para comer? — pergunto, dando o iogurte para Karla cheirar.

— Acho que dá.

Coloco tudo em uma tigela e começo a comer enquanto Karla mexe no telefone.

— Não é estranho que Steven dê medicamentos tão fortes para a mulher?

— Steven? O marido? É ele que passa as receitas dela?

Um médico prescrevendo para a própria mulher? Parece estranho.

— Regina me disse que os médicos que a examinaram não quiseram receitar nada para ela.

Fico pensando no que dizer para o cara que comprou o anel. Se eu disser que foi roubado, talvez ele se assuste e concorde em devolver me dando uma nota promissória.

Karla me entrega o telefone.

— Olha isto — diz ela. — É um dos remédios que ela está tomando.

Ela abriu uma página com informações sobre um remédio chamado Diazepam.

Leio rapidamente.

Diazepam é usado no tratamento de ansiedade, crises de pânico e insônia. Entre os efeitos colaterais comuns estão sonolência, confusão mental, tremores e sintomas de abstinência. Entre os menos comuns estão fraqueza muscular, perda de memória, dificuldade de concentração, problemas de equilíbrio, vertigem, cefaleia e fala arrastada.

— Regina Rytter tem todos esses sintomas — diz Karla.

Também listados entre os efeitos colaterais estão psicose, alucinações, embotamento afetivo, delírios e pesadelos.

— Diazepam é um tipo de benzodiazepina — continua Karla, enquanto eu raspo a tigela com a colher. — É o tipo da coisa que apaga a pessoa. O armário de remédios dos Rytter está lotado disso.

Talvez seja bom que ela esteja se entupindo de comprimidos.

— Se tivermos sorte, ela vai se esquecer do anel de novo — digo. — Parece que está bem confusa, para dizer o mínimo.

Karla lança um olhar de reprovação enquanto eu coloco a tigela na pia e abro a torneira.

— Bem, de uma coisa eu tenho certeza — diz ela. — Benzodiazepinas não ajudam em casos de exaustão crônica.

JENNICA

Reprimir coisas está entre os meus maiores talentos, seguido de perto por autoflagelação e procrastinação. Então, não é coincidência que perto do final do semestre eu tenha que enfim pegar minha bicicleta e descer as ladeiras até a biblioteca universitária atrás de livros para a porcaria da prova de análise de auxílio ao desenvolvimento que preciso fazer de novo.

Considero de verdade me sentar na sala de leitura, com suas luminárias verdes, para folhear os livros, mas decido que basta. Vir até aqui já é produtividade o bastante para um dia.

Então, pedalo para Delphi.

Meu apartamento está fedendo. É um cheiro misterioso, difícil de identificar de onde vem. Comida, suor e lixo. Há roupas e outros objetos jogados por todos os lados. Preciso mesmo arrumar essa bagunça, mas só abro a janela e espirro um pouco do meu perfume mais barato.

Cão sobe na estante e me lança aquele olhar ofendido que só um gato consegue.

Eu me jogo na cama e fico navegando pelos documentários da Netflix. Procuro por cultos, assassinatos e desaparecimentos, mas não tem nada que eu já não tenha visto.

Por fim, escolho um sobre uma família de Norrbotten. Era uma família comum: pais de classe média com duas filhas que pegaram uma doença misteriosa com sintomas semelhantes aos de gripe e que nunca passava. A vida virou um verdadeiro inferno. As meninas não conseguiam frequentar a escola, tiveram que largar as aulas de piano e de dança e não conseguiam mais brincar. Os pais ficaram desesperados e fizeram de tudo para descobrir o que estava acontecendo, mas os médicos não chegavam a um diagnóstico. Nenhum tratamento surtiu efeito. E, antes que alguém ao redor pudesse perceber que a situação era grave e tinha saído de controle, os pais decidiram matar as filhas. Um homem que se diz perito fala sobre uma forma de psicose, um *folie à deux*, quando duas pessoas compartilham a mesma ilusão. É tão fácil recorrer a esse tipo de explicação. Conheço uma jornalista de um periódico noturno que chamou o caso de "tragédia familiar" e provocou uma tempestade de comentários. Fecho o laptop me sentindo vazia.

— O que tem para o almoço? — pergunto para Cão.

Não estou com muita fome. Raramente estou, mas aprendi a comer a intervalos regulares.

— Não, nada de arenque.

O gato solta um grunhido de decepção.

— Pizza? Ótimo. Por que arriscar quando você já sabe que gosta?

Coloco uma no micro-ondas e polvilho orégano quando fica pronta.

Como sentada na cama. Nesse meio-tempo, procuro outro documentário. Escolho um sobre um pai que jogou a filha de três anos de um penhasco. Ninguém imaginaria; ninguém nunca tinha notado nada de errado nele. Nem mesmo o homem conseguia explicar o que tinha acontecido, só dizia que sua ansiedade e seus pensamentos invasivos ficaram muito fortes.

É assim que acontece? Ninguém nota nada até que seja tarde demais.

Penso em Bill Olsson e na filha dele com Miranda, Sally. Eu a vi poucas vezes, mas lembro que era idêntica à mãe na infância.

Miranda e Bill começaram a namorar no ensino médio. Já naquela época, eu tinha um pé atrás. Bill era um pouco mais velho, já estava formado e tinha saído da cidade natal para morar com Miranda e os pais dela. Depois disso, eu raramente via Miranda fora da escola. Bill era um cara peculiar. Nem um pouco sociável. Só queria ficar em casa, vendo filme e jogando video game. Sempre o achei um pouco esquisito. É claro que eu dava um sorriso simpático e ficava de bico calado. Miranda era minha amiga. Estava apaixonada e com certeza ninguém esperava que durasse até que a morte os separasse.

Antes do meu aniversário de vinte e cinco anos, Miranda já estava bem afastada do nosso grupo. À medida que os anos passavam, ela se distanciava cada vez mais, e é claro que o auge foi quando teve bebê na mesma época em que o resto de nós estava na Central do Tinder.

Não foi culpa minha ela ter perdido as amigas de infância. Miranda conseguiu isso sozinha. Elas eram as únicas que sabiam sobre a infidelidade do meu pai. Ao entrar naquele banheiro com Ricky, Miranda sabia como aquele trauma me deixava mal, como tinha afetado a minha vida inteira.

Alguns anos depois, ela já estava no leito de morte, e Emma perguntou se eu queria fazer uma visita. Mas não consegui. Algumas atitudes são imperdoáveis.

Volto a prestar atenção na TV. Quando a mãe da bebê que foi jogada do penhasco começa a chorar escondida atrás de uma tela preta e com a voz alterada, é demais para mim.

Desligo a Netflix. Tudo que resta da pizza é a borda queimada.

Naquela noite, encontro um pacote de salgadinhos que eu tinha escondido de mim mesma atrás das panelas guardadas no forno. Eu me sirvo de vinho e deito na cama com os fones de ouvido. Trabalho é exatamente do que preciso.

Primeiro, tenho uma conversa agradável com uma mulher que deixou todos os parentes com raiva ao decidir se separar do marido que a tratava como lixo há mais de trinta anos.

Então Maggan liga. Dessa vez, o problema todo começou porque ela foi tomar café com a filha caçula e, cheia de boas intenções, disse que a garota deveria escolher algo mais saudável do que um brownie com chantilly.

— Ela ainda parece estar grávida, e o filho mais novo já fez dois anos — argumenta Maggan. — É errado da minha parte dizer isso para ela? Ela mesma parece não notar. E antes era tão magrinha e linda.

Às vezes preciso me esforçar muito para ser empática. Cubro o microfone e respiro fundo antes de responder.

Maggan não tem um pingo de crueldade e, mesmo assim, tudo que ela faz acaba saindo errado.

— Não é legal fazer comentários sobre a aparência de ninguém — digo.

— Mas ela é minha filha.

— Não importa. Ela é adulta. Pode comer brownies no café da manhã todos os dias se quiser. Pode parecer uma baleia-azul se quiser, e ninguém tem o direito de dizer nada.

— Uma baleia-azul?

Não consigo evitar um suspiro.

— Pense um pouco antes de falar qualquer coisa — digo.

Encerramos a ligação. Quando vou pegar minha taça na prateleira, minha mão passa muito perto de Cão, que olha para mim assustado.

— O que foi, cara? Quer carinho?

Ele boceja, estica as patas e vira de costas para mim. É quase como se tivéssemos sido feitos um para o outro.

Steven mandou duas mensagens enquanto eu trabalhava. Quando finalmente tenho tempo para responder, ele escreve:

Faça a mala para uma noite. Daqui a uma hora passo aí.

ENCONTRADA A CAUSA DA MORTE DO CASAL DE LUND: OVERDOSE DE REMÉDIOS E GOLPE NA CABEÇA

AFTONPOSTEN, LUND

O *Aftonposten* agora pode compartilhar alguns detalhes sobre a morte do pediatra e de sua esposa. De acordo com uma fonte da polícia próxima à investigação, a mulher morreu após receber repetidos golpes na cabeça, e o marido teve uma overdose de remédios controlados.

O duplo homicídio assustou os moradores da cidade universitária. Do lado de fora da mansão do casal em Professorstaden, há um mar de flores, velas e cartões. Alguns são de antigos pacientes do médico, que trabalhava como pediatra no Hospital Universitário Skåne, em Lund.

"É inacreditável que isso tenha acontecido", diz uma mulher, cujo filho foi tratado recentemente pelo médico. "Hoje não dá para se sentir seguro nem dentro de casa."

O médico de quarenta e sete anos e sua esposa foram encontrados mortos em casa depois de o hospital informar à polícia que ele não tinha aparecido para realizar uma cirurgia marcada. A polícia suspeita que tanto o pediatra quanto a mulher tenham sido vítimas de homicídio. Um morador de Lund, de trinta e três anos, está preso como suspeito dos assassinatos. Embora ele ainda não tenha sido acusado formalmente, uma fonte próxima às investigações disse ao *Aftonposten* que a mulher morreu após receber repetidos golpes na cabeça.

A mulher de quarenta e três anos era filha de um empresário e autor conhecido de Lund. Fontes disseram que ela havia sido acometida por uma doença misteriosa.

"Que tragédia", diz um vizinho que prefere permanecer anônimo. "Ela era uma pessoa muito ativa até pegar uma virose que provocou alguma doença autoimune. Eu quase não a vi no último ano."

A fonte do *Aftonposten* revela que o pediatra de quarenta e sete anos, que já tinha trabalhado no Médicos Sem Fronteiras, morreu por overdose de remédios controlados.

"A autopsia revelou uma dose letal de substâncias narcóticas no corpo dele", revela a fonte.

De acordo com o promotor de justiça, o homem de trinta e três anos continua sob suspeita. Como o *Aftonposten* publicou recentemente, a companheira dele trabalhava como faxineira na casa do casal, mas, até o momento, ela não é suspeita de ter cometido nenhum crime.

BILL

É como se uma grande ave de rapina estivesse presa no meu peito, batendo as asas em busca de saída. Tento me acomodar em todos os cantos do apartamento: sento no sofá, deito na cama, tento abafar o medo jogando World of Warcraft. Nada funciona. Por fim, tenho que sair.

Eu só saio. Dou passos longos e determinados no meu caminho para o nada.

Como se estivesse tentando fugir de mim mesmo.

Se eu não pagar a conta de luz, vão cortar a energia. E o aluguel está para vencer.

Na trilha de cascalhos ao longo da Södra Esplanaden, vejo um homem suado correndo com uma roupa de lycra amarelo neon. Ele está ofegante e batendo no monitor de frequência cardíaca. Um filhote de labrador agitado cheira, curioso, meus sapatos gastos, um presente de Miranda de alguns anos atrás.

Gostaria de ter alguém para conversar. Gostaria que Miranda estivesse aqui. Não é segredo para ninguém que eu dependia financeiramente dela, mas foi só há pouco tempo que descobri que a minha dependência ia muito além do dinheiro. Eu me deixei ser absorvido por ela a tal ponto que perdi partes de mim.

Há dois homens do lado de fora da escola Spyken discutindo em voz alta e gesticulando. Atravesso a rua para evitar passar perto deles. Espero o sinal verde e sigo para o norte, passando pelo cemitério.

O sol está alto no céu. Este é o verão mais quente registrado na história. Dizem que há alguma coisa errada, que as calotas polares estão derretendo e a grama está amarelando, como se a natureza estivesse revoltada.

Viro no Jardim Botânico. Faz anos que não venho aqui. Eu me lembro de um piquenique com os pais de Miranda. Sally tinha começado a andar, e fiquei o tempo todo atrás dela, passando por arbustos e canteiros.

Um jovem casal de mulheres está sentado embaixo de uma árvore retorcida. Uma delas coloca a perna no colo da outra. Tira o boné. Elas riem. A que está sem boné joga o cabelo para trás. Ela me lembra Karla.

Eu deveria contar a verdade sobre o anel. Tenho que engolir meu orgulho e confessar que tanto o anel quanto o dinheiro se foram para sempre. Karla já sabe que eu sou um fracasso.

Ao sair dos jardins, o suor escorre e cai no meu olho, e me vejo em uma rua estreita de mansões elegantes. Uma imensa escultura de girafa decora uma varanda arredondada. As cercas vivas estão perfeitamente aparadas, e as trilhas de pedra são retas e limpas. Chamam este lugar de Professorstaden. Cem anos atrás, quando o pessoal da faculdade começou a construir *villas* aqui, isto não passava de um campo. Hoje, professores não conseguem mais morar no bairro. CEOs e figurões do mundo empresarial tomaram conta dessas casas grandiosas.

Steven e Regina Rytter moram aqui em algum lugar. Pego meu celular e começo a pesquisar no Google, enquanto caminho em direção ao sul.

— Olhe por onde anda!

Quase trombo com uma mulher de bengala, que se irrita comigo.

— Desculpe.

Acabei de encontrar a casa dos Rytter no Google Maps.

Consigo ver a placa da rua entre arbustos e árvores verdejantes: Linnégatan. Paro por um instante, olhando para o celular enquanto tento descobrir qual é a casa deles. Sigo então pela calçada guiado pela voz artificial do GPS.

A vida dos Rytter em uma linda casa de tijolos com telhado marrom-avermelhado e estátuas de leão flanqueando a porta. Na entrada de carros, há um Tesla brilhante carregando.

Passo devagar. Todas as persianas estão fechadas e a casa está escura. Quando chego à próxima esquina, dou a volta e refaço o trajeto. Atrás do portão de ferro, um caminho estreito leva à porta da frente, que tem janelinhas. Quando estávamos olhando as fotos da casa, Karla me disse que eles têm um painel numérico conectado ao sistema de alarme. Suponho que ela tenha o código para entrar. Steven é médico e trabalha quase o tempo todo. A mulher só fica deitada, dormindo, totalmente apagada por causa dos remédios. Karla me disse que no vestíbulo, bem perto da porta, tem uma escrivaninha. A gaveta superior é repleta de joias caras de ouro, prata, pérola e diamantes. Deve ser bem fácil entrar e fazer a festa. A pessoa poderia deixar marcas na porta para esconder que usou o código. Uma invasão poderia explicar por que o anel de brilhante sumiu e impedir que Karla seja suspeita.

Os Rytter devem nadar em dinheiro. Tenho certeza de que têm um bom seguro. Volto pela rua em direção ao Jardim Botânico e entro no cemitério, onde me sento em um banco. A ave de rapina está batendo as asas no meu peito. As garras rasgam as entranhas atrás das costelas. Respiro fundo, bem devagar.

O que estou fazendo? Isso é loucura. As coisas já foram longe demais, e agora estou considerando roubar.

Eu deveria arrumar um trabalho. Pego meu celular e fico passando pelos anúncios de emprego: sem requisitos educacionais, sem requisitos de experiência.

Tem muitos lugares contratando atendente de telemarketing para receber apenas comissão. Sou ético demais e tenho papo de menos para convencer pessoas a comprar assinaturas e outras merdas de que não precisam. Mas também não posso escolher muito.

Existem alguns trabalhos de cuidador. No passado, não prestei muita atenção neles. Não sei se consigo cuidar de outra pessoa depois de tudo que aconteceu com Miranda. Além disso, eu achava que seria necessário algum tipo de treinamento para isso. Mas parece que não. A maioria das agências afirma que a química pessoal é o fator mais importante.

Minha atenção é atraída por um anúncio em particular. O cliente é um homem de meia-idade com diversas questões de locomoção que precisa de cuidados vinte e quatro horas por dia. Envio um e-mail.

Quando me levanto, percebo que preciso correr. Tenho que pegar a Sally em dez minutos.

KARLA

Enquanto espero o ônibus, ligo para Lena da empresa de faxina.

— Gostaria de saber se posso trocar de cliente.

Espero que ela leve isso numa boa, não quero parecer difícil.

— Trocar? Como assim?

— Bem, no caso de eu não gostar de trabalhar com um cliente específico. É possível fazer faxina para outra pessoa?

Lena não diz nada por alguns segundos. Ela sempre foi um doce, mas e se passei de algum limite?

— São os Rytter? — pergunta ela.

— São.

Estou quase sem ar. Será que Steven já fez alguma reclamação?

— O que aconteceu?

— Nada em particular. — Não sei como explicar. — É mais uma sensação que faz com que eu me sinta mal. Regina tem uma doença grave, e o marido não quer que eu a incomode, mas isso não é fácil porque ela quer conversar comigo o tempo todo.

— Entendo. Vou ver o que posso fazer.

— Ah, muito obrigada!

Fico feliz por ela entender. Agora vou me livrar de todos os problemas. Se tiver sorte, o lance do anel vai dar certo também.

Meu ônibus para, e caminho um pouco pela calçada.

— Mas você vai continuar fazendo faxina para eles até eu verificar se é possível trocar — diz Lena.

— Claro.

Tenho certeza de que consigo lidar com mais uma ou duas faxinas por lá.

Encosto o cartão no leitor e pego o ônibus para o centro esportivo onde Waheeda me espera com chuteiras em uma das mãos e um Red Bull na outra.

A grama do campo está amarelada e áspera. Está difícil me concentrar.

Depois do treino, levo o sapato e a meia para a lateral do campo. Waheeda se joga ao meu lado, ofegante, enquanto leva a mão ao peito.

— Está disparado — diz ela, soltando o coque do alto da cabeça.

O treinador se aproxima e pigarreia.

— Estou muito impressionado com você, Karla. Você joga muito bem para esse nível. Deveria estar em uma divisão superior da liga.

Tiro algumas folhas de grama do sapato.

— Ah, que exagero.

— Nada disso — diz o treinador, ajustando o boné já desbotado pelo sol. — Digo o mesmo sobre você, Waheeda. Aliás, já disse isso várias vezes.

— Eu sei. É claro que sou boa demais para esse time, mas quem tem tempo para treinar dez vezes por semana? Faço faculdade também. Vou ser promotora de justiça.

— Sabe que eu gosto de ter você no time — diz o treinador. — Mas é uma pena ver um talento como o seu ser desperdiçado.

Assim que ele se afasta, Waheeda me dá um tapa no braço.

— Não seja tão tímida, *habibti*! Você tem que aprender a aceitar elogios.

— Ah, mas ele está exagerando. Você não viu que passe horrível que eu fiz? Quase foi gol contra!

— *Chara!* — diz Waheeda, me empurrando pela rampa em direção ao vestiário. — Desencana de estudar hoje à noite. Não quero saber mais nada sobre direito de propriedade intelectual. Só quero uma pizza.

Não é muito difícil me convencer. Vamos a um restaurante italiano no centro da cidade e comemos uma pizza gostosa e crocante, enquanto conversamos e rimos com cobertores nas pernas e nos ombros. Pela primeira vez em muito tempo, me sinto feliz e viva. Despreocupada.

— Se nós duas conseguirmos entrar no curso, podemos tentar ficar no mesmo quarto — diz Waheeda. — Você e eu em um condomínio para estudantes ou algo assim. Ia ser demais.

Parece um sonho. Primeiro temos que arrasar na prova final.

Ficamos lá até a garçonete começar a limpar a mesa, e Waheeda precisa correr para pegar o último ônibus.

Quando chego em casa em Karhögstorg, já é quase meia-noite.

Tento não fazer barulho com a chave e deixo meu sapato no canto ao entrar. A porta do quarto de Bill e Sally está fechada. O apartamento está na mais absoluta escuridão.

Só preciso escovar os dentes.

— Oi.

A voz de Bill na escuridão. Os olhos dele brilham.

— Ainda acordado? — sussurro.

— Não consegui dormir.

Ele está na beira do sofá e parece aterrorizado. Percebo a proteção de tela mexendo no laptop.

— Aconteceu alguma coisa?

Ele não move nenhum músculo.

— Consegui falar com o cara que comprou o anel — diz ele. — Estamos ferrados.

— Como assim?

— Ele vendeu para outra pessoa.

JENNICA

Estamos em uma limusine e vemos o sol se pôr no mar, fazendo os campos de canola brilharem como ouro. Steven me abraça no banco de couro, abre uma garrafa de Dom Pérignon e brinda ao futuro.

— Você já veio aqui antes? — pergunta Steven ao sairmos da autoestrada ao norte de Helsingborg.

Kullen é uma península que se estende como um dedo torto entre os estreitos Öresund e Kattegat.

— Meu avô tinha uma casa em Arild — digo, tomando um gole de champanhe. — Passei muito tempo aqui quando era criança.

— Eu amo Arild. É tão mais autêntico do que Torekov e Båstad.

Mas não é para Arild que vamos. Nosso destino é surpresa. Steven não disse nada, mas estamos viajando pela costa sul da península, em direção à ponta do dedo, onde há antigas torres de farol e cavernas. A placa diz "Mölle". Nunca vim aqui, mas já ouvi falar que é bonito. A limusine vai subindo a montanha íngreme, cruzando estradas sinuosas e estreitas para chegar a um hotel costeiro.

— Eu gosto desse tipo de hotel de estilo antigo — diz Steven —, em que os quartos não são todos idênticos. Camas rangem e tem uma Bíblia na mesinha de cabeceira.

Tomo o último gole do espumante.

— Achei que fosse ateu.

— Com certeza. Mas isso não tem nada a ver com a Bíblia.

— Como assim? — pergunto, com um sorriso cético.

— A Bíblia é uma história cultural. A pedra fundamental de toda civilização ocidental. Toda literatura é uma resposta a ela de um jeito ou de outro.

— Talvez valha a pena ler, então — digo.

Steven sorri.

— Com certeza, acho que vale. Eu li o Alcorão no verão passado. É uma literatura fascinante, com passagens lindíssimas. Mas isso não significa que eu esteja planejando me ajoelhar em direção à Meca cinco vezes ao dia.

Quando a limusine estaciona na frente do hotel, estou um pouco altinha por causa do champanhe. Steven reservou a suíte da cobertura com vista para a baía e o cais pitoresco. Abro a porta da varanda e respiro o ar marinho noturno enquanto ele se senta em uma poltrona e acende um charuto.

— Reservei uma mesa no restaurante para daqui a quarenta e cinco minutos — diz ele.

A fumaça do charuto sobe de um cinzeiro grande de cerâmica. Steven não gosta de fumar, mas o aroma exuberante o atrai.

— Não suporto a fumaça de cigarro comum — diz ele, cruzando as pernas.

Pega o celular e coloca uma música antiga, enquanto eu tomo um banho e me arrumo. Bob Dylan e Tom Petty. Mais da metade do banheiro é ocupado por uma banheira de hidromassagem que Steven disse que adoraria usar depois do jantar.

Começamos com uma entrada de lagosta e mexilhões, seguida por um confit de pato e um *pinot noir* encorpado da Alsácia. O restaurante está lotado, e a nossa é de longe a melhor mesa, com vista tanto para o salão quanto para a paisagem.

— Eu devia estar estudando para a prova que vou ter que refazer.

— Hum. Achei que você fosse do tipo que gabaritava todas as provas de primeira.

— Quase todas. A não ser quando esqueço de comprar o livro e só tenho tempo de dar uma olhada na matéria no corredor um pouco antes da prova.

Steven coloca um palito de dente no canto da boca.

— Posso chamar um táxi se você preferir passar a noite estudando. Mas meus planos incluem uma caminhada pela montanha e um banho de hidromassagem depois.

— Nossa, que difícil decidir.

Caímos na risada e fazemos um brinde. Não queremos sobremesa. Então, passeamos de mãos dadas até a vila dos pescadores. A lua já aparece no horizonte, e tenho dificuldade de manter as mãos longe de Steven.

Quando voltamos para o quarto, eu o empurro para a cama e tiro o vestido. Sento no colo dele, que está com o pau quase explodindo, e começo a roçar meu corpo bem devagar. A cada sutil movimento o rosto dele fica mais plácido, a um passo de se desfazer em êxtase.

Depois de gozar, ele me chupa com uma voracidade que nunca experimentei antes. Agarrando sua nuca, aperto Steven contra meu corpo até ver estrelas.

* * *

Na manhã seguinte, acordo e vejo que ele abriu a porta da varanda e acendeu um charuto para apreciar o nascer do sol.

— Que dia é hoje? — pergunto.

O roupão dele está entreaberto, revelando a nudez.

— Terça-feira. — Ele ri. — Você tem algum compromisso?

Tento organizar meus pensamentos confusos.

— Eu tenho que trabalhar. E estudar. — Suspiro. — Você não trabalha hoje?

— Tenho uma operação à tarde. Mas temos tempo para almoçar depois do check-out, não?

Sem dúvida, penso.

Tomamos um banho de hidromassagem, e fico toda arrepiada quando Steven ensaboa e beija meu corpo inteiro.

O que este homem faz comigo não acontece desde a minha adolescência. É maravilhoso, emocionante e assustador. Quero mostrar para o mundo o que temos, quase como se tivesse encontrado algo que procurei muito e fosse correndo colocar uma etiqueta com meu nome para não perder mais. Quero gritar para o mundo, declarar aqui e agora que ele é meu. É infantil, sem dúvida, mas seria maravilhoso levar Steven para conhecer minha mãe, minha tia Birgitta e minhas primas. E o meu pai.

Eu me enrolo no roupão felpudo do hotel e subo em Steven na poltrona, acariciando os pelos de seu peito.

— Você se vê conhecendo minha família? — pergunto. — Não precisa ser nada formal. Talvez um café no jardim.

Os olhos verdes parecem ficar sérios. Ele estende a mão para o charuto.

— Claro que eu gostaria. Em algum momento. Mas não precisamos ter pressa, não é?

Ele segura o charuto entre os dedos e olha para a fumaça indo em direção ao teto de gesso.

Essa hesitação me deixa preocupada. E se os sentimentos dele não forem tão intensos quanto os meus? Já estive na situação dele mais vezes do que gostaria de lembrar, lidando com caras que se apaixonaram rápido demais e vieram com muita sede ao pote. É uma sensação horrível.

— Foi uma ideia boba — digo. — Não precisamos nos preocupar com isso.

— Vamos relaxar. — Ele dá uma tragada no charuto e tosse.

— É quase uma punição ter que conhecer minha família — digo.

Steven me segura pela nuca e me beija. A boca está com gosto de cinzeiro, mas não me importo.

— Eles fizeram um ótimo trabalho com você.

Não sei se ele percebe que meu sorriso está um pouco distante. Fui tomada pela ideia de que os sentimentos dele não são tão fortes quanto os meus.

Voltamos para Lund à tarde. Mantenho os olhos fechados por mais da metade do caminho para não ter que conversar. O táxi me deixa perto de Citygross, e Steven me abraça por um tempo ali mesmo na rua.

— Quando vou poder conhecer sua colega de apartamento? — pergunta ele.

Penso em Cão.

— Ela não é muito sociável.

No meu caminho para Delphi, me sinto bêbada, mesmo sem ter bebido nada desde ontem à noite. Um vizinho perto da pizzaria precisa me dar oi duas vezes antes que eu o note e o cumprimente.

No apartamento, meu colega de quarto está esparramado no chão. A cozinha está repleta de caixas de pizza e garrafas de vinho. Preciso urgentemente arrumar a bagunça.

— Eu talvez tenha que colocar você para adoção — digo, fazendo carinho na barriga do gato.

A alergia de Steven é terrível.

— Ou talvez este sonho esteja prestes a acabar.

Cão me lança um olhar estranho. Ele raramente me deixa fazer carinho por tanto tempo. É como se sentisse que necessito ser reconfortada.

Consigo sentir. Steven e eu estamos chegando a uma bifurcação. E sei bem como isso costuma acabar.

BILL

Levo Sally para dar uma volta e visitar Naemi, sua colega de escola que mora em uma casa geminada reformada em uma das ruas com nome de fruta perto da autoestrada E22. A mãe dela faz parte da associação de pais e mestres e costuma organizar eventos para arrecadar fundos para os professores. Sei que ela trabalha na área da saúde.

— Nós vamos sair para almoçar no Max — diz ela. — Sally gostaria de ir?

— Acho que ela não vai se opor.

Pego a minha carteira e dou uma olhada simbólica.

— Vou ter que transferir o dinheiro — digo.

A mãe de Naemi protesta. É por conta dela. Mas digo que vou mandar o dinheiro mesmo assim.

Quando chego em casa, me jogo no sofá.

O que me resta fazer agora?

Encontrar um novo apartamento. Me ajoelhar e implorar por ajuda da assistência social. Sinto o estômago revirar só de pensar nisso.

Na parede acima da prateleira de DVDs está Al Pacino, a pessoa mais próxima de ídolo que eu tenho. Está vestido como Michael Corleone em *O poderoso chefão 2*. Penso no que Corleone teria feito na minha situação. O que Tony Montana de *Scarface* faria? Ou Charlie Brigante em *O pagamento final*?

Todos esses filmes em que o protagonista comete os crimes mais graves e moralmente questionáveis. Por algum motivo, são os personagens que sempre me atraíram. Que eu amo.

Enquanto Miranda estava viva, nunca pensei em pegar algo que não fosse meu. Miranda nem atravessava a rua fora da faixa de segurança. O pai dela era conhecido por se autoproclamar uma espécie de vigia da vizinhança. Ele filmava os adolescentes de mobilete na ciclovia e olhava a habilitação deles na internet.

A primeira vez que roubei do cinema foi um pouco antes do Natal. Alguém esqueceu uma pilha de cartões de presente na mesa atrás da registradora. Foi por impulso. Sally queria um iPad de Natal; era a única coisa que tinha pedido. E eu queria tanto dar um para ela. Quando roubei uma vez e percebi quão simples era e como a minha ansiedade desaparecia logo depois, ficou quase automático. Eu pegava dinheiro, entradas gratuitas e cartões de presente. Foi só quando Anette me confrontou que compreendi o que tinha feito. Minha vergonha foi um abismo. Mesmo assim, me humilhei ainda mais ao pedir e implorar que não me mandasse embora.

Olho para Don Corleone de novo. Existe um tipo de justiça racional e direta na máfia que sempre me atraiu. Desde que você saiba o seu lugar e siga as regras do jogo, não há motivos para se preocupar, mas a vingança é certa para qualquer um que tente trair a confiança ou que fique ambicioso demais.

Na realidade, todo o conceito de justiça é estranho, considerando que o mundo já mostrou que é tudo menos justo.

Miranda me olha da fotografia.

A primeira e talvez a única vez que tivemos uma crise no relacionamento foi quando ela descobriu que perdi dinheiro jogando em cassinos on-line. Ela gritou e chorou. Disse que se aquilo acontecesse de novo, ela me deixaria. Desconfio que nunca me perdoaria por todos os erros que tenho cometido nos últimos tempos.

À noite, preparo panquecas para Sally embaixo do ventilador da cozinha. Minha mente ainda está lenta. Como se minha cabeça estivesse cheia de uma camada grossa de gelatina.

— Karla não está em casa? — pergunta Sally.

— Eu não sei onde ela está.

Sally suspira.

Ela devora a panqueca enrolada com geleia e creme. Fica com a boca melada e um olhar agradecido.

Eu faria qualquer coisa por ela.

— Naemi quer começar a jogar futebol também — diz ela, passando as costas da mão na boca.

— Que legal.

Fico olhando para a parede da cozinha. É claro que ela merece a oportunidade de jogar futebol. Deve ter um jeito.

— Vou perguntar à Karla se ela pode treinar comigo no parque — diz Sally entre uma mordida e outra.

Eu me viro com um sorriso.

— E quanto a mim? Você não quer jogar comigo?

Sally levanta as sobrancelhas.

— Você sabe jogar futebol, pai?

Dou risada e chuto o ar.

Quinze minutos depois, quando Karla chega em casa, jogamos algumas partidas de baralho. Sally ganha três vezes seguidas e comemora com uma dancinha da vitória.

— Hora de ir para a cama — digo.

São quase onze e meia.

— Mas eu estou de férias — protesta Sally.

Eu a carrego até o quarto, e ela morre de rir.

Depois de meio capítulo de *Harry Potter*, ela está apagada, e eu a cubro antes de sair.

Karla está em pé ao lado do banheiro, descalça e sem maquiagem, usando um casaco com capuz.

— Minha chefe disse que não preciso mais fazer faxina para os Rytter, mas eu ia conversar com Regina mesmo assim — diz ela, roendo as unhas.

— Por quê? O que você vai dizer?

O melhor plano provavelmente é ficar na dela e fingir que não há nada de errado. Se começarem a procurar onde o anel de brilhante foi parar, é possível que eu me ferre também.

— A mulher precisa saber que o marido está dando benzodiazepínicos para ela. Minha mãe é viciada nessa merda há vinte anos. Sei bem o que pode fazer com uma pessoa.

— Mas não é problema seu. E se eles começarem a investigar o anel?

Fui tão idiota de ter apostado aquele dinheiro, de ter gastado tudo. Mas Steven Rytter e a esposa não vão sofrer nada por causa disso. Vi a casa deles. Não entendo por que Karla está tão preocupada.

— Você nem deveria ir. E não mencione nada sobre os remédios. É uma péssima ideia se envolver nisso. Se você tiver sorte, Regina vai estar tão apagada que nem vai se lembrar do anel.

Karla não olha para mim. Resmunga um "boa noite" e vai para o quarto. Eu me sento no sofá. Meu coração está disparado e meus joelhos, agitados. Está difícil ficar parado.

Pesquiso Steven Rytter mais uma vez no Google e olho para as imagens de satélite daquela mansão. Nunca liguei para coisas materiais, mas fico puto da vida quando alguém como ele pode gastar milhões de coroas por aí, enquanto minha filha e eu não conseguimos nem pagar o aluguel.

Em uma foto, ele está abraçado à mulher. Está sorrindo para a câmera, os olhos brilham. Regina está bastante animada e bonita ao lado dele. Como é possível que deem falta de um anel de catorze mil coroas? Aquilo deve ser um trocado para eles. Para Sally e para mim, nesse momento, seria a salvação.

Steven parece um homem que tem tudo. É difícil acreditar que a pessoa naquela foto estaria drogando de maneira proposital a esposa. Clico no sorriso nojento na tela. Ele jamais vai entender o que significa ver a pessoa que você ama adoecer e definhar. Eu daria qualquer coisa para ter Miranda de volta, e ali está ele, tratando a mulher desse jeito.

Preciso me levantar. Por um tempo, ando de um lado para o outro. Paro diante da minha coleção de DVDs. Estou procurando alguma coisa para distrair por completo a minha mente. Escolho um dos meus filmes favoritos de Al Pacino: *Insônia*. É um remake de um filme norueguês estrelado por Stellan Skarsgård. O policial Will Dormer, interpretado por Al Pacino, chega ao Alasca para investigar o assassinato de um adolescente. Enquanto investiga, Dormer atira e mata acidentalmente o colega, mas em um momento de fraqueza ele culpa o assassino do adolescente, interpretado por Robin Williams. Depois disso, Dormer recebe uma ligação do assassino, que começa a chantageá-lo. Al Pacino está ótimo. Adoro as cenas em que ele anda de um lado para o outro, atormentado pela insônia e pelo sol da meia-noite.

Suponho que seja bem irônico eu não conseguir dormir depois do filme, mesmo sendo mais de uma da manhã, e até duas horas.

Penso mais uma vez em Steven Rytter. Ele está deixando a mulher doente de propósito? Lembro de Miranda, com lábios secos na cama de hospital durante os últimos dias.

Meus pensamentos estão lentos. Estou cansado, mas algumas coisas permanecem bem claras. E uma delas continua na minha mente por tempo suficiente para aparecer no meu sonho.

Até onde Steven Rytter estaria disposto a ir para guardar o seu segredo?

TRECHO DO INTERROGATÓRIO DE BILL OLSSON

Gostaria de mostrar uma coisa para você, Bill. Reconhece esta carta?
Não. Não sei do que se trata.

Nunca a viu antes?
Não.

Tem certeza de que não foi você que a escreveu?
Certeza absoluta.

Nós encontramos esta carta no seu computador, que foi apreendido quando revistamos o seu apartamento. Você ainda confirma que não foi você que a escreveu?
Já disse que não fui eu.

O documento foi apagado, mas nossos técnicos conseguiram recuperar. Como ela acabou no seu computador se não foi você que a escreveu?
Eu... Eu não sei. No meu computador? Qual deles?

No seu laptop. O que estava na mesinha de centro quando revistamos seu apartamento. Alguém mais tinha acesso a ele?
Não que eu saiba. Embora hoje em dia não seja tão difícil entrar no computador dos outros através de um spyware. Qualquer um poderia ter plantado a carta lá.

E por que alguém faria isso?
Eu... Eu não faço ideia.

Você está me dizendo que é vítima de uma conspiração, Bill? Acha que alguém está tentando jogar a culpa em você, embora você seja inocente?
Não, talvez não. Eu realmente não sei mais.

A minha experiência, após quinze anos como investigador de crimes graves, diz que a explicação mais simples costuma ser a correta. Mas sem dúvida existem exceções. O seu computador era protegido por algum tipo de senha?
Não.

Então qualquer um com acesso a ele poderia usá-lo? Onde você costuma deixá-lo?
Em geral, no quarto. Às vezes eu esqueço perto do sofá.

Então você continua afirmando que não escreveu esta carta?
Eu nunca vi essa carta antes.

KARLA

Ainda não tive notícias de Lena.

Pego o ônibus como sempre, e tudo está silencioso na casa dos Rytter quando começo a faxinar os banheiros.

Levanto um passarinho de cerâmica para tirar a poeira; na banheira de pés dourados e curvados, limpo embaixo de embalagens de óleo, condicionador e sabonete. É difícil não comparar este cômodo com o nosso banheiro em Boden. O linóleo arranhado, a banheira cheia de limo e o vaso sanitário encardido.

Enquanto estou agachada para alcançar a parte de trás da privada, ouço uma leve batida na porta. Com o susto, acabo batendo a cabeça na borda da banheira.

— Desculpe. Eu não quis assustá-la. Você está bem?

— Tudo bem.

Minha cabeça começa a latejar e é bastante provável que fique um galo.

— Que burrice a minha — diz Regina.

Deve ter penteado o cabelo. E, pela primeira vez, está usando calça e camisa, em vez de pijama e roupão.

Olha para mim. Como se me acusasse.

— Ligaram da agência de limpeza. Uma mulher chamada Lena.

De repente a dor desaparece. E minha cabeça começa a latejar de outra forma.

— Por quê? — pergunto, deixando a franja cair nos olhos.

Ainda estou agachada entre o vaso sanitário e a banheira.

— Ela disse que você pediu para parar de fazer faxina aqui.

Eu me viro e olho para o chão. Não acredito que Lena contou para Regina.

— Olha, eu...

Sinto os olhos arderem.

— É por causa do anel? — pergunta Regina.

Eu a encaro. Agora Bill vai ter problemas. E Sally.

— O quê?

Ela olha bem para mim.

— Eu sei que você pegou. Um anel não desaparece sozinho.

Fico ofegante. Começo a chorar e, para piorar, cubro o rosto com as mãos. É o meu fim.

— Eu sempre soube — diz Regina.

Isso é um desastre. Eu nunca deveria ter me mudado para cá. Deveria ter ficado em Boden dando apoio à minha mãe. Agora estraguei tudo para um monte de gente. As lágrimas escorrem pelo meu rosto, começo a hiperventilar.

— Ei. — Regina coloca a mão no meu ombro. — Vai dar tudo certo. Vamos resolver isso.

Estou soluçando feito um bebê. Meu corpo inteiro treme.

— Eu não sou ladra. Só queria ajudar o Bill. Vamos conseguir recuperar o anel. Eu juro.

Regina afasta a mão.

— Bill? Ele te obrigou a roubar?

— Não. Claro que não. Fui eu que... Desculpe.

Regina acaricia as minhas costas. A expressão do rosto está suave, os olhos estão calorosos, como se me entendesse.

— Me conte tudo sobre o Bill.

Começo a contar tudo atropelando as palavras: Bill e Sally, a companheira dele que morreu de câncer e o emprego no cinema que ele perdeu. Quando encontrei a gaveta cheia de joias, vi uma forma de consertar tudo. Não sou ladra, mas durante toda a minha infância ouvi que é preciso fazer o necessário para sobreviver, e que tem gente que tem tanta coisa que não veria a menor diferença se algo sumisse.

— Burrice, né? Mas eu achei que quem mora em uma casa como esta deve ser ridiculamente feliz, como no Instagram.

Regina sorri e continua fazendo carinho nas minhas costas.

— Devolva o anel e esqueceremos isso.

Como vou fazer isso? Vou ter que ligar para o cara de Malmö e tentar descobrir para quem ele o vendeu.

— E eu gostaria de verdade que você continuasse a fazer faxina para nós — diz Regina.

Não sei se devo ficar grata ou com medo.

— E quanto à Lena?

— Ela não sabe nada sobre isso. Você pode dizer que foi um grande equívoco.

Regina parece estranhamente lúcida. Ela quer que eu fique, apesar de eu ter roubado. Gosta de mim. Deve ser meu jeito cuidadoso. Eu o cultivei por duas décadas com a minha mãe.

— Também não vou contar nada para Steven sobre o anel — diz Regina com firmeza. — Ele ficaria furioso.

Olho nos olhos dela. Estão mais atentos do que antes. Toda a confusão desapareceu, ela não parece estar sob efeito de narcóticos. Quero perguntar sobre os remédios, mas existe sempre o risco de eu estar imaginando coisas e piorar tudo. É claro que ela sabe que tipo de remédio toma.

— No que você está pensando? — pergunta ela.

Sinto dor nas costas. Seguro na banheira e me levanto. Eu estava sentada em uma das garras douradas.

— Aqueles remédios que eu peguei para você da última vez — começo. — Eles são... tipo...

— O quê? — pergunta Regina.

Eu não deveria dizer nada. Com certeza não posso acusar Steven. Já interferi demais.

— Ah, deixa pra lá.

Dou um passo para a frente, mas Regina bloqueia o caminho, segurando a maçaneta.

— Diga. O que tem os remédios?

Olho os ladrilhos brilhantes. Não tenho escolha.

— Aqueles remédios que eu peguei para você no armário. Tem certeza que são os que costuma tomar?

— Tenho. Na verdade Steven que cuida dos meus remédios. Ele que coloca os comprimidos na caixinha.

Ela realmente não sabe o que está tomando. Ou, para ser mais exata, o que Steven está lhe dando. Lanço um olhar desesperado. Ladrilhos brancos por todos os lados. É difícil respirar.

— Você está tomando benzodiazepinas — digo. — Um negócio bem forte. São substâncias controladas que provocam cansaço e tontura e podem levar a alucinações.

Regina abre um sorriso arrogante.

— Que imaginação! O que você sabe sobre os meus remédios?

— Minha mãe é dependente química — digo, virando o rosto. — Desde bebê eu convivo com drogas por todos os lados. Minha mãe usa esse tipo de remédio para fugir da realidade e entrar em transe.

Eu me obrigo a encarar Regina. A raiva e a irritação parecem estar se esvaindo.

— Que horror. Sinto muito que você tenha convivido com algo tão ruim.

De certa forma, relaxo um pouco ao escutá-la dizer isso. Durante toda a minha vida, tentei não me ver como uma vítima. Eu me dediquei muito a parecer forte. Não só para os outros, mas também para mim. Nunca me permiti ficar triste.

Não quero que sintam pena. Mas não é assim que Regina me olha. Ela sabe que consegui me libertar.

Minha mãe escolheu usar drogas. Ela fez essa opção várias vezes. Com Regina, é outra história. Preciso mostrar o que os remédios estão fazendo com ela. Ela deveria ter uma vida diferente. Sem Steven.

Regina solta a maçaneta e dá alguns passos trôpegos no corredor. Ela se apoia no encosto do sofá.

— Você deve estar enganada.

Eu me apresso para acompanhá-la.

— Talvez seja só um mal-entendido — digo. — Mas os medicamentos que peguei para você são benzodiazepinas.

Regina entra no quarto. Parece confusa de novo, como costuma estar.

— Por que Steven me daria esses remédios?

Paro na porta. As venezianas estão fechadas, as cobertas, jogadas ao lado da cama; o ar está pesado e quente. Hesito, gaguejo. Só há uma explicação. Steven não quer que a esposa fique boa. Mas ela precisa chegar a essa conclusão sozinha.

— Benzodiazepinas só devem ser tomadas por períodos curtos, para problemas agudos — digo. — Todos os seus sintomas, exaustão, confusão mental, dor de cabeça, vertigem, problemas de memória, são efeitos colaterais comuns desse tipo de medicamento.

Regina está parada ao lado da cama, olhando para mim de olhos arregalados.

— Você está me dizendo que tudo isso pode estar sendo causado pelos remédios?

Ela se inclina para a mesinha de cabeceira, abre a gaveta e mexe no conteúdo.

— Não sei — digo, me encostando na porta. Estou tonta. — Mas eles não vão fazer você melhorar. Há quanto tempo está tomando?

Ela se vira, segurando a caixinha de remédios.

— Há um ano pelo menos. Talvez um ano e meio. Quando não consegui me livrar dos sintomas da gripe e as dores de cabeça aumentaram, implorei ao Steven que me desse alguma coisa. Não faço ideia do que foi, mas toda a dor desapareceu e eu enfim consegui dormir. Então, começaram a vir cada vez mais comprimidos. Era só piorar que ele adicionava um novo remédio.

— Benzodiazepinas provocam dependência química. Depois de um tempo, a pessoa desenvolve tolerância, e o corpo precisa de doses maiores.

Ela concorda, mas parece não estar acompanhando. Toda a cor sumiu do seu rosto.

— Não entendo — insisto. — Por que ele simplesmente não se separa de você?

Regina afasta um travesseiro e se senta na beira da cama.

— Ele não pode. Se pedir o divórcio, não ganha um centavo.

— Mas ele é médico. Não ficaria com uma mão na frente e outra atrás.

Ela apoia a mão no queixo e murmura:

— Steven ama coisas luxuosas e extravagantes. O salário de médico não chega nem perto de cobrir o estilo de vida com que está acostumado.

— Mesmo assim...

— Tenho certeza que ele só está tentando ganhar tempo — diz ela, olhando para mim.

Parece calma, apesar de tudo. Talvez por estar há algum tempo sem tomar remédio.

— Para quê? — pergunto.

— Está esperando a morte do meu pai. Enquanto ele estiver vivo, Steven e meu irmão controlam a empresa, mas, quando morrer, meu irmão vai ter que comprar a minha parte ou me vender a dele. Estamos falando de bilhões.

Que coisa horrível. Monstruosa. Steven Rytter deve ser um psicopata.

Ele parece tão agradável, atraente e charmoso, sempre sorrindo. Mas não é assim que os psicopatas costumam ser? Bastante acostumados a manipular todos à sua volta.

— Você deveria chamar a polícia — digo.

Regina olha para mim como se eu tivesse ficado louca.

— E o que acontece quando Steven descobrir?

— Não tem ninguém com quem possa conversar? — pergunto. — Talvez o seu irmão?

Ela faz que não com firmeza.

— Ninguém nunca vai acreditar em mim. Steven consegue se safar de tudo. Vai dizer que eu enlouqueci.

— Mas você vai ser protegida. Se o Steven está drogando você, vai ficar preso por muitos anos.

— Você acha? É mesmo assim que as coisas funcionam?

— Quero dizer... bem...

Não quero mentir. As coisas deveriam ser assim, mas não tenho como afirmar. Será possível provar que aconteceu algum crime? Afinal, ela tomou os remédios por livre e espontânea vontade.

Regina não desvia o olhar. Consigo ver o medo por trás do choque.

— Ele vai me matar, Karla.

BILL

A carteira fica um tempo parada ao lado da nossa caixa de correio, como se estivesse se certificando de que é ali mesmo. Só consigo olhar pela fresta da porta e ouvir ela andando de um lado para outro. Por fim, uma pilha de folhetos, anúncios e envelopes despenca da caixa lotada no nosso capacho e a portinha bate com um baque.

Logo descarto as porcarias e encontro um envelope marrom com o endereço escrito à mão. Está tão bem lacrado que preciso rasgar para abrir.

Ao ler, sinto que estou em uma montanha-russa. A folha treme nas minhas mãos.

Olá,

Meu nome é Selma Argonova e trabalho na secretaria administrativa de assistência social. Recebemos uma denúncia que apresenta preocupações em relação a Sally. Nesses casos, o procedimento é convocar a criança e o detentor da guarda para discutir as informações do relatório.

Marquei uma consulta para você e Sally no dia 22 de agosto às onze horas da manhã. Estimamos que a reunião dure uma hora.

Devem ser os pais de Miranda de novo. Vanna e Heinrich. Da última vez, eles fizeram uma denúncia, dizendo que minhas apostas estavam afetando Sally. Eu ainda não os perdoei.

Porque não pode ter sido a companhia elétrica, certo? E o locador dificilmente faria esse tipo de denúncia.

A caixa de cereais de Karla ainda está na mesa. Não pode ter sido ela, não é?

Penso em ligar na mesma hora para Selma do departamento de assistência social. Se eu for honesto, ela vai entender. Talvez o departamento possa até me ajudar pagando algumas contas. Enfrentar problemas financeiros não me torna um pai ruim. Sally está em boas mãos.

Depois de um tempo, fico mais calmo.

É melhor esperar.

Faço miojo e uso o último tempero caseiro que tenho aqui, não aquela mistura horrível do saquinho. Sally e eu jantamos antes de Karla chegar do futebol. Só há o suficiente para nós dois.

Sally está no sofá com o iPad quando Karla chega, e eu a abordo ainda na porta.

— O que houve?

— Temos que conversar — respondo.

Fechamos a porta do quarto de Sally. Meu sussurro sai quase como um sibilo:

— Foi você?

Sacudo a carta do serviço social na frente dela.

— Do que você está falando?

Ela pega a carta da minha mão e lê.

— É só uma reunião — diz ela. — Não é nada de mais.

— Foi você?

— Como assim? Você acha que eu denunciei você para o serviço social? — Ela fica ofendida. Se está mentindo, é ótima atriz.

— Desculpe. É claro que não foi. Não estou conseguindo pensar direito.

Quando ela me devolve a carta, nossas mãos se esbarram. Eu a agarro e a puxo para perto. Não consigo evitar. Lágrimas escorrem.

— Vai dar tudo certo — diz ela, me abraçando. — Você é um pai maravilhoso para Sally. Isso não vai dar em nada.

Tento acalmar a respiração.

Talvez ela esteja certa. Mas Karla não sabe nada da última vez que o departamento de assistência social apareceu. Fico louco da vida quando me lembro daquele porco metido a besta do Jesper Lövgren, que disse que um homem adulto não deveria jogar World of Warcraft.

— Regina sabe que roubei o anel — diz Karla.

Perco o prumo. Solto Karla, e ela dá alguns passos para trás.

— Como ela pode saber disso com certeza?

Está tudo acabado.

— Eu não sei blefar. Ela viu na minha cara.

Não acredito. Quero dizer, ela está sempre drogada, sofrendo os efeitos colaterais de todos aqueles remédios.

— Você mencionou os remédios?

Pelo menos temos alguma coisa contra Steven Rytter.

— Ela não quer envolver a polícia — conta Karla. — Mas não vai contar para ninguém. Tem medo de Steven.

É claro. Deve ser um choque terrível. Imagino Miranda; ela foi arrancada de mim, não pudemos mais ficar juntos. Mas Steven Rytter está entupindo a esposa de sedativos.

Penso na mansão elegante em Professorstaden, nas fotos que encontrei no Google: Steven Rytter de jaleco branco e estetoscópio no pescoço, abraçando Regina com aquele sorriso arrogante. De repente é como se as paredes estivessem se fechando à minha volta. Me sinto preso, o ar parece parado. Aquela ave de rapina está presa no meu peito de novo, batendo as asas e abrindo as garras.

— Você pode me fazer um favor? — pergunto para Karla. — Pode colocar Sally para dormir?

Visto um casaco e um boné. Sinto o suor escorrer embaixo do meu braço.

— Claro. — A expressão no rosto de Karla é de surpresa. — Se ela aceitar.

— Ela vai ficar muito feliz. Eu só tenho que resolver uma coisa.

Vou me despedir de Sally, mas paro no meio do caminho. Parece errado ela me ver assim.

Karla fecha a porta depois que saio. Desço correndo, recitando as palavras da carta do departamento de assistência social. Meu cérebro implora por ar fresco.

Até agora, o verão mais parece uma panela de pressão, mas, depois de um dia inteiro de chuva, a umidade do ar ainda está alta e fica mais fácil respirar.

Pedalo na direção norte, rumo a Stora Södergatan, viro no prédio Stäket e passo por Mårtenstorget, onde a praça de alimentação ao ar livre está sendo remontada depois de um dia inteiro de chuva. Paro no sinal vermelho no cruzamento perto de Spyken, uma das maiores escolas de ensino médio da cidade. Um ônibus joga tanta água que preciso me afastar.

Só quando estou debruçado no guidão perto da entrada sul do Jardim Botânico, olhando para a Linnégatan, que admito para mim mesmo que era para cá que eu estava vindo desde o começo.

Desço da bicicleta e a empurro pela calçada estreita, tentando parecer alguém normal indo para algum lugar. Quando passo pela linda casa de telhado marrom-avermelhado, olho as janelas do segundo andar. As persianas estão fechadas. Regina Rytter passa os dias se afogando na escuridão. Penso nas últimas semanas de Miranda no centro de cuidados paliativos, como a vida ia se esvaindo dela devagar.

Agarro a borracha do guidão com mais força.

Quando chego ao estacionamento da escola, paro e volto pelo mesmo caminho. Dessa vez, não desvio o olhar da casa dos Rytter.

De repente, vejo um movimento nos arbustos do jardim. A silhueta de um homem na penumbra.

Quando o portão preto se abre, o ar fica preso na minha garganta, e eu tusso. Meu primeiro instinto é montar na bicicleta e pedalar para bem longe dali. Mas o homem na calçada nem me nota. Ele fecha o portão e segue em direção ao Jardim Botânico.

Caminha empertigado, dando passos longos e decididos. Ao atravessar a rua, o cabelo ondula com o vento. Não tenho dúvida, aquele homem é Steven Rytter.

Na rua principal, ele para e deixa um carro passar. Estou a alguns passos e preciso diminuir a velocidade quando ele passa pelo cemitério.

Penso em Sally.

Eu deveria voltar para casa.

Antes que Steven atravesse a rua em direção à escola Spyken, ele se vira e olha em volta. Estamos tão perto que nossos olhares se cruzam. Uma fração de segundo, nada mais.

Não sou uma pessoa maldosa. Desde criança, meu jeito de lidar com a maldade dos outros foi ignorando. Ninguém gostava de implicar comigo porque eu não chorava nem revidava. Meu temperamento controlado é genuíno. Mas agora, olhando para Steven Rytter e pensando no que ele está fazendo com a própria mulher, sinto pela primeira vez uma raiva que beira o ódio.

Ele está bem no cruzamento.

Quando subo na bicicleta, seguro o guidão com tanta força que meus dedos ficam vermelhos.

De esguelha, vejo Steven Rytter se aproximar de uma mulher jovem e abraçá-la.

KARLA

Waheeda e eu acabamos de tomar café da manhã perto do Juridicum quando Lena me liga.

— Conversei com Regina Rytter — disse ela. — É verdade que está tudo certo?

— É, sim.

Lena parece pasma, o que não me surpreende.

— Regina me disse que vocês conversaram e que você aceitou continuar fazendo faxina por lá.

Não posso negar. Regina foi muito legal por não ter contado sobre o anel.

— Isso mesmo. Nós resolvemos tudo.

Escuto um suspiro pesado.

— Que bom — diz Lena. — Então, vamos manter as coisas como estão.

— Certo, parece bom.

Olho para Waheeda, que está limpando os dentes com a unha, olhando o reflexo na janela.

— É melhor a gente ir estudar — diz ela assim que desligo.

Ela se vira e aponta para o prédio grandioso da universidade no começo da rua.

A única parte do curso que temos que fazer pessoalmente no Juridicum é a prova final. Ao subir os degraus de pedra e entrar parece que estamos desrespeitando alguma regra não dita.

Tenho a sensação de que as pessoas nos olham com desconfiança.

— Daqui a alguns anos, todo mundo vai saber quem a gente é — diz Waheeda.

Ela atravessa o salão como se fosse dona do lugar. Vai até uma mesa e puxa uma cadeira. Livros empilhados e o laptop no colo.

Nosso último trabalho de direito penal é o mais interessante até agora.

— Sério — diz Waheeda, que sempre fala alto demais. — Não consigo entender por que a pena de morte é tão controversa. Não puniriam adultério ou pequenos furtos com a morte. Mas um cara que mata e esquarteja uma mulher ou tira a vida de uma criança inocente? Por que alguém assim merece viver? Ele merece mesmo uma segunda chance?

Ela fala de um jeito que faz o assunto parecer mais simples do que de fato é. Basta abrir a boca para isso ficar claro. Já percebi que Waheeda gosta de argumentar como se as coisas fossem oito ou oitenta. É uma forma eficaz de criar polêmica.

— A gente trata muito bem os criminosos neste país — diz ela, abrindo um pacote de bala e me oferecendo uma. — Espero que você não se torne uma dessas juízas que pensam mais no criminoso do que na vítima.

É difícil não pensar em Steven e Regina. Fico em silêncio refletindo sobre isso, e Waheeda demora meio segundo para perceber.

— O que houve? Foi alguma coisa que eu disse?

Fecho o Código Penal e pego algumas balinhas em forma de carro.

— Lembra daquela minha cliente, que falei outro dia? Regina. Da casa onde faço faxina. Acho que está sendo drogada pelo marido.

— A mulher do médico? Eu sabia!

Conto tudo para Waheeda. Do tipo de remédio que descobri no armário e de Regina não querer procurar a polícia por medo dele.

Waheeda bate na mesa, e algumas balinhas voam da embalagem. O grupo de garotas na mesa ao lado olha para nós.

— Aquele filho da puta! Você lembra o que eu disse, não?

É claro que sim. Por menos que isso importe.

— Você acha que eu deveria denunciar? — pergunto. — Mesmo que Regina não queira?

Waheeda faz um gesto com o braço.

— Não, não. A polícia não vai fazer nada. E se ele surtar e espancá-la até a morte?

Uma bala fica presa na minha garganta. Fico tossindo enquanto Waheeda bate nas minhas costas.

— Você está certa — digo. — É arriscado demais.

— Você deveria filmá-los — diz Waheeda.

— Como?

Ela bate com a unha no telefone.

— Gravação de voz. Eu gravo tudo o tempo todo, só por segurança.

— Como assim? O que você grava?

— Coisas que as pessoas dizem. Nunca se sabe quando vamos precisar de provas.

Dou uma risada, sem saber se devo levá-la a sério ou não.

— Você não gravou nada do que eu disse, não é?

— Claro que não.

A risada de Waheeda é alta e rouca. As garotas na outra mesa nos fulminam com o olhar.

Folheio o livro do curso, mas está difícil me concentrar. Não consigo me acalmar nem estruturar meu pensamento. É como se meu cérebro estivesse sobrecarregado. Depois de duas horas, nem comecei a escrever.

— Mas que droga — digo.

Não vou conseguir entrar na faculdade de direito. No que eu estava pensando? Ninguém da minha família pisou em uma universidade. Não sou nada além da filha ladra de uma drogada.

— Ei! É melhor se acalmar! — diz Waheeda, olhando para a página em branco no meu computador. — Só comece a escrever.

— Mas eu não entendi nada do que li. Não sei o que significa.

— Cacete! Ninguém nunca te disse que você é muito inteligente? É como se você não entendesse que está em um nível totalmente diferente do resto do mundo.

— Ah, fala sério.

— É verdade. Você é quase uma gênia! É tão triste que ninguém nunca tenha te dito isso.

Não consigo não rir.

— Agora para de sentir pena de si mesma e começa a escrever — diz Waheeda.

Ela fica me observando como uma águia e não me deixa em paz até eu enfim começar a digitar a primeira frase. Logo as palavras começam a surgir dentro de mim e eu sei exatamente aonde quero chegar.

— Obrigada — digo para Waheeda.

— Pelo quê? — pergunta ela, amassando o pacote vazio de bala.

— Por acreditar em mim.

Ela tenta acertar a embalagem no cesto de lixo no canto. E erra feio.

— Desculpe — diz ela. — Mas só acredito em Deus. *La ilaha illa Allah.*

Quando estou voltando para casa, ligo para minha mãe. Não nos falamos há alguns dias. Tento várias vezes, mas ela não atende. Por fim, envio uma mensagem:

Espero que esteja tudo bem. Ligue quando puder.

Sinto vergonha de não estar lá ao lado dela. Agora que o programa de metadona não vai acontecer, ela precisaria de verdade da minha ajuda. Pareceu estar falando sério dessa vez. Que tipo de filha eu sou por não voltar para casa e ajudar?

No apartamento na Karhögstorg, Bill está descansando em uma cadeira de lona na varanda e parece que Sally não está em casa.

— Como estão as coisas? — pergunto.

Bill usa uma camiseta desbotada e um boné dos Yankees. Ao que parece estava chorando.

— Talvez seja bom que o assistente social tire Sally de mim. Eu sou um pai terrível.

Ele pisca, olha para o céu e respira fundo. Hesitante, toco seu ombro.

— Ai, estou ardendo do sol.

Afasto rapidamente a mão.

— Você é um ótimo pai. Ninguém vai tirar Sally de você.

Eu cresci morrendo de medo do departamento de assistência social. Minha mãe me ensinou bem cedo a nunca falar com a polícia, mas os assistentes sociais são ainda piores. Em retrospecto, fico imaginando se não teria sido melhor para nós duas se eu tivesse pedido ajuda. Mas nunca passaria pela minha cabeça denunciar Bill, como ele desconfiou. Mesmo que a situação financeira deles seja uma merda, Sally é mil vezes mais bem cuidada do que eu fui.

— Fui de bicicleta até a casa dos Rytter ontem à noite — disse Bill, baixando mais a aba do boné na testa.

— Foi?

Ele saiu com pressa depois da nossa conversa. Achei que estivesse indo fazer algum bico ou algo assim.

— Foi meio sem pensar. Eu cheguei ao bairro e vi Steven.

O vento fresco sopra no meu rosto, trazendo o cheiro de churrasco que alguém está fazendo lá embaixo.

— Onde? — pergunto.

— Ele saiu e foi em direção ao centro da cidade. Eu o segui por um tempo.

Bill apoia o cotovelo no joelho. O tom triste é substituído por algo mais afiado, quase raiva.

— E por que você fez isso? — pergunto.

É claro que aquilo tudo ia afetá-lo. Bill foi obrigado a assistir a Miranda adoecer cada vez mais até finalmente morrer, enquanto Steven está deixando a própria esposa doente de propósito.

— Ele se encontrou com alguém — diz Bill.

— Quem?

— Ele está tendo um caso.

Bill não desvia o olhar. Ele estreita os olhos e trinca o maxilar.

— Como você sabe disso? — pergunto.

— Eu o vi com uma mulher mais nova. Eles estavam abraçados e se agarrando. Ficou bem claro.

Não posso dizer que estou surpresa. Isso explicaria muita coisa.

— Como ela é?

— Não sei bem. Só a vi de costas.

Deve ser a mesma mulher que eu vi pela janela. É claro que Steven está traindo a esposa.

— É por isso que ele está drogando Regina — digo.

Bill se levanta e apoia a mão no corrimão da varanda.

Faz sentido. Steven está entupindo Regina de sedativos para traí-la em paz.

— A não ser que aconteça um milagre nos próximos dias, vão cortar a luz e depois nos despejar — diz Bill.

Fico ao lado dele olhando o pátio. Algumas crianças estão embaixo de uma árvore com uma corda comprida. Levo um minuto para ver que Sally está na fila para pular corda. Um pouco antes de chegar sua vez, ela nos vê e acena com as duas mãos, feliz.

— Eu não acredito em milagres — digo. — Mas acho que tem alguma coisa que podemos fazer.

Alguns anos atrás, minha mãe e eu estávamos na mesma situação. Parece que foi ontem que a vi deitada na cama, o corpo tremendo de chorar e soluçar, dizendo que a situação não era nada boa. Ela estava sem um tostão, e as autoridades apareceriam a qualquer momento para nos despejar. Pior ainda, eu poderia acabar em um lar temporário.

Havia uma solução, é claro. Quando o assunto eram drogas e dinheiro, não faltavam imaginação e atitude para minha mãe. Na época, hesitei bastante antes de seguir o plano dela. Dessa vez, fico tão hesitante quanto.

— E o que podemos fazer? — pergunta Bill. — Você tem alguma sugestão?

Eu não deveria dizer nada.

— Karla, olha pra mim! — grita Sally, contente, lá do pátio. — Eu sou a melhor!

Ela passa por cima da corda, que serpenteia, batendo no asfalto.

— Eu não sei — digo para Bill.

TRECHO DO INTERROGATÓRIO DE KARLA LARSSON

Por favor, dê uma olhada nisto. É um documento que recuperamos no computador de Bill Olsson. Você reconhece, Karla?
Não.

Vou ler em voz alta para que fique registrado na gravação:

Para Steven Rytter,
Sabemos que está traindo Regina e a drogando com benzodiazepina.
Se não quiser que a polícia e sua esposa descubram o que você está fazendo, siga estas instruções:
Não conte a ninguém sobre esta carta.
Transfira cinquenta mil coroas em bitcoin para a nossa carteira de BTC no endereço 3PnPi7xFVEv5hV7K até sexta-feira, 14 de agosto, às vinte e três horas e cinquenta e nove minutos.

Quero que pense muito bem agora, Karla. Tem certeza de que nunca viu isto antes?
Tenho. Eu não sei. Ou melhor...

O que quer dizer? Você reconhece esta carta?
Reconheço.

Você sabe quem a escreveu?
Foi Bill.

E por que ele a escreveu?
Ele precisava de dinheiro bem rápido, caso contrário ia perder o apartamento. Iam cortar a energia elétrica, e o departamento de assistência social o convocou para uma reunião sobre Sally. Bill teve que se mudar muito na infância e não queria que o mesmo acontecesse com a filha. Ele estava desesperado.

Você está nos dando informações novas, Karla. Por que não disse nada disso antes?
Morri de medo quando vocês prenderam Bill. Logo que descobri que Steven e Regina tinham morrido, meio que fiquei em choque. Sem acreditar. Tipo, assassinados? Quem poderia ter matado os dois? Demorei um pouco para entender o que estava acontecendo.

Bill pode ter influenciado o que você diz nestes interrogatórios?
Como? Bill está preso. Ele só pode falar com o próprio advogado. Gostaria de ter contado a verdade desde o início, mas agora é tarde para me arrepender.

Bill já ameaçou ou agiu de forma violenta com você?
Claro que não. Bill não é assim.

É correto dizer que essa não foi a primeira vez que você participou de um caso de extorsão, Karla?
Eu não participei de nenhuma extorsão. Foi Bill que escreveu a carta.

Mas você já foi acusada de extorsão antes?
Eu era criança. Só tinha catorze anos.

Você era inocente daquela vez também?
Não.

JENNICA

Depois de vinte minutos folheando livros sobre auxílio ao desenvolvimento, desisto. Parece grego para mim. Se tivesse assistido a mais aulas além das introdutórias obrigatórias, talvez eu compreendesse minimamente o conteúdo. Agora não tem jeito. Vou ter que procurar algum fórum na internet para correr atrás.

Por sorte, tenho que parar logo. O trabalho me chama.

A primeira ligação da noite é de uma mulher com quem nunca conversei. Como a maioria das pessoas que ligam pela primeira vez, ela fala por bastante tempo e declara, sem muita convicção, que nunca deveria ter telefonado e que não acredita em habilidades psíquicas.

— Na verdade, eu conheci um cara incrível. Ele virou meu mundo de cabeça para baixo. Mas ontem descobri que tem mulher e filhos. Ele mentiu para mim. Agora diz que não ama mais a mulher e que quer se separar, mas eu não sei. O que devo fazer?

— Ele não vai se separar da mulher — digo.

Durante todos esses anos como conselheira psíquica, já tive no mínimo umas dez conversas exatamente iguais a esta. Por décadas, minha própria mãe fingia que não via o comportamento asqueroso do meu pai. Ela não é ingênua nem idiota. Só sabia muito bem como isso poderia causar problemas com grandes consequências se ela se permitisse admitir que havia algo de errado e decidisse fazer algo.

— Como você pode ter tanta certeza? — pergunta a mulher ao telefone.

— E isso importa? Mesmo que ele deixe a esposa, contra todas as probabilidades, alguém pode garantir que ele não faria a mesma coisa com você? Como vai confiar nele?

Ela hesita.

— Pois é, eu pensei nisso. Mas...

Sempre tem um "mas".

Antes de conseguir esse emprego, eu não fazia ideia de até que ponto as pessoas estavam dispostas a ultrapassar o limite dos próprios valores. Desde que estivessem apaixonadas o suficiente. Pessoas normais e sensatas aceitam ficar em segundo plano por anos, aguardando o amor, e permitem ser tratadas como lixo só para curtir os momentos em que são desejadas. Mulheres que já viram homens agirem como animais pré-históricos encontram as desculpas mais esfarrapadas para perdoar e esquecer.

— Pula fora enquanto pode — digo.

Ela não parece muito satisfeita com o meu conselho psíquico, mas não estou nem aí. Não estou disposta a me tornar uma conselheira que defende filhos da puta traidores.

Então, Maggan liga e me enche de amor e gratidão, e tudo fica bem de novo. Ela e a filha conversaram e fizeram as pazes.

— Eu disse que ela pode ser como quiser — declara Maggan do seu jeito peculiar. — Que pode ser um elefante ou uma baleia-azul, se quiser. Que eu a amo do mesmo jeito.

Embora Maggan não tenha seguido exatamente o meu conselho, acho que o resultado é o que importa, e parece que tudo acabou com uma discussão sobre criação, amor, expectativas e exigências.

— Isso nunca teria sido possível sem você — diz ela.

Penso no efeito placebo de alguns medicamentos. O que eu faço não é tão diferente disso. As pessoas só precisam acreditar que existe alguém torcendo por elas e que as ama de modo incondicional. Talvez venha daí a dificuldade de perceber uma traição ou que você mesmo está se enganando.

— As pessoas são muito simples — digo para Cão, o gato. — Dizem que é um mito que só usamos dez por cento do nosso cérebro. Mas às vezes eu me pergunto se é mesmo.

Cão coça o focinho e vira de costas.

— Não precisa ficar chateado — digo. — A capacidade do seu cérebro com certeza é limitada.

Abro uma garrafa de vinho e coloco um documentário. Minha mãe me liga para perguntar se quero ir jantar lá no sábado. Meu cérebro grita "não", mas meu saldo bancário me obriga a dizer "sim". Minha mãe não costuma se fazer de difícil quando eu peço um empréstimo.

BILL

Não consigo dormir. Estou sentado na cozinha, vendo o dia amanhecer pela janela.

Minhas dúvidas e meus pensamentos são espinhos na minha mente. Não importa o meu desespero, cruzei um limite que nunca achei que fosse cruzar. Sempre que o arrependimento chega, imagino Steven Rytter, o sorriso falso, os ternos caros, o anel de brilhante e a casa de vinte milhões de coroas.

Como que em transe, vou cambaleando até a sala e olho para Michael Corleone na parede. Ele também deve ter sido assolado por arrependimentos.

Bato de leve na porta de Karla. Ela está tomando um energético e o rosto está amassado. Provavelmente não pelo sono, mas por ter ficado debruçada sobre os livros e o computador por horas.

— Pronto — digo. — Está feito.

Karla se senta na cadeira diante da escrivaninha. Fecha os livros grossos de direito, com a parte de trás para cima.

— Que péssimo.

Ela baixa a cabeça. Fico imaginando tudo que passou ao longo dos anos. O ambiente devia ser horrível mesmo. Tive a impressão de que a ideia de chantagear Steven já passava pela cabeça dela há algum tempo, mesmo que tenha hesitado e tentado desistir mais de uma vez.

— Eu sei, mas veja isso como uma punição por tudo o que ele está fazendo contra Regina.

Em alguns dias, é provável que eu tenha dinheiro suficiente para me sustentar por meses. Tudo que preciso agora é passar por essa espera excruciante.

— Você não deveria ter mandado — diz Karla, tomando mais um gole do energético. — A gente ainda não tinha acabado de discutir o assunto.

Mas tínhamos. Ela estava presente quando imprimi a carta.

— Eu achei...

Ela me interrompe.

— Tem certeza que o dinheiro não pode ser rastreado?

— Absoluta.

É claro que não tenho como ter cem por cento de certeza, mas acredito que eu tenho conhecimento suficiente para dar trabalho a um investigador de TI. Isso se a polícia for envolvida na história. Mas não acredito que Steven Rytter vai se atrever a falar com eles.

— A gente vai conseguir — digo. Karla não responde e não olha para mim. — Você não vai dormir?

Ela continua bebendo.

— Tenho que estudar um pouco mais.

Ela não olha para mim nem mesmo ao fechar a porta.

Eu me deito na cama ao lado de Sally, mas é impossível pegar no sono. Viro de um lado para o outro enquanto rumino meus pensamentos. Vou para a cozinha e pego um copo de coca-cola. Lá fora, a escuridão está começando a esvair.

Meu corpo está completamente tenso. Minha pele parece prestes a explodir.

Desperto no sofá, assustado. A luz da manhã lança listras nos pôsteres na parede.

— Papai — diz Sally de pijama com o cabelo despenteado. — Acho que a gente podia fazer um bazar.

Ela encheu uma caixa de papelão com brinquedos, bichinhos de pelúcia e quebra-cabeças antigos.

— Tem mais coisas no sótão que a gente poderia vender, não é? — pergunta ela.

É verdade, Miranda e eu separamos todas as coisas de bebê que ainda prestavam e guardamos no sótão. Tudo que poderia ser usado por um irmãozinho que nunca veio por causa de um tumor maligno.

— Eu acho que talvez você queira vender as coisas da mamãe também?

Sally sabe que esse é um assunto delicado. Ela faz a sugestão com um cuidado impressionante.

— E onde nós montaríamos o nosso bazar? — pergunto, me espreguiçando.

— Na Södra Esplanaden. Lá é aberto para vendas aos sábados.

Não quero prometer nada. Vamos ver. Um bazar não é má ideia. O problema é que não abri o guarda-roupa de Miranda nem uma vez desde que ela foi internada na clínica de cuidados paliativos. Tudo está exatamente como ela deixou. Quase como se o apartamento estivesse esperando por ela.

Antes de ficar doente, eu costumava encontrá-la na porta de casa depois de um dia de trabalho. Ela sempre mandava uma mensagem quando saía do trabalho, e eu tinha vinte minutos para arrumar tudo e lavar a louça. Na maioria dos dias, quando o elevador parava no nosso andar eu já estava esperando por ela na porta. Era um dos pontos altos do meu dia. Abraçá-la e afundar o nariz nos cachos claros e brilhantes, sentir o calor do corpo dela.

Acho que nunca vou saber exatamente o que aconteceu entre ela e Ricky na festa de aniversário de Jennica. Pensar nisso é como enfiar uma faca no meu coração, mas preciso fazer as pazes com essa incerteza. Seja lá o que tenha acontecido, meu amor por Miranda é incondicional.

Vai ser horrível mexer em vestidos, sapatos, joias e todos os outros pertences dela. Será que outra mulher vai usar o vestido preto e vermelho que fazia os seios dela ficarem irresistíveis? Os brincos que dei de presente de formatura? Eu preferia queimar tudo.

— Você quer passar o dia comigo hoje? — pergunta Sally.

Quase começo a chorar. O que há de errado comigo? Alguma coisa está prestes a se partir. Eu sou o cara que não chorou nem mesmo quando o pai morreu.

— Sempre quero passar o dia com você, filha. O que você quer fazer?

Sally fica pensando.

— Quero ir ao zoológico.

Parece um passeio caro e que precisa de certo planejamento. Negociamos, e eu pedalo até a fazenda St. Hans 4-H, onde há porcos e cabras. Algumas meninas estão fazendo os coelhos saltarem, e Sally tenta também.

É incrível vê-la rindo e feliz.

Estou perdido em pensamentos quando Sally vem correndo.

— Papai, você lembra do que me prometeu quando a mamãe estava sendo operada?

Todo aquele período é nebuloso para mim. Tento me lembrar, mas não importa. Nada do que prometi naquela época foi cumprido.

— Você disse que eu podia ter um gato.

— Ah, sim.

Lembro vagamente. Mas tudo que consigo pensar agora é quanto custa um animal de estimação.

— Não é tão simples ter um gato — digo. — É uma baita responsabilidade.

Eu realmente não quero ser um pai que conta tudo em coroas e centavos, mas agora não tenho muita escolha. Acaba não fazendo diferença, porque nem tenho tempo de dizer nada. Sally consegue enxergar a resposta no meu rosto.

— Na verdade acho que mudei de ideia. Eu não preciso de um gato — diz ela. — Um coelho seria melhor.

Dou um sorriso e abraço a minha filha, prometendo que vou pensar.

Almoçamos cachorro-quente na Stortorget. Uma mulher com rosto familiar passa por mim. Só vários minutos depois de tê-la cumprimentado percebo que ela devia fazer parte da equipe do hospital. Uma das médicas ou especialistas, enfermeiras e ajudantes que passaram pela nossa vida em anos recentes.

Naquela noite, na hora de ir para cama, Sally quer que Karla leia para ela.

— A Karla precisa estudar — explico. — Ela logo vai fazer uma prova muito importante.

— E amanhã? Que tal se você lesse para mim um dia, e ela no outro?

Tiro uma mecha de cabelo do rosto e pego o *Harry Potter* na mesinha.

— Então ela leu direitinho?

— Superdireitinho. Mas ela não faz as vozes legais como você.

Leio meio capítulo e ela cai no sono. Embaixo da coberta, o peito sobe e desce em movimentos lentos. Gostaria de poder dar a ela tudo que merece.

Beijo sua testa e me levanto. Na varanda, sento com o pé apoiado no banco enquanto o sol desce devagar até chegar à linha do horizonte, mergulhando no nada. Por dois minutos, fecho os olhos e permito que o silêncio preencha cada canto do meu cérebro.

Logo Steven vai receber a carta de chantagem. Ele não vai ter escolha. Cinquenta mil não é nada para ele, talvez o salário de um mês. Em *Insônia*, a chantagem faz com que Will Dormer, o personagem de Al Pacino, fique doente de tanta ansiedade. Imagino que Steven Rytter não seja assim. Ele vai pagar e esquecer o assunto. Um homem que droga com frieza a própria esposa para traí-la em paz e viver com o dinheiro da família dela não tem muita consciência.

Quando entro na minha conta de e-mail pelo celular, encontro uma nova mensagem da agência de *home care*. Uma recrutadora quer saber se posso participar de uma entrevista nesta semana.

Respiro fundo e aproveito o silêncio.

O ar da noite está calmo à minha volta.

Toda a tensão começa a ceder.

KARLA

Acordo com muita dor de cabeça. Passei metade da noite sentada e estudando. Se não fosse por Waheeda me incentivando, eu talvez tivesse jogado os livros pela janela e me tornado faxineira em tempo integral. Essa maldita prova final é desumana.

Além disso, não consigo parar de pensar na carta de Bill. Tudo bem, talvez tenha sido sugestão minha, mas Bill com certeza aproveitou a ideia. Ficou falando sobre um filme que tinha visto e confessou que vinha tentando pensar em uma forma de arrancar algum dinheiro de Steven. Ele diz que estamos matando dois coelhos com uma cajadada só, já que vamos punir Steven pelo que está fazendo com Regina.

Mas tudo parece ter sido feito de forma corrida e mal planejada. É claro que Steven vai desconfiar de mim. Eu sou basicamente a única pessoa que conversa com Regina, a única que poderia saber sobre os remédios que ela toma. Se eu levar a culpa por isso, serão centenas de horas de estudo jogados no lixo. Meu sonho estará acabado.

Se fosse pelo bem de Sally, eu até consideraria subornar Steven por conta própria. E poderia continuar morando aqui. Mas quanto mais penso no assunto, mais isso parece uma péssima ideia. Agora é tarde demais.

Eu me obrigo a levantar e sair da cama, embora não sejam nem sete da manhã. Tenho certeza de que Bill e Sally ainda estão dormindo.

Tem uma mensagem nova da minha mãe.

Boas notícias! No fim, me aceitaram no programa de metadona. Te amo.

Leio a mensagem vária vezes. Não deveria julgar o esforço dela. Todo mundo tem seus vícios, de um jeito ou de outro. Talvez dessa vez as coisas funcionem de verdade.

Depois de um tempo, escrevo que também a amo e desejo boa sorte.

Nos falamos hoje à noite.

Quando pego o ônibus, começo a sentir calor e tiro o suéter. Meu coração está disparado, e estou suando por todos os poros. Coloco a ventilação no máximo, mas o ar parece pesado demais para respirar. Por fim, desço um ponto antes. Apoio as mãos no joelho e me obrigo a respirar fundo devagar.

Uma mulher para e pergunta se está tudo bem.

— Obrigada. Estou bem.

O suor diminui um pouco e meu coração volta ao ritmo normal. Sigo para a casa dos Rytter, imaginando Steven parado no vestíbulo, esperando com a carta de chantagem na mão. Embora ele nem deva ter recebido ainda.

Só para prevenir, porém, ligo o gravador antes de enfiar o celular no bolso de trás e desarmo o alarme.

— Olá!

Encontro o vestíbulo silencioso e logo subo.

Ouço um farfalhar suave vindo do quarto de Regina.

— Posso entrar? — pergunto.

— Pode.

Ela está deitada na cama, completamente vestida, olhando para o teto.

— Como você está? — pergunto.

— Horrível. Não tomo nenhum remédio há dois dias. É como se meu corpo estivesse pegando fogo. Minha cabeça está latejando, e minha garganta arde quando respiro.

É tudo tão familiar. Não sei quantas vezes vi minha mãe se revirar por causa da abstinência.

— Não aguento mais — diz Regina, agarrando o lençol.

Pego a caixa de remédios na mesinha de cabeceira.

— Você não pode parar de repente — digo. — Esse tipo de medicamento precisa ser retirado do organismo devagar e de forma planejada.

Ajudo-a a abrir a tampa, ela pega alguns comprimidos e engole com grandes goles de água.

— Você precisa contar para alguém — digo.

Ela derruba um pouco de água ao devolver o copo à mesa de cabeceira.

— Não posso! O que eu diria? Para quem?

Ela olha de um lado para o outro. Os dedos agarrados ao lençol fino, os ombros tensos. Um som sibilante, no fundo da garganta.

— Tem algo que eu possa fazer? — pergunto.

E se ela for louca de verdade?

E se os remédios a tornaram paranoica?

Ela solta o lençol e agarra o meu braço.

Os lábios secos tentam sugar o ar.

— Acho que Steven está me traindo.

Alguma coisa brilha nos olhos embaçados.

— Por que acha isso?

— Ele vive mandando mensagens. Eu vi no celular dele.

A voz está seca e arenosa. Entrego o copo d'água para ela e tento encontrar uma forma delicada de me afastar.

— Ele nem tenta mais esconder. Eu vi exatamente o que ele escreveu. Eles sempre se veem.

Penso na garota de bicicleta que vi aqui na frente. Deve ser ela. Provavelmente a mesma jovem que Bill viu com Steven na outra noite.

— Você não tem certeza se ele está mesmo te traindo — digo. — Pode ter outra explicação.

Noto que pareço ingênua. Quando eu tinha uns doze anos, minha mãe ficou na fossa por causa do único cara que já a ajudou a ficar limpa. Eu me sentei ao lado dela e a consolei, mesmo sendo jovem demais para entender. Implorei a ela e a Deus que não tivesse uma recaída. Nenhum dos dois me ouviu.

Regina solta o meu braço e sua mão cai ao lado da cama.

— Você conversou com ele? — pergunto.

Ela revira os olhos e pisca.

— Eu não posso, é claro. O que você acha que ele faria se eu perguntasse alguma coisa?

TRECHO DO INTERROGATÓRIO DE KARLA LARSSON

Você gostaria de descrever a extorsão?
De Steven Rytter?

Não. Do outro caso. De que você foi considerada culpada. Quem você chantageou daquela vez?
Eu me arrependo muito de tudo. Fiz uma coisa horrível. Ele era tão legal e se importava comigo. E eu me aproveitei da situação.

Quem era ele?
Meu técnico de futebol.

Você disse que ele tomou liberdades e a tocou. Foi isso?
Na verdade, fui eu que comecei tudo. Gravei em segredo uns dois vídeos e exigi que ele me pagasse. Do contrário eu o denunciaria para a polícia. Eu tinha catorze anos. Se as pessoas em Boden achassem que ele era pedófilo, a carreira dele estaria acabada. Ele era técnico de times femininos e professor.

Então, ele pagou?
Sim. As primeiras vezes. Mas, no fim, ele se cansou e procurou a polícia.

E você confessou tudo no primeiro interrogatório?
Eu nunca soube mentir. Tive que contar a verdade.

Mas você só tinha catorze anos. Por que fez isso?
Por dinheiro. Minha mãe tinha problemas. Ela sempre foi viciada e nunca conseguiu manter um emprego. Daquela vez, as coisas estavam muito ruins. Ela estava com o aluguel atrasado e íamos perder o apartamento.

Então, você fez isso pela sua mãe?
Fiz. Foi por ela.

JENNICA

Só percebo que esta noite não serão apenas meus pais e eu quando já estou pronta para ir. Meus irmãos também foram convidados. E tia Birgitta e aquele capacho que ela chama de marido. Quase digo que estou passando mal para não participar desse espetáculo, mas a minha conta está precisando urgentemente de dinheiro, e meu pagamento só sai na semana que vem.

Quando desço para pegar minha bicicleta, um idiota qualquer parou a moto no meio do caminho, e eu preciso me espremer para passar. Xingo em voz alta e cuspo no chão. Mas logo percebo que não estou sozinha.

— Tente contar até dez — diz Steven. — Não é bom para a sua saúde ficar tão nervosa assim.

Ele está parado nas sombras ao lado da lixeira.

— Minha nossa, você quase me matou do coração. — Solto o guidão, e a bicicleta cai. Steven se aproxima e a pega para mim.

— Aonde você vai?

— Jantar com os meus pais. O que está fazendo aqui?

— Achei que seria legal fazer uma surpresa e levar você para jantar.

O Tesla dele está mal estacionado do outro lado da ciclovia, bem na rotatória.

Parte de mim só quer beijá-lo. Eu estava com muita saudade. Mas esse negócio de ele só aparecer é um comportamento tão antiquado, tão *boomer*.

— Você poderia ter mandado mensagem — digo.

— Aí não seria surpresa.

Ele sorri com cuidado, dá um passo na minha direção e me beija na boca.

Dou um chute leve no pedal para girá-lo. Ou eu jogo tudo para o alto com a minha família e curto um jantar gostoso com Steven, ou dou a ele outra chance. Se ele recusar o convite para conhecer os meus pais, vou saber exatamente o que está acontecendo.

— Cara, eu superentendo se você disser não, mas você pode vir comigo. Tenho certeza que minha mãe ia adorar.

Steven olha para a minha bicicleta e para o carro. Remexe na chave.

— Eu vou — diz ele. — Mas vamos deixar a bicicleta aqui, tá?

Quinze minutos depois, Steven estaciona o Tesla na entrada da casa dos meus pais. Meus irmãos se debruçam na cerca para observá-lo.

— Este é Steven — digo com um sorriso brilhante.

Minha mãe e tia Birgitta agem como se fossem duas adolescentes bobas que vão pela primeira vez num show de uma boy band. Meu pai e meus irmãos pigarreiam e não se aproximam.

— Peço desculpas — diz minha mãe. — Mas Jennica é sempre tão discreta. Ela nunca falou nada sobre você.

— Nós... Eu...

Steven me interrompe com elegância e explica, em poucas palavras, quem ele é e há quanto tempo estamos saindo. Minha mãe e Birgitta se olham.

— Um pediatra? Que maravilha!

A tenda que foi montada para a festa de formatura da minha sobrinha ainda está lá, e minha irmã logo arruma mais um lugar à mesa.

O comportamento da minha família é inesperadamente civilizado e decente. Logo estamos relaxados. Steven é um gênio social que consegue conversar com naturalidade tanto com as minhas primas quanto com meu tio tímido. As pessoas riem e brincam. Mais bebida é servida, e todos começam a falar mais alto.

Minha mãe encomendou carne de cervo e batatas com alecrim, e minha irmã preparou uma torta de limão de sobremesa.

Com um copo de uísque, eu me desligo de tudo e me divirto. Por um tempo, finjo que somos uma família normal. Ninguém bebe muito, ninguém grita, ninguém me diminui nem debocha de mim.

Então, meu irmão mais velho pergunta se Steven tem filhos.

— Não tivemos — diz ele. — A doença da minha esposa foi muito repentina.

Um silêncio respeitoso toma toda a tenda. Expressões tristes e olhares baixos.

— Prefiro não falar sobre isso — diz Steven.

Meu irmão fica constrangido, e minha mãe faz um esforço corajoso para mudar de assunto, mas acaba metendo os pés pelas mãos e se enrolando toda.

Por fim, Steven a salva dizendo algo totalmente irrelevante e fazendo todo mundo rir.

Birgitta e o marido tomam um táxi para casa e, quando é quase meia-noite, nós também começamos a nos despedir.

Meu pai dá um aperto de mão firme e longo em Steven.

— Que cara legal — cochicha ele no meu ouvido ao me abraçar.

Steven dirige devagar pela rua. Lanço olhares para ele, esperando que diga alguma coisa. Ele só liga o rádio.

Atravessamos Lund sem dizer nada. As pessoas estão pedalando de volta para casa. Algumas andam abraçadas. E outras cantam, felizes, pelo caminho.

No rádio, um artista de Värmland fala sobre a alegria das coisas simples. Diz algo inteligente sobre a beleza estar nos detalhes que raramente notamos.

Steven estaciona em um dos becos ao norte da Mårtenstorget e fica parado, mas desliga o carro e mantém as mãos no volante.

— Gostei da sua família. Eles são muito agradáveis.

Um sorriso aparece no meu rosto e relaxo no banco.

— Não precisa exagerar — digo. — Você ainda precisa esperar até que mostrem a verdadeira natureza deles.

Steven sorri.

Então, se vira para mim repentinamente sério, de um jeito que chega a me assustar.

Na hora, temo pelo pior.

— Eu preciso dizer uma coisa.

Fecho os olhos e sinto um aperto no estômago.

— Então diz.

Steven coloca a mão no meu cotovelo.

— Não sei por onde começar.

Umas dez catástrofes diferentes já se alojaram na minha mente. Tudo era bom demais para ser verdade. Hoje foi o fim. Com certeza não ia durar mesmo.

— Estou sendo chantageado.

Abro os olhos e vejo como ele está abalado.

— O quê? Por quê?

— Quando Regina ficou doente, os médicos não entendiam a doença e se recusaram a ajudá-la. No início, não a levaram a sério. Acharam que era uma doença psicossomática e a encaminharam para um psiquiatra. Prescreveram antidepressivos, não remédios para ansiedade ou analgésicos. Eu não suportava vê-la se sentindo tão mal.

— E...? — Fico colada no banco.

Como uma coisa dessas pôde resultar em chantagem? Parece improvável, para dizer o mínimo.

— Então, eu mesmo prescrevi alguns remédios para ela. Também pedi ajuda a alguns colegas. Não tenho o menor orgulho disso. Desrespeitei todas as regras da profissão, mas fiz isso por Regina. Não suportei vê-la sofrendo.

— Eu entendo.

Qualquer um teria feito o mesmo.

— Mas tem alguém que agora está ameaçando me denunciar. Alguém que descobriu sobre os remédios prescritos. Recebi uma carta anônima pelo correio. Estão exigindo cinquenta mil coroas ou vão procurar a polícia.

Eu me viro para Steven e pego a mão dele. Nunca o vi assim antes. Vulnerável de uma forma que me assusta e me toca ao mesmo tempo. Um novo nível de *nós*.

— Mas isso já aconteceu há muito tempo — digo, acariciando a mão dele. — Por que esse assunto agora?

— Não sei.

A voz dele está diferente, quase infantil.

— Você não vai pagar, vai? — pergunto.

Steven baixa a cabeça.

— Não sei mais o que fazer.

Ele olha para a noite escura.

— Mas quem será que mandou essa carta? Quem faria uma coisa dessas?

A mão de Steven fica tensa e pesada.

— Tenho lá minhas desconfianças.

KARLA

É lua cheia e eu dormi umas três horas no máximo. A prova final começa às nove e quinze no Juridicum. Fico repetindo para mim mesma termos e leis enquanto Bill frita ovos para o café da manhã.

— Gosto da gema por cima — diz Sally, mexendo na comida com garfo e faca. — Sabe o que aconteceu, Karla? No domingo, Naemi e eu vamos começar a fazer aula de futebol. E vou pegar a chuteira do Messi emprestada com o Mohammad. Quer vir?

— Você vai fazer uma aula *experimental* — Bill diz alto, por causa do barulho do exaustor. — Aí, vamos ver se você gosta.

— Eu sei, pai. Eu sei.

Sally me lança um olhar exasperado. *Pais.* Como se eu soubesse alguma coisa sobre isso.

— Não importune a Karla agora — diz Bill. — Ela vai fazer uma prova muito importante hoje.

Antes de sair, Sally quer que eu me vire para que ela possa dar um chute na minha bunda e me desejar boa sorte. O pezinho dela acerta bem o cóccix, que fica latejando até eu chegar ao Juridicum.

O salão onde a prova está sendo aplicada está no mais absoluto silêncio. Só consigo ouvir Waheeda roendo as unhas. Leio todas as perguntas primeiro, refletindo, antes de começar a escrever as respostas.

Passo o tempo todo otimista. As palavras simplesmente saem. Parece tão fácil que até me pergunto se não entendi errado alguma coisa.

Então, olho por cima do ombro e vejo Waheeda enrolando a caneta no cabelo debruçada sobre a folha em branco.

Anda logo, quero gritar.

Quando o tempo acaba e as provas são recolhidas, nós seguimos para a escadaria ensolarada. Ninguém diz nada. O ar está cheio de tensão.

— Acho melhor eu planejar uma carreira no McDonald's — diz Waheeda.

Ela se senta nos degraus e coloca a caneta na boca.

— Você não pode desistir ainda — digo. — Tenho certeza que se saiu melhor do que imagina.

Waheeda morde a caneta.

Ficamos lá vendo as pessoas saírem aos montes. Não falamos nada, ficamos apenas em silêncio. Nunca vi Waheeda tão quieta antes.

Como vou sobreviver a quatro anos e meio estudando direito sem ela ao meu lado? Isso se eu conseguir entrar.

— Como você está? — pergunta Bill quando eu volto para o apartamento.

Ele está no sofá com o laptop no colo e os pés na mesinha de centro; uma das meias está furada.

— Bem. Acho que fui muito bem, na verdade.

— Tenho certeza que foi ótima.

É claro, ele não faz ideia.

Dou uma olhada rápida em volta do apartamento e pergunto onde Sally está.

— Brincando no pátio.

Que ótimo. Preciso mesmo contar tudo para Bill.

— Você tem um minuto? Precisamos conversar.

Eu me sento ao lado dele no sofá, e ele tira os pés da mesa de centro.

— Aconteceu alguma coisa?

Ele está tenso, os ombros contraídos, quase tocando as orelhas.

— Conversei com Regina ontem. Ela já sabia que Steven está com outra. Você não deveria ter mandado a carta.

Eu me arrependo de ter falado de chantagem. Bill tinha assistido àquele filme e se empolgou, mas se eu não tivesse dito nada, é bem provável que ele nunca se atrevesse a pensar naquilo.

— Como ela descobriu? — Bill massageia a nuca.

— Parece que ela fuçou no celular dele.

Bill pressiona o pescoço com o polegar. A camiseta clara tem uma mancha de suor embaixo do braço.

— Ela o confrontou?

— Ela tem medo.

Ele tira a mão da nuca e relaxa. É quase como se estivesse aliviado. Isso me deixa muito irritada.

— Por que você mandou a carta sem falar comigo antes? — Quase nunca falo alto. Parece estranho e legal ao mesmo tempo. — Você poderia muito bem ter perguntado se eu tinha certeza. Steven vai desconfiar de mim, entende? E se a polícia encontrar traços de DNA na carta?

Eu me senti tão bem durante a prova. Existe uma boa chance de eu ser aceita na faculdade. Essa carta pode arruinar tudo pelo que lutei.

— Steven não vai procurar a polícia — diz Bill. Não parece tão seguro disso. — E, se ele procurar, não vão encontrar nada.

Ele diz que usou luva, que limpou tudo várias vezes e que está tudo bem, mas o que ele sabe sobre essas coisas? Ele é um nerd. Claro, já assistiu a milhares de filmes, mas estamos no mundo real.

— Eu sou basicamente a única pessoa com quem Regina tem contato — digo. — E Steven já está de olho em mim. É claro que vai descobrir que estou envolvida.

Bill apoia os braços nas pernas e encara a mesinha de centro. Ele sabe que estou certa.

— Você já conversou com o pessoal da agência, não é? — pergunta ele. — Não pode continuar fazendo faxina para eles.

TRECHO DO INTERROGATÓRIO DE BILL OLSSON

Nós já sabemos que você escreveu a carta, Bill. Karla nos contou. Ela roubou o anel, você o vendeu e, depois, escreveu essa carta de extorsão.
Eu sei, eu sei. Eu estava desesperado. Escrevi a carta. Vendi o anel e escrevi a carta, mas não matei ninguém.

Por que você estava tão desesperado?
Eu comecei a fazer todo tipo de bico que aparecia, mas o dinheiro nunca era suficiente. Quando Karla me contou como Steven Rytter estava tratando a mulher, era quase como se merecesse. Afinal, ele tinha todo o dinheiro do mundo.

E o que aconteceu com a extorsão?
Como assim?

Steven pagou alguma coisa?
Não. Não, ele não pagou.

Por que não?
Eu nunca mandei a carta.

BILL

— Que bom que pôde vir tão rápido.

A mulher da agência de *home care* se chama Hanna-Linnea. Está usando um suéter de tricô com as cores do arco-íris e me oferece um café morno e sem gosto.

O escritório fica no andar de cima de um restaurante oriental, em um prédio caindo aos pedaços no centro da cidade. Há duas mesas de trabalho com computador, e uma mesa raquítica com cadeiras para visitantes, que é onde nos acomodamos.

— Esta semana foi um pouco caótica por aqui — diz Hanna-Linnea. — Dois cuidadores pediram demissão sem aviso-prévio e estamos com problemas para cobrir todos os turnos.

Ela explica que a vaga demanda alguém de perfil paciente e bondoso, porque esse cliente nem sempre coopera.

— Ele tem muita dificuldade para se comunicar. É claro que é muito frustrante quando a pessoa não consegue expressar o que deseja.

Por algum motivo, achei que o problema do cara era congênito, mas Hanna-Linnea esclarece que ele teve um AVC.

— Ele tinha uma vida perfeitamente normal até três anos atrás. Mas agora a mulher e os amigos o abandonaram. Um horror. Nem os filhos o visitam muito.

Penso em Karla e na mãe dela. Em Sally. Muitos pais acabam pegando um caminho equivocado, construído sobre situações infelizes e boas intenções. Tem quem sacrifique os próprios filhos. Para alguns, provavelmente é tarde demais; mas, para outros, ainda há chance.

— Entendo que você está disponível para os turnos noturnos também? — pergunta Hanna-Linnea, sem conseguir esconder um bocejo. — Então, vai começar às dez da noite e providenciar tudo para a hora de dormir, e o seu turno terminará às seis e meia da manhã seguinte. Costuma ser bem tranquilo. Você pode levar um livro ou se distrair com o seu celular. Na verdade, é basicamente estar ali caso alguma coisa aconteça.

Não são as responsabilidades do trabalho que me preocupam, muito menos o pagamento. Estou pensando em todos os dias que Miranda passou enfiada na cama. Eu estava de licença do cinema e o que mais queria era ajudá-la. Era horrível não poder fazer nada. Por fim, Miranda implorou que eu voltasse ao trabalho.

— Parece bom para mim — digo.

Tem que haver uma solução. Na verdade, eu não tenho escolha. Se não me falha a memória, existe uma creche que fica aberta à noite; Sally teria de dormir lá. No pior dos casos, se isso não funcionar, eu a levo escondido para a casa do cliente.

— Este é o nosso contrato padrão de emprego — diz ela, lendo em voz alta o que está impresso no documento, linha por linha.

Eu nem escuto.

Meus pensamentos estão focados em Steven Rytter. Ele vai descobrir, é claro, que Karla está envolvida na chantagem, e eu não posso confiar que ela vai ficar de bico fechado. Ela mesma me disse que não sabe blefar. Por que eu tive tanta pressa de mandar a carta? De um jeito ou de outro, temos que acabar com isso. Pelo menos agora, ou logo, vou ter um salário fixo. Tenho certeza de que posso adiar o pagamento do aluguel e da conta de luz por um ou dois meses.

— Você pode começar na semana que vem? — pergunta Hanna-Linnea. — As coisas não costumam ser tão rápidas, mas, como pode ver, estamos com um pouco de pressa aqui. Temos vários estudantes que costumam tapar buracos, mas foram todos para casa, de férias. Eu gostaria que você conhecesse logo o cliente, se concordar.

— Com certeza — digo, apertando a mão dela. — Vamos resolver isso.

— Só mais uma coisa. Você precisa trazer seus antecedentes criminais para uma verificação formal.

Minha mão congela. Ela nota na hora. Seus olhos ficam receosos, e ela afasta a mão.

— Sem problemas — digo, abrindo um sorriso falso.

Na minha mente, um turbilhão de pensamentos gira sem parar. Passo a noite toda andando, analisando a nossa situação. Será que podemos pedir para Regina receber a carta e escondê-la de Steven? Talvez eu consiga convencê-la de que foi uma brincadeira. Quando começo a ler a história para Sally, pulo frases e me esqueço de fazer todas as vozes.

— O que deu em você, pai? — pergunta ela.

— Desculpa, filha. Só estou cansado.

É difícil dormir à noite. Vou de um lado para o outro como uma alma penada. Como um sanduíche na cozinha, escovo os dentes, tomo sorvete, escovo os dentes de novo.

Quando volto para o quarto, Sally está bem na beira da cama. Os dedinhos apertam o canto do travesseiro. Ela se revira no sono, resmungando e estalando a língua.

Nós passamos por tanta coisa. Vamos conseguir passar por isso também.

Com cuidado, tento colocar Sally mais para o meio da cama para que ela não caia no chão. Ela resmunga e abre os olhos sonolentos.

— O que houve, pai?

— Nada — digo. — Você estava sonhando.

— Eu acordei e você não estava aqui. Não era um sonho. Era real.

Eu me sento na cama e acaricio a testa dela.

— Eu estava ali na sala, filha.

Ela solta o travesseiro e segura a minha mão.

— Você não pode ir embora, pai — diz ela, olhando para mim.

— Não vou!

Então, apoio a cabeça no travesseiro até as pálpebras de Sally ficarem pesadas e ela começar a piscar muito.

Prometo a mim mesmo que nunca mais vou nos colocar em uma situação como aquela. Não posso culpar nada nem ninguém por estar nessa; a escolha foi minha. Mas nunca mais vou acabar assim.

Só espero que não seja tarde demais.

Dou um beijo em Sally e saio do quarto na ponta dos pés.

Karla está parada no meio do corredor escuro. A logomarca da Adidas brilha no casaco.

Devagar e com cuidado, fecho a porta do quarto.

— É... É...

— Psiu — sussurro, soltando a maçaneta em câmera lenta.

Logo depois de dormir, Sally tem o sono muito leve.

Quando eu me viro, percebo que os ombros de Karla estão tremendo. Os olhos estão arregalados de medo.

— O que houve?

Meu coração está a mil.

Steven deve ter recebido a carta e a acusado.

— Eu... Eu...

Ela está ofegante, as palavras estão presas na garganta.

É tudo culpa minha.

Não consigo me conter e a abraço.
— Vai dar tudo certo — sussurro. — Eu assumo a culpa.
— Me solta.
Ela se afasta do meu abraço e me empurra.
— Eu tenho que voltar para casa.
O rímel escorre pelo rosto dela.
— Ei, o que aconteceu?
— É a minha mãe. Ela teve uma overdose.

JENNICA

Quando acordo, o apartamento parece uma sauna. É impossível ficar com as janelas abertas à noite por causa do "canto" da porra dos passarinhos, além disso o ventilador barato que comprei de Biltema é tão barulhento quanto uma usina nuclear. Depois de ativar a soneca seis vezes no celular, meu querido vizinho soca a parede até eu me levantar do lençol suado e pisar na comida gosmenta do gato.

— Vou doar você para uma fábrica de peles — digo, fulminando Cão com o olhar.

Do lugar na prateleira em que mais gosta de ficar, ele parece rir da minha cara.

Depois de deixar o quarto ventilar um pouco e colocar cafeína no sangue, dou mais uma olhada no livro sobre auxílio ao desenvolvimento, mas meu cérebro parece não ter mais espaço para armazenar tolices acadêmicas. Está totalmente dominado por Steven. Ele me tomou de assalto.

Nunca conheci um homem que faz com que eu me sinta tão satisfeita com a minha vida. No último mês, cortei minha dose diária de ISRS pela metade e praticamente parei de me reconfortar com salgadinhos e chocolate. Ele mudou tudo para melhor. Até conquistou a minha família superexigente.

Eu nem tinha chegado em casa ainda quando recebi uma mensagem da minha mãe com três pontos de exclamação. Ela está no céu. E minha irmã já ligou para me dar os parabéns. Acha que eu deveria pedi-lo em casamento o mais rápido possível.

— Antes que ele descubra a aberração que na verdade eu sou? — pergunto, meio de brincadeira.

Minha irmã nem ri.

Quando desligamos, percebo que ela está com inveja. O marido dela pode até ser podre de rico, membro da Mensa desde criança, e parece não ser violento nem trair. Mas, perto de Steven, ele parece aquele garoto da escola com quem ninguém queria dançar.

Steven manda uma selfie. Está lindo de morrer, vestindo um jaleco branco. Olho a foto por vários minutos, me afogando na imagem. Eu deveria estar cem por cento feliz. Mas sinto que existe alguma coisa. Uma sensação de que Steven pode, a qualquer momento, descobrir o meu blefe e perceber o erro que cometeu.

Mando um coração como resposta.

Esta noite, pretendo convencê-lo a denunciar a tentativa de extorsão para a polícia. Mesmo que Steven desconfie que uma antiga faxineira tenha mandado a carta e diga que não há motivos para se preocupar, pois tudo indica que ela é uma drogada perdida de Norrland, o fato é perturbador o suficiente para ser denunciado. Pessoas doentes assim não deveriam estar à solta por aí.

Depois de meia hora, desisto de estudar e ligo para Emma. Sugiro que a gente tome um café, mas ela diz que demoraria horas para ela e Silvio saírem de casa e tomarem um ônibus até o centro. Será que não prefiro ir à casa dela?

— Claro. Tranquilo.

Pego o ônibus e caminho um pouco. Toco a campainha da casa geminada em Gunnesbo.

Ficamos sentadas no chão com Silvio. Eu teria sido madrinha dele se o batizado não tivesse ocorrido bem durante a minha viagem para Ibiza.

— Caralho, eu estou tão feliz agora — digo, pegando os bloquinhos e entregando para Silvio bater neles com um martelo de plástico.

— Olha a boca — diz Emma. — Por favor.

Desde que Silvio nasceu, ela age como uma pessoa religiosa. Antigamente, falava mais palavrão do que um pedreiro.

— Mas estou feliz por você. — Ela dá um sorriso.

— Ele é maravilhoso. Nem acredito que quer ficar comigo.

De repente, o olhar de Emma endurece.

— Para de fazer pouco de si mesma. Você é um partidão.

— Obrigada.

Gostaria que isso fosse verdade.

Emma continua pegando os bloquinhos no chão.

— Então, quando a gente vai conhecer esse príncipe encantado? — pergunta ela, com um sorrisinho, e sinto uma fisgada no peito.

Steven e eu quase nunca conversamos sobre meus amigos. O que ele diria se eu o apresentasse para Emma e Antonio?

— É só convidar — digo, tentando soar casual. — Eu já conheci um amigo dele.

Ela não precisa saber dos detalhes. Não quero que tenha a impressão errada de Steven. E aquela noite em Malmö foi a primeira e última vez que encontramos Andreas Quiding.

— Vou falar com Antonio — diz ela. — Quero muito sair com outro casal.

A gente ri. Silvio olha para nós surpreso.

— E se ele for o meu Antonio? — pergunto.

Então, eu me lembro da extorsão. Antonio é advogado. É claro que ele não lida com questões criminais, mas deve saber alguma coisa sobre o assunto. Talvez tenha algum conselho.

— Steven me contou um lance muito doido. — Por algum motivo, eu baixo o tom de voz. — Está sendo chantageado.

Emma deixa o bloco cair no chão.

Conto toda a história da faxineira que descobriu os remédios que Steven dava para a esposa moribunda.

— Que coisa assustadora — diz Emma. — Mas deve fazer um tempo, já que a mulher dele já faleceu.

— Pois é. Você acha que Antonio poderia ajudar de alguma forma? Ou devemos procurar a polícia?

Emma não consegue esconder a desconfiança. Eu não deveria ter dito nada. Agora ela vai imaginar um monte de coisas sobre Steven.

— Há quanto tempo a mulher dele morreu? — pergunta ela.

Não sei ao certo.

— Acho que há um ano pelo menos.

Emma fica ainda mais desconfiada.

— Do que ela morreu?

Silvio choraminga e aponta, pedindo para eu colocar o meu bloco no chão para bater nele com o martelo. Tento recordar o que Steven disse.

— Não lembro.

Silvio bate com força nos blocos.

— Você não sabe? — pergunta Emma. — Não sabe do que ela morreu?

— Foi um tipo de vírus. Ou pelo menos começou assim.

Todos os blocos caem, e Silvio, frustrado, bate com o martelo no chão.

Por fim, Emma tira o martelo do filho, que solta um grito raivoso.

— Eu já ouvi falar de pessoas que desenvolvem uma doença de longo prazo depois de uma gripe — comenta Emma. Ela trabalha na área da saúde, embora esteja de licença-maternidade há bastante tempo. — Mas parece improvável alguém morrer disso depois de um ano.

TRECHO DO INTERROGATÓRIO DE EMMA HANSDOTTER

Poderia dizer seu nome completo por favor?
Emma Lovisa Ingrid Hansdotter.

Fale um pouco sobre você.
Acabei de fazer trinta anos e meu marido se chama Antonio. Temos um bebê de catorze meses chamado Silvio e mais um a caminho. Moramos em Gunnesbo, aqui em Lund. Eu sou radiologista, mas estou em casa desde que Silvio nasceu.

E qual é a sua relação com as pessoas envolvidas nesta investigação?
Eu conheço Jennica Jungstedt desde que éramos pequenas. Nos tornamos melhores amigas no ensino fundamental e passamos mais de quinze anos nos vendo todos os dias. Éramos grudadas, basicamente dependíamos uma da outra. Daquele jeito que só garotas entendem.

Você e Jennica ainda passam muito tempo juntas?
Não como antes. Parece clichê, mas acho que a vida nos separou. Jennica ainda vive como se tivesse vinte anos: sai o fim de semana inteiro, marca um monte de encontros com caras que conhece no Tinder, coisas assim. Depois que tive filhos, meus interesses e valores mudaram.

Mas vocês ainda têm contato?
Ah, claro. Nós trocamos mensagens várias vezes por semana. É só que não nos vemos mais com tanta frequência. Me falta tempo, tenho muita coisa para fazer. Mas nós nos encontramos algumas vezes neste verão.

Jennica mencionou Steven Rytter para você?
Sim. Ela estava completamente apaixonada por ele. Ou foi o que entendi. Jennica não costuma falar sobre homens ou relacionamentos. Então, quando começou a contar sobre esse tal Steven, bem... eu vi nos olhos dela.

Jennica sabia que Steven era casado?
Com certeza não. Ele disse para ela que a mulher tinha morrido.

Mas ela descobriu a verdade? Ela descobriu que Regina Rytter estava viva?
Sim. Depois de um tempo.

E como ela reagiu a isso?
Ela perdeu a cabeça.

KARLA

Eu só consigo falar com Silja de novo naquela noite.

— Como ela está? — pergunto.

Tudo que sei é que minha mãe foi levada para o pronto-socorro em Sunderbyn. Silja e Bengt a encontraram inconsciente no sofá e não conseguiram acordá-la. Sinto continuamente como se voltasse no tempo. Lembranças do corpo sem vida na cama, a mão frouxa pendente, perto do chão. Nunca senti tanto medo na vida.

— Está estável — diz Silja. — Os médicos parecem calmos. Se a decisão fosse dela, sua mãe já estaria no trem voltando para casa.

Eu me recosto na cama com as pernas cruzadas.

— Diga a ela para ouvir os médicos. Ela não pode deixar o hospital até receber alta.

— É claro. Mas você sabe como sua mãe é. Quando enfia uma coisa na cabeça...

Minha mãe detesta ser repreendida ou que digam a ela o que fazer. Às vezes parece uma criança teimosa de dois anos. Se eu a proibir de fazer alguma coisa, ela não demora muito para começar a testar os limites.

Ela precisa entender a gravidade disso tudo.

— Vou pegar o trem amanhã — falo para Silja.

Ela diz que minha mãe vai ficar muito feliz.

— Vai ser tão bom ter você em casa de novo. Você vai ficar dessa vez, não é?

Não respondo. Não posso dar certeza. Por um lado, quero apoiar minha mãe. Por outro, não quero voltar para a minha antiga vida.

Enquanto faço a mala, começo a chorar. Em um período tão curto, Bill e Sally entraram no meu coração. Vou sentir saudade deles. Vou sentir saudade de Lund e de Waheeda e do time de futebol. Espero não conseguir entrar no curso de direito. Isso tornaria a decisão mais fácil.

Mas, se eu for para casa, Regina provavelmente vai me denunciar por roubo. E quanto à chantagem?

Atravesso o corredor na ponta dos pés para não acordar Sally, que acabou de pegar no sono.

— Quando você vai? — pergunta Bill.

Ele está parado diante da pia da cozinha de costas para mim, empilhando a louça.

— Amanhã à tarde.

Tira uma panela da pia e a esfrega com força até estar coberta de espuma. Parece estar com raiva.

— Eu... eu...

— Nós vamos ser pegos — diz Bill. — Foi uma tremenda estupidez mandar a carta.

A espuma espirra por todos os lados enquanto ele esfrega vigorosamente a panela.

— Me dá o telefone do cara que comprou o anel — imploro. — Eu tenho que falar com ele. Se ele não devolver...

Sem aviso, em um movimento rápido, Bill levanta a panela e bate com ela na água, molhando a camiseta.

— Talvez você devesse ter pensado nisso antes de roubá-lo! — Ele se vira e me encara com o olhar soltando faísca, a água escorrendo das mãos. — Antes de mentir para mim dizendo que era da sua avó.

— Desculpa.

As lágrimas não param. Não sei o que fazer.

Eu só queria ajudar e fazer o certo. Pela minha mãe. Por Bill e Sally. Até mesmo por Regina. Como as coisas acabaram assim?

Bill pega um pano de prato do gancho de plástico perto do fogão e seca a camiseta e as mãos.

— Eu também menti — diz ele. A voz controlada, mas sem me olhar. — Na noite que vendi o anel, enfiei na cabeça que poderia aumentar os lucros se apostasse no cassino on-line. Perdi todo o dinheiro.

Eu preciso me sentar. O que ele está dizendo? O meu dinheiro? Eu achei que ele tivesse usado o valor para pagar a conta de luz e o aluguel.

— Eu vou devolver, cada centavo — ele se apressa a dizer. — Prometo.

Mas isso não importa. É uma questão de confiança. Achei que Bill quisesse mesmo ser responsável. Virei ladra por ele, e agora ele vem me dizer que não só perdeu o anel, mas também esbanjou toda a grana? Ele não consegue fazer nada direito. Talvez não esteja errado quando diz que Sally ficaria melhor aos cuidados de outra pessoa.

— E não foi a primeira vez. — Ele vira de costas para mim e começa a secar a louça. — Eu apostei bastante durante muitos anos. Mesmo quando Miranda ainda estava viva. Às vezes, tudo vai bem, já ganhei muito dinheiro, mas sempre acaba mal.

Suspiro e me levanto. Me sinto traída. Quando me viro, Sally está parada na porta da cozinha.

— Pai?

Bill larga o pano de prato e corre até a filha.

— Você não deveria estar dormindo?

— Eu acordei. — Ela me lança um olhar confuso. — Alguém estava gritando.

— Acho que você deve ter sonhado — diz Bill, levando-a de volta pelo corredor.

Antes de fechar a porta, nossos olhares se encontram uma última vez. O azul dos olhos dele está ainda mais claro, demonstrando a tristeza.

Como caquinhos de vidro.

BILL

Devo ter apagado no sofá. Acordo e vejo a luz do sol pela janela. A porta da varanda está aberta, deixando entrar uma brisa fresca. Estou vestido ainda, e minha calça jeans esta grudenta de tanto suor.

Minha perna esquerda está dormente. Vou mancando para o quarto e toco no braço de Sally, que abre os olhos e pisca.

— Sonhei com a mamãe.

Em algum lugar na minha cabeça vejo uma centelha. Um flash vago e rápido do meu próprio sonho. O rosto contorcido de Steven e Regina Rytter.

— A mamãe estava viva, e eu ia ganhar uma irmãzinha — diz Sally.

Ela sorri, radiante, como isso talvez fosse capaz de substituir a realidade que nunca pudemos vivenciar.

— Me conta o seu sonho — diz ela, se levantando da cama e vindo para os meus braços.

Outra lembrança da noite anterior.

— Você e Karla estavam jogando futebol, e eu estava torcendo na arquibancada.

Sally dá risada, e eu a coloco na cadeira e pego uma calcinha e um vestido. Quando olho para ela, a expressão do rosto mudou completamente. Ela está com uma expressão contrariada.

— Não quero que Karla vá embora. Ela vai voltar, não?

— Eu não sei. Acho que nem ela sabe. A mãe dela está doente.

A questão é: como Regina e Steven vão reagir ao desaparecimento repentino de Karla?

— Odeio quando mães ficam doentes — diz Sally.

Paro e tento ouvir se há algum barulho vindo do quarto de Karla. Ela deve estar dormindo ainda. É cedo, e ela vinha estudando dia e noite para a prova final; tudo isso enquanto ainda fazia faxina.

Sirvo o café da manhã de Sally em frente à TV e peço para ela baixar o volume. Uma apresentadora alegre e com voz irritante está ensinando as crianças a fazer *slime*. Eu aguento isso por cinco minutos.

Então, vou para o quarto e paro diante do armário de Miranda. Não o abro há mais de um ano, mas chegou a hora.

Seguro o puxador. Encaro a porta fechada. Sinto um aperto no peito.

No fim das contas, simplesmente abro a porta. O cheiro de Miranda me atinge, e meus olhos ficam marejados. Através da névoa, vejo as blusas, as camisetas e os vestidos que ela usava. As lembranças me acertam com tanta força que preciso me segurar para não cair.

Aqueles primeiros meses no computador. Batendo papo. Noites viradas. Trocando videoclipes e músicas. Eu me lembro da ansiedade que sentia sempre que via aqueles três pontinhos piscando, mostrando que ela estava escrevendo uma nova mensagem. Então, a morte do meu pai, e minha mudança para Lund. É como se eu não tivesse tido tempo de sentir o luto. Eu estava muito apaixonado. Nós cozinhávamos juntos na casa dos pais dela. Miranda me apresentou a ingredientes que eu nunca tinha ouvido falar: trufas, tapenade, gruyère, foie gras e caviar. Nós tomávamos vinho no parque vendo o sol se pôr e ouvíamos jazz ao vivo. Quando Miranda ficava com frio, ela enfiava as mãos dentro da minha camisa. Se eu me concentrar, quase consigo sentir os dedos gelados na minha barriga.

Enquanto guardo as roupas dela em caixas de papelão, é como se algo dentro de mim se libertasse. Algo novo me aguarda. Me desfazer dos pertences dela não é o mesmo que esquecer.

JENNICA

Eu me sento na beira da cama com o meu laptop, esperando até o último instante possível. Talvez seja só coisa da minha cabeça. Por outro lado, a minha intuição costuma ser certeira e, agora, está me mandando uma mensagem bem forte. Tem alguma coisa errada.

Acordo umas mil vezes durante a noite. Minha mente está um turbilhão e me pregando peças. Por fim, desisto e tomo um remédio.

Emma foi o gatilho de tudo isso. Tem algo errado na história que Steven conta sobre Regina. Faço uma pesquisa na internet e descubro que viroses podem ser mais mortais do que imaginamos, mas em geral com idosos, e sempre perto da infecção inicial. Existe muita gente que passa meses apresentando sintomas, mas quase sempre dor e exaustão. Não encontrei nada dizendo que a pessoa pode morrer depois de um ano. Deve ter acontecido outra coisa com Regina.

Um pouco antes das nove da manhã, recebo uma mensagem de Steven: *Bom dia, minha linda. Espero que o seu dia seja maravilhoso!*

Fico com o dedo sobre o botão para ligar. Mas não posso dar bobeira. Talvez seja só minha imaginação. Ele vai achar que estou sendo paranoica e estranha.

O seu também! Bj, respondo.

Digito então "Regina Lindgren" no Google, e o endereço da Linnégatan aparece de novo. O site diz que ela vai fazer quarenta e quatro anos em novembro. Faço uma pesquisa em sites e nas redes sociais usando tanto Regina Lindgren quanto Regina Rytter. Tento várias grafias diferentes, mas não encontro nada. Quando tento "Regina" e "Lund", vejo um monte de imagens de uma antiga atriz.

Cão salta da estante de livros e passa se esfregando nos meus pés.

— O que você acha? — digo para ele. — Devo perguntar na lata o que aconteceu com a mulher dele?

Então, o amigo de Steven, Andreas, surge na minha mente. Ele tem o mesmo sobrenome daquela piranha escrota que saía com o meu pai. Quiding. Não deve ter muita gente com esse sobrenome.

Na mesma hora, bingo. Ele tem Facebook.

Na foto de perfil, está de terno e gravata e o cabelo penteado para trás com gel. Sinto vontade de vomitar só de olhar.

Ele postou umas cem fotos. Vou passando por elas rapidamente. Na maioria, está com um copo na mão, sempre vestindo roupas caras, em barcos grandes e restaurantes chiques, abraçando uma mulher bonita, ou apoiado no capô de um Porsche. Relógios e óculos escuros caros.

Andreas Quiding tem cento e quarenta amigos no Facebook. Passo por eles em ordem alfabética até chegar a Gina Lindgren. Meu coração dispara. A foto de perfil é pixelada e sépia, de uma loira bonita de trinta e poucos anos. Gina Lindgren. Aumento a foto e encaro os olhos claros, comparando-a com as imagens de Regina Rytter. A garota do Facebook é bem mais nova, mas pode ser ela.

Cão se senta aos meus pés, e eu me abaixo para acariciar atrás da orelha dele.

— Tenho certeza que estou exagerando, você não acha?

Mesmo se for o perfil de Regina, isso não me diz nada. Com certeza não é estranho pessoas que já morreram estarem no Facebook.

Cão me lança um olhar triste.

Deixo meu computador de lado e começo a folhear meu livro, tentando não pensar em Regina. Como um sanduíche e tomo uma vitamina efervescente, não por causa de saúde, mas pelo sabor.

A janela precisa de uma limpeza. Tem uma grande mancha de cocô de passarinho no canto e teias de aranha no peitoril, além de manchas de chuva e sujeira. O sol ilumina diretamente o vidro, mostrando tudo. Estamos em pleno verão, e eu quero ar puro e sol.

Visto minha legging e minha camiseta dos Rolling Stones, coloco na bolsa um cobertor, óculos escuros e meu livro do curso. Pego a bicicleta no bicicletário e sigo rapidamente pelo túnel sob Norra Ringen.

Talvez eu possa me sentar e estudar no Jardim Botânico. Se não conseguir passar nessa nova prova, vou ser expulsa do curso.

Um time de futebol infantil corre atrás da bola no campo de Smörlyckan, vestindo coletes vermelhos e amarelos. Sigo na direção sul pela Tornavägen, passo pelos prédios de matemática e das Nações Hallands, desço a Östervångsvägen e atravesso Professorstaden.

Penso na mansão da Linnégatan. Na jovem que vi na janela. Ter me visto na frente da casa parece ter acendido algo nela — e se as coisas não forem exatamente como Steven disse, e ele não estiver alugando a casa para uma família de Estocolmo?

Um caminhão grande para na minha frente. As luzes de ré estão acesas, e ele está apitando. No último segundo, decido virar à esquerda e me desviar dele.

Quando chego à Linnégatan, diminuo automaticamente a velocidade e espio a mansão de Steven.

Na frente da garagem há um carro preto.

Fico em pé nos pedais e tento ver o modelo ou a placa. Meu coração dispara.

É um Tesla. É o carro de Steven.

Subo na calçada e, na frente do portão, desço da bicicleta.

Deve haver alguma explicação lógica.

Talvez ele tenha sido chamado para resolver a questão do sistema de ventilação de novo? Ele ia contratar um faz-tudo para isso. É claro que o proprietário deve estar presente para esse tipo de coisa. Não há nada de errado nisso.

O portão de ferro é pesado e range. Não dei mais de três passos na direção da casa quando a porta se abre.

Steven está vermelho. A camisa está aberta. Ele vem correndo até mim.

— Jennica?

Paro e olho para ele. Ele diminui o ritmo e tenta ler minha expressão.

— Problemas com o sistema de ventilação de novo? — pergunto.

Ele faz que não.

— Precisamos conversar.

Atrás dele, sob o telhado marrom-avermelhado, a casa está silenciosa e deserta, com todas as janelas fechadas. Não há nenhuma decoração ou ornamento visível. Nenhum sinal de vida.

— Os inquilinos de Estocolmo se mudaram?

Steven me empurra de maneira gentil.

— Venha, vamos conversar.

Ele segura o portão. Minhas pernas cedem e sinto que estou flutuando. A névoa envolve tudo à minha volta.

— Vou contar tudo — diz ele. — Eu juro.

Atravesso a rua e sigo cambaleando em direção ao Jardim Botânico. Steven segura o meu braço. Está claro que era bom demais para ser verdade. Homens como Steven Rytter não existem na vida real.

Paramos perto do painel de informações na entrada. Ele enfia a mão no bolso e olha para mim com uma expressão bondosa.

— Eu fui um monstro. Me arrependo de muitas coisas. Se ao menos pudesse voltar no tempo.

— Como assim?

Na verdade, não quero saber. É melhor parar o tempo aqui. Quero continuar vivendo neste mundo em que Steven é um príncipe encantado e tudo é lindo, maravilhoso e feliz.

— Quando nos encontramos pela primeira vez, nunca imaginei que alguma coisa fosse acontecer entre nós — diz Steven, olhando para o chão. — Se eu soubesse, não teria mentido. Mas, depois que comecei, não tinha como voltar atrás.

Já estou vendo aonde isso vai chegar. Não dá para parar.

— E qual foi a mentira que você contou?

Ele chuta os cascalhos.

Eu me lembro da primeira vez que nos encontramos, do lado de fora do restaurante em Stortorget. Ele me conquistou com aquele primeiro olhar. Nunca achei que as coisas aconteceriam assim.

— Minha esposa. Regina.

Eu me viro, e o sol atinge os meus olhos. Nuvens vermelhas e amarelas e lágrimas. Pisco várias vezes.

— Então é verdade? Ela está viva?

Não sei como vou lidar com isso.

— Ela está muito doente — diz ele. — No inverno passado, pegou uma virose e, depois, se transformou completamente. Virou outra pessoa. Desconfio que o vírus tenha se alojado no cérebro. Mas os médicos que ela visitou não acreditaram, acharam que era algum tipo de doença psicossomática. Ela só piorava cada vez mais, e eu não consegui suportar vê-la sentindo tanta dor. Então, prescrevi alguns remédios para ela.

Ele olha para mim. Os olhos estão úmidos.

Acabou.

— Você me disse que ela estava morta.

Tento me lembrar das palavras exatas. A pessoa tem que ser muito cruel para dizer isso da própria mulher.

— O que eu fiz foi horrível — diz Steven. — Se soubesse que as coisas iam ficar sérias entre nós... Nunca imaginei que você fosse querer continuar comigo. Ou que eu fosse me apaixonar.

A voz dele treme.

Eu deveria cuspir na cara dele e dar um chute no saco.

— Logo depois, Regina começou a aumentar a dosagem por conta própria e ficou viciada — diz ele, cheio de pesar. — Agora não sei o quanto do comportamento dela se deve à doença e quanto se deve aos remédios, mas ela não é mais a pessoa com quem me casei.

Olho no fundo dos olhos dele. Então a esposa dele está deitada em uma cama cheia de tranquilizantes naquela casa chique a menos de cinquenta metros de nós?

Minha intuição estava certa. Eu sabia que tinha alguma coisa muito errada.

— Mas ela está viva, Steven. Ela ainda está viva!

Ele passa a mão no rosto. Está envergonhado. O arrependimento parece sincero, mas não importa. Nunca mais vou poder confiar nele.

Esses homens que traem. É uma maldição que me persegue.

— Há muito tempo eu quero me separar de Regina, mas não posso. Ela depende por completo de mim. Não tem mais ninguém. Além disso, fui eu que dei a medicação para ela. Tentei ajudá-la a parar. Em algum nível, ainda a amo, mas não consigo mais viver assim. Contei a ela tudo sobre nós. Expliquei que quero o divórcio.

Eu olho para o parque tranquilo. O sol da manhã ilumina a copa das árvores e, a oeste, há uma manta fofinha de nuvens, como algodão-doce, acima de Öresund.

— Que merda que eu fiz? — Steven olha para o céu. — Estraguei tudo.

Quando peguei Ricky me traindo na festa, ele na mesma hora ficou na defensiva. Estava bêbado, foi seduzido, aquilo nem podia ser chamado de traição. Meu pai, por outro lado, nunca negou suas "escorregadas", mas tentou se safar dizendo que não eram nada, que eram casos inconsequentes que não tinham importância.

Um casal de idosos vem em direção ao parque, a mulher empurrando a cadeira de rodas do marido. Em vez de dar espaço, começo a caminhar pela trilha do jardim.

Sinto cheiro de tomilho e manjericão.

— Foi quando eu recebi aquela carta — diz Steven, vindo atrás de mim. — Regina parece ter convencido a nossa faxineira de que ela não está doente, de que eu a estou drogando para mantê-la presa ao quarto.

Paro diante de um muro de pedra. Do outro lado, vejo um mar cintilante de flores vermelhas e cor-de-rosa.

— Por que você faria uma coisa dessas?

— Eu não sei o que Regina disse para a garota. Talvez que eu estaria atrás do dinheiro do pai dela. Preciso falar com a faxineira.

— Faça o que achar melhor — digo, seguindo pelo mar de flores.

De todas as vezes que fui traída, essa deve ser a pior. Mesmo assim, ainda não estou com raiva. Eu me sinto vazia.

— Ela tentou atacar a última faxineira — diz Steven, sem fôlego. — Regina a acusou de dormir comigo. Foi um pouco antes do vírus. Acho que foi quando tudo começou. Ela ficou paranoica.

— Mas por que você tem uma nova faxineira? E por que outra garota tão jovem?

Tudo isso parece absurdo demais. Como se eles estivessem procurando mais problemas.

Continuo caminhando pela trilha de cascalhos com Steven me seguindo. Dois estudantes passam em bicicletas elétricas, deixando para trás o vapor doce de um cigarro eletrônico. Tusso ao passar pelas estufas, com Steven em meu encalço.

— É isso que Regina exige. Ela quer que a casa seja limpa pelo menos duas vezes por semana. No início, achei que fosse algum tipo de teste, para se certificar de que eu não tocaria na nova faxineira. Eu sei que Regina me vigia.

Bem, não é de estranhar. Ele está tendo um caso, enquanto a mulher está com uma doença terminal. Penso nas fotos que vi dela. No perfil no Facebook. Se ela o vigia, já deve saber sobre a gente.

— Depois que você me contou sobre os casos extraconjugais do seu pai, eu tentei encontrar uma forma de te contar tudo — Steven acelera o passo e fica ao meu lado. — Entendo que minhas mentiras são imperdoáveis, mas nunca achei que fosse conhecer alguém como você.

Eu não consigo nem olhar para a cara dele agora. Esfrego os olhos para afastar os cacos do meu sonho estilhaçado.

— Você sabe. Você sabe exatamente como eu me sinto em relação à traição.

Um casal de patos parte a toda velocidade para o lado. Pego o caminho da esquerda, que leva ao parque.

— Eu só quero que você saiba que tudo que aconteceu entre nós foi real — diz Steven. — Este verão foi incrível. Eu nunca me senti assim em relação a ninguém.

Fecho os olhos. Envolvida pela escuridão, com pontinhos brilhantes girando ao longe. Cada vez menores. Logo, mal consigo enxergá-los. Estou vendo meu futuro enquanto ele desaparece?

Quando chego ao portão, paro e olho para ele uma última vez.

— Eu gostaria de nunca ter conhecido você.

Ele encara o chão e anda um pouco na trilha de cascalhos. Eu vou para a calçada, atravesso a rua, e Steven desaparece na direção oposta.

Brota dentro de mim alguma coisa afiada e dura.

Faz anos desde a última vez que desmoronei. Minha vida era sólida como uma casa de tijolos. Um muro, uma fachada. Os humanos não foram feitos para sobreviver a terremotos e furacões.

Estou prestes a desabar.

TRECHO DO INTERROGATÓRIO DE PETRONELLA SCHIMANSKI

Pode informar seu nome completo?
Meu nome é Petronella Schimanski, mas as pessoas me chamam de Petra.

Como você conheceu Steven e Regina Rytter?
Éramos colegas de faculdade. Eu e Regina. Ou Gina, como a gente a chamava. Eu tinha acabado de chegar a Lund, e ela foi a minha primeira e melhor amiga. Chegamos a morar juntas.

E como você descreveria Regina?
Antes de conhecer Steven? Ela era inteligente, charmosa e cheia de vida. Os homens viviam aos pés dela. Mas é claro que alguns não aguentaram. Gina não gostava de receber ordens. Ela sabia o que queria. Acho que é por isso que sempre enfrentou dificuldades nos relacionamentos pessoais. Era mandona demais. Costumava dizer que precisava de um oponente à altura. Foi quando conheceu Steven.

Como foi isso? Como eles se conheceram?
Foi em um evento de caridade, meio que um baile de gala. O pai de Gina é multimilionário, sabe? Acho que ele se envolveu em algum projeto e, se não me falha a memória, era um jantar elegante. Foi lá que ela conheceu Steven.

E foi quando ela mudou?
Não logo de cara. Ela com certeza ficou louca por Steven, mas, depois de um tempo, descobriu que ele já estava em um relacionamento. No início, Gina ficou arrasada, mas Steven deixou a outra mulher e, depois de alguns meses, eles foram morar juntos naquela mansão em Professorstaden.

E o que aconteceu?
De certo modo, eles são parecidos demais. Os dois eram controladores e acostumados a ter o que queriam. Gina e eu quase não nos víamos mais sem a presença de Steven. Ela estava totalmente ocupada com ele. Nunca tinha se interessado por arte ou teatro, era a típica festeira que ouvia techno. Mas, de repente, passou a frequentar concertos de música clássica com ele. Os dois iam a inaugurações de

galerias e exposições de arte. Ela sempre me respondia a mesma coisa quando eu a convidava para sair: "Tenho que ver com Steven primeiro. Não sei se o Steven vai querer".

Você conversou com ela sobre isso?
Claro. Tentei ser o mais cuidadosa possível, mas Gina ficou irritada na mesma hora. Não havia como tocar naquele assunto. Não até o lance com a faxineira.

A faxineira? Karla Larsson?
Não, não, isso foi muito antes de Karla. Antes de Gina ficar doente. Steven contratou uma agência que mandou uma loira muito bonita para fazer faxina toda semana. Pelo menos foi isso que Gina me contou. Um dia ela chegou cedo em casa e flagrou Steven com a garota. Ele negou tudo, é claro. Mas, depois disso, ela teve certeza de que ele a estava traindo. Você sabe, né? Ele tinha feito o mesmo com a ex, quando ficou com Gina. Uma vez infiel...

Mas ele ficou com essa faxineira?
Eu não sei. E acho que Gina também não tinha certeza. Mas ela sem dúvida não deixou barato. A faxineira foi demitida, e Gina começou a bisbilhotar e espionar Steven. Ela perdeu o controle.

Foi quando ela ficou doente?
Exatamente. Ela achou que era alguma virose, mas para mim foi tudo muito estranho. Sempre que a gente conversava ela parecia pior. Começava a falar e a delirar. Eu sei que Steven a levou para uma avaliação psiquiátrica e tudo mais. Por fim, não dava mais para ter uma conversa normal com ela. Ela misturava sonhos com realidade. Era assustador. Ela ficou psicótica e paranoica.

Como assim?
Ela dizia que Steven a estava drogando.

KARLA

A notificação chega por e-mail. Assim que vejo quem mandou, sei que é o resultado da prova final.

Fecho o aplicativo na hora, sem abrir a mensagem. Meu sonho está tão perto e, ao mesmo tempo, tão longe. Conversei com minha mãe ao telefone. Ela parecia frágil e triste, mas ficou feliz de saber que enfim iria para casa.

— Eu preciso de você mais do que nunca, filha.

Sally e Bill acordaram cedo. No vestíbulo, estão empilhadas caixas. Sally pendurou vestidos antigos de Miranda em um cabideiro e colocou etiquetas de preço vermelhas.

— Já acordaram? — digo.

Bill está segurando um pedaço de torrada.

— O bazar começa às sete e meia.

— Você vem com a gente? — pergunta Sally. — Poderia ajudar. Vai ser divertido.

— Bem que eu queria. Mas preciso pegar o trem hoje à tarde.

Sally fica de costas e faz bico.

Não estou feliz de deixá-la. Se ao menos eu tivesse tido um adulto confiável para recorrer aos oito anos, talvez tudo tivesse sido diferente.

Me sinto uma traidora.

— Amanhã vou conhecer o cliente com quem vou trabalhar — diz Bill. — E Sally vai visitar a Red Cabin.

— O que é isso? — pergunto.

— É tipo uma creche que abre à noite e nos fins de semana — explica Bill.

Sally não consegue mais se segurar.

— Você janta lá e pode até ver TV.

Ela é incapaz de ficar emburrada por mais de cinco minutos. É como se não tivesse sido feita para isso.

— Parece divertido.

Se eu ficasse, poderia tomar conta dela quando Bill tivesse que trabalhar à noite e aos fins de semana. Seria tão legal. A gente poderia comer pipoca e ler *Harry Potter*.

— Vamos, filha — Bill chuta de leve o tênis de lona dela. — A gente tem que ir.

— Só um segundo — peço.

Eles param no vestíbulo e olham para mim.

Eu quero tanto compartilhar esse momento com Bill e Sally. Não importa o que tenha no e-mail, quero que eles estejam comigo quando eu abrir.

— Recebi o resultado — digo, segurando o celular.

— O quê? E você ainda não olhou? — pergunta Bill.

— Você tem que contar pra gente — diz Sally.

Eles ficam comigo enquanto leio o e-mail. Meus olhos passam pelas linhas. Meu nome e meu número de identidade, meu endereço, um monte de coisas desnecessárias. Bem no fim, a minha nota.

Mal consigo respirar.

Todas aquelas noites na poltrona desgastada da nossa cozinha. Eu com meus livros, minha mãe com os cigarros Marlboro dela. Escutando Roxette e Bon Jovi. Toda aquela dedicação. Tudo valeu a pena. Eu superei cada obstáculo.

Não é só um resultado no e-mail. É uma promessa. A história não precisa se repetir. Eu posso me tornar uma pessoa diferente. Desde que não volte a morar com a minha mãe.

Pisco para afastar uma lágrima e coço o olho.

— Você conseguiu? — Sally pergunta.

Entrego o celular para Bill, que lê o texto com atenção.

— Nota: AB — diz ele.

— Ah, não! — exclama Sally. — Não foi um A?

Ela me abraça e começo a chorar de novo.

— É... é...

— Não fique triste — diz Sally. — Você ainda é a melhor.

Ela me abraça com força. O calor do corpinho dela me emociona.

Por fim, consigo me controlar.

— Não estou triste. AB é a maior nota. Eu consegui! Eu passei!

Na hora seguinte, ignoro trinta ligações de Waheeda e meu Snapchat fica lotado de mensagens não lidas. Mas não sei como lidar com isso nem o que dizer. E se ela não entrou? Não sou boa com esse tipo de coisa.

Eu me sento na cama do antigo quarto de Sally, minhas malas estão arrumadas. As palavras da minha mãe ecoam na minha mente. Ela pareceu tão feliz quando eu disse que tinha comprado uma passagem de trem. Não quero decepcioná-la de novo.

Entro no contato de Waheeda no celular. Ainda hesitante. O que vai acontecer se ela não tiver passado? Eu claramente vou parecer a pessoa mais esnobe do mundo por considerar recusar a oferta mesmo tendo sido aprovada.

Por fim, não posso mais adiar.

Waheeda berra no meu ouvido.

— Onde você estava? Não me assuste desse jeito! Achei que você tivesse feito faxina até morrer ou algo assim.

— Eu só precisava de um tempo para digerir.

— Ah, não. Não mesmo. Diga que pelo menos uma de nós entrou!

Inspiro profundamente e solto o ar devagar.

— Eu passei.

— *Bismillah!* Tá de sacanagem?! Que máximo! Você entrou! Caralho, você entrou!

Preciso afastar o aparelho do ouvido para não estourar o tímpano. Minha mão está trêmula, mas sinto um sorriso brotar nos lábios.

— Você vai ser a melhor juíza do mundo — diz Waheeda. — Você é sábia e sensata. Sabe ouvir as pessoas sem nenhum pré-julgamento. Isso é maravilhoso!

— E você?

Agora não posso contar a ela de jeito nenhum que comprei uma passagem de trem para Boden. Só uma idiota daria as costas para um sonho de vida assim. Além disso, Waheeda não sabe como são as coisas entre mim e minha mãe.

— Eu nem consegui nota suficiente para passar — diz ela, caindo na risada. — Não sou estudiosa como você. Vou virar policial. Dar tiros com uma arma nove milímetros e usar cacetete, tem mais a minha cara. Então, você vai poder julgar os criminosos que eu prender.

Acabo rindo também, mas logo meu riso fica preso na garganta. Eu me esforcei tanto por isso.

— Vou ter que desligar agora — digo. — Preciso falar com a minha mãe.

— O quê? Você ainda não contou para sua mãe? *Yalla emshi!* Você tem que ligar logo.

Ela está certa. Tenho que conversar com a minha mãe agora. Mas ainda não sei o que dizer.

Eu me encosto na parede e começo a roer o que resta da unha do meu polegar.

O trem parte em três horas.

Será que devo deixar tudo isso para trás? Um sonho que me esforcei tanto para realizar?

Bato a cabeça na parede.

Por fim, faço a ligação.

— Oi.

Percebo na hora que ela está drogada. Ela *quase* morreu de overdose e ainda resolveu tomar mais alguma coisa.

— Ah, mãe.

Apesar de todo o papo sobre metadona e mudança, ela está totalmente alterada. Isso faz com que eu me sinta tão resignada. Mas não posso desistir da minha mãe. Tirando todo o lance das drogas, ela é uma pessoa de bom coração que me carregava em um *sling*. Que me dava passas e fatias de maçã e colocava pano molhado na minha testa quando eu tinha febre. Sinto saudade dessa pessoa todos os dias.

— Quando você vem? — pergunta ela. — Preciso de você aqui. Será que não entende?

— O trem parte em algumas horas.

— Que bom. Vai ser tão bom quando tudo voltar ao normal.

Não tenho tanta certeza. Acho que não é isso que eu quero.

— Mãe, eu passei e fui aceita no curso de direito.

Ela não diz nada. Olho para minha mão. Minha cutícula está ardendo.

— O quê? Em Lund?

— É.

— Mas você vai voltar para casa. Você vai ficar aqui, não?

Penso nas brigas que tivemos durante todos esses anos, os gritos, as lágrimas, os objetos jogados no chão e nas paredes. A fumaça de cigarro e o cheiro de álcool. Minha mãe roncando no sofá. Não quero voltar para isso. Minha mãe não vai mudar. Se, contra todas as expectativas, ela conseguir sair dessa merda no futuro, não vai ser por minha causa. Eu tenho que aceitar isso.

— E vai fazer diferença? — pergunto.

— Como assim?

— Como é que a minha volta para casa vai melhorar as coisas, mãe?

Ela resmunga. Não entendo o que diz, mas não importa. Nós duas sabemos a resposta.

Há muitos anos eu cumpro o papel de mãe da minha mãe. Ela precisa de mim para ajudá-la a respirar, para me usar como apoio, alguém em quem jogar todas as merdas quando não aguenta mais, para lavar a louça e jogar o lixo fora, ligar para a assistência social e conseguir mais dinheiro. Não consigo mais.

— Esse é meu sonho — digo.

Minha mãe funga alto no meu ouvido.

— Eu gostaria que você ficasse feliz e orgulhosa — sussurro.

Minha voz quase falha.

Fecho os olhos.

No meio de toda aquela escuridão, vejo um raio de sol.

Quando abro os olhos de novo, estou chorando.

— Eu estou orgulhosa — diz ela. — Mas sinto falta de você aqui.

Quando Bill e Sally chegam do mercado de pulgas, já desfiz a mala e pendurei tudo de novo no armário. Além disso, cozinhei.

— Achei que o trem partia às três — diz Bill.

— Partiu.

Sally vem correndo e se atira nos meus braços.

— Por favor, diga que vai ficar.

Quando ela afunda o nariz no meu pescoço, sei que tomei a decisão certa. Minha mãe ainda está lá, mas estou muito melhor agora na companhia de Sally e Bill.

— Eu vou ficar — sussurro contra o cabelo dela.

Bill sorri, e eu começo a rodar com Sally nos braços.

— Você me faz feliz — cantarola ela.

É alguma música do tradicional Melodifestivalen.

Amanhã, vou ligar para Lena da agência de limpeza e dar meu aviso-prévio. O curso começa em duas semanas e não vou ter tempo de trabalhar tanto. Waheeda disse que consegue para mim algumas horas no McDonald's.

Bill diz que não há evidências que me liguem ao roubo do anel nem à chantagem. Mas ele sabe que não consigo mentir quando alguém me põe contra a parede.

Espero, pelo menos, que Regina encontre forças para se libertar de Steven. Eu não posso salvá-la. Assim como minha mãe, ela precisa tomar essa decisão sozinha.

Depois do jantar, Sally pergunta se quero ler para ela. Bill está prestes a interferir, mas eu o interrompo.

— É claro que eu vou ler para você.

Sally nunca foi tão rápida em vestir o pijama.

Enquanto leio o primeiro capítulo, ela vai se aconchegando mais em mim, ficando tão perto que sinto a respiração dela no meu rosto.

Quando ela dorme, ajeito o cobertor, apago o abajur e saio, deixando uma fresta aberta para entrar um pouco de luz do corredor.

— Bons sonhos — sussurro.

Bill está no sofá. Ouço uma melodia suave de piano na TV. Chego perto da varanda e respiro o ar fresco da noite.

— Como você está? — pergunta Bill.

— Bem — respondo, tentando voltar toda a minha atenção para dentro. — Eu estou bem.

Com certeza, meus ombros estão pesados e eu gostaria de me deitar e dormir, mas meu corpo está calmo, e minha mente, tranquila. Me sinto muito bem. Se ao menos ele não tivesse enviado aquela maldita carta.

— Imagino que você já tenha conversado com a agência de limpeza? — diz ele.

— Amanhã. Eu juro.

Bill lança um olhar sério.

— Mas amanhã é segunda-feira. Você não vai ter que ir até lá, certo?

— Não mesmo! Vou pedir demissão.

Escovo os dentes e lavo o rosto, depois dou boa-noite para Bill. No quarto, coloco os fones de ouvido e encosto a cabeça no travesseiro enquanto procuro alguma coisa para ouvir.

O celular mal começa a vibrar e eu atendo.

— Karla?

Eu me sento na cama.

Embora não tenhamos conversado muitas vezes, não tenho dúvida de quem está do outro lado da linha. Sei na hora.

— Temos que conversar sobre a carta que você mandou.

— Que carta?

Penso em Bill. Não há evidência física. Então, penso em Regina.

— Não se faça de boba. Você sabe exatamente do que estou falando — retruca Steven Rytter. — Prefere que eu vá à polícia?

Fecho os olhos e imagino o e-mail da faculdade de direito. A nota máxima na prova. Meu sonho de me tornar juíza. Tudo gira: minha mãe, Sally, Waheeda. Os olhos sofridos de Regina.

— Pode jogar fora — digo.

Steven pigarreia.

— Não é tão simples assim. Precisamos conversar amanhã, junto com Regina. Mais alguém sabe disso?

— Não.

Olho para a porta fechada. Espero que Bill não tenha ouvido nada. Não preciso arrastá-lo para o meio disso tudo.

— Bom — diz Steven Rytter. — Não diga nada para ninguém. Vamos resolver tudo isso amanhã.

JENNICA

Pedalo até a casa dos meus pais para ver minha mãe. É como se eu tivesse doze anos de novo, e a vida estivesse pesada demais. Choro feito um bebê, e minha mãe acaricia minhas costas.

Então, exatamente como quando eu era pequena, me recuso a parecer vulnerável na frente do meu pai. Assim que ele entra, me sento e enxugo as lágrimas manchadas de rímel.

— Aquele filho da mãe — diz meu pai.

Ele e a barriga dele estão parados na porta. A raiva transparece nos punhos cerrados.

— Que bom que você descobriu antes de as coisas irem longe demais.

É claro que minha mãe contou tudo para ele. Ela sempre foi ridiculamente leal.

Na verdade, não quero abandonar a ideia de Steven. Talvez nós dois ainda tenhamos uma chance.

— Minha filhinha — diz meu pai. — Eu poderia partir esse cara ao meio. Mas o mais importante agora é você se concentrar nos estudos. Você sabe que eu tenho vários contatos internacionais. Vou ver o que consigo.

No início, não protesto.

Eu ainda era um bebê quando me ensinaram que o que importa é a ordem, a disciplina e a dedicação. Meus pais nunca brincaram comigo. Meus irmãos mais velhos suspiraram quando eu pensei em me tornar assistente social na hora de escolher a faculdade.

Desde então, sempre disse que não sabia o que queria ser.

Ser alguma coisa sempre foi sinônimo de estudar e ter uma carreira. Você é o que você faz, e assim por diante.

Que inferno isso.

— Obrigada, mas acho que não quero trabalhar com relações internacionais.

Nem sei o que é isso direito. Quero trabalhar com pessoas. Pessoas normais. Ajudar pessoas que estão passando por dificuldade.

— Psicóloga? — pergunta minha mãe olhando para o meu pai.

Ele nem olha para ela. Os olhos estão estreitos e céticos. Meu pai nunca se importou com ninguém além de si mesmo. Não de forma sincera.

— Você pode fazer isso no seu tempo livre. Existem dezenas de organizações em que pode trabalhar.

É como se ele tivesse tapado os ouvidos. Só ouve o que quer.

— Eu já decidi, pai. Nem gosto muito de viajar. E com certeza consigo me imaginar trabalhando em algum projeto sem fins lucrativos, como a coalizão contra o bullying ou a central de prevenção ao suicídio, mas não nas horas livres. Eu quero dedicar minha vida a isso.

Meu pai está espumando. Ele fixa o olhar na minha mãe, embora as palavras sejam dirigidas a mim.

— Por que você sempre tem que se apegar a essas suas pequenas fixações? Será que não pode ser normal uma vez na vida?

— Isso não é motivo de briga — diz minha mãe.

Essa frase é típica dela.

— Fixações? Normal? E quem é você para julgar o Steven? — pergunto, encarando meu pai, sem perder o controle.

— Por favor — pede minha mãe.

Durante todos esses anos, ela se esconde atrás de lágrimas e sofrimento sempre que tento chamar meu pai à responsabilidade.

Não vou desistir dessa vez.

— Você mesmo não passa de um filho da puta. Traiu a mamãe várias vezes. Tratou a nossa família e a minha mãe como se não fôssemos nada.

— Jennica! — exclama ela. — Não precisa cutucar velhas feridas.

Meu pai ainda está parado na porta. O desdém transborda de mim. Todas aquelas mulheres com quem converso no telefone. Homens como meu pai destruíram a vida de muita gente. Apenas levando em conta o próprio prazer, sem parar para pensar nos familiares.

Só depois do que aconteceu com Ricky, quando fui a vítima, que entendi de verdade. Esse tipo de traição dói demais. Essa violação brutal que ocorre quando alguém que você ama, com quem quer dividir tudo, oferece a si mesmo e o coração a uma estranha. Tudo que Ricky e eu tivemos se transformou em uma grande mentira. Levei anos para voltar a confiar em alguém.

— Steven pelo menos queria se divorciar, mas a esposa dele está doente — digo. — Isso não é desculpa, mas é compreensível, ele agiu assim por um tipo estranho de preocupação. Você chegou a pensar na mamãe ou em mim, ou nos meus irmãos, enquanto estava comendo mulheres por aí?

Minha mãe puxa o meu braço com força.

— Já chega.

— Os filhos não devem interferir na vida dos pais — ele responde. — Você está imaginando coisas.

— Parem com isso — minha mãe chora.

— Cala a boca! — eu explodo. Minha mãe se afasta com o olhar aterrorizado. Ela vai para os braços do meu pai. — Você permite que ele faça isso. Sempre o aceita de volta, é como se desse uma aprovação tácita. Como se você não tivesse nenhum valor.

— Você não sabe o que está falando — minha mãe enxuga as lágrimas. —Não faz ideia do que eu passei.

Meu pai a abraça pela cintura, como se quisesse mantê-la presa. As pálpebras tremulam quando ele olha para mim.

— Parou de tomar seus comprimidos da alegria?

Ele pensa que tudo tem a ver com força. Com ser forte o suficiente para manter as emoções sob controle, para não se deixar afetar. Só os fracos precisam de terapia ou de remédios.

— Algumas coisas devem ser perdoadas — diz minha mãe. — É assim que uma família funciona. É isso que significa amar.

Era nisso que eu acreditava quando criança. Minha visão de amor foi distorcida desde o início.

— E o que você sabe sobre o amor? — Eu os empurro da minha frente e vou para o corredor. Meu All Star me espera na porta de entrada. Nem me dou ao trabalho de amarrar os cadarços. — Passei a vida toda pisando em ovos por vocês. Nunca nada que eu fiz foi bom o suficiente. Vocês nunca me aceitaram. Sabe do que mais? Acabou. De agora em diante, me aceitem do jeito que eu sou ou esqueçam que eu existo.

— Por favor, Jennica, docinho — diz minha mãe.

Ela tenta vir atrás de mim, mas meu pai a segura.

— Eu não sou nem um pouco doce. Nunca fui. Já está mais do que na hora de você aceitar isso.

Saio correndo e bato a porta. Minha bicicleta está na frente da garagem, sem cadeado.

O vento sopra em meu cabelo enquanto subo a ladeira. Me debruço no guidão e pedalo com força. Minhas coxas e panturrilhas queimam pelo esforço, o vento açoita meu rosto, mas continuo pedalando de forma mecânica.

Imagens da minha infância me vêm à mente. Os ombros trêmulos de minha mãe e o rosto encharcado de lágrimas. Os gritos e as brigas à noite. Portas batendo. O sono que nunca chegava.

Tomei minha decisão naquela época.

Eu nunca seria como ela. Nunca deixaria nenhum homem me tratar assim.

Durante toda a minha vida odiei e travei uma batalha contra a infidelidade. No meu papel como conselheira, eu disse para várias mulheres que uma traição nunca deveria ser perdoada, que é o mesmo que baixar a cabeça para o patriarcado e anular seu valor como pessoa. O escudo que acreditei ter construído começou a ruir devagar quando conheci Steven. Tudo era tão diferente com ele. Tão genuíno. Achei que eu tinha encontrado algo de novo. Achei que era amor e não notei que aos poucos estava sendo levada pelas mesmas mentiras e traições.

Em algum momento, isso tem que acabar.

Em algum momento, alguém tem que colocar um fim em homens como meu pai e Steven. E mulheres como minha mãe e Regina.

BILL

Acordo cedo depois de outra noite de pouco sono e saio em silêncio, deixando Sally na cama. No corredor, estão os itens que não conseguimos vender no bazar. Sinto o cheiro de Miranda. Meu peito logo fica apertado por causa da culpa.

Sally se aproxima na ponta dos pés, de pijama.

— Tive um pesadelo, papai.

Já faz muito tempo. Logo que Miranda ficou doente, e vários meses após o funeral, Sally tinha pesadelo toda noite.

— Sonhei com Karla. Uma coisa horrível aconteceu.

Eu a abraço, pressionando a cabecinha dela contra meu peito para reconfortá-la.

— Foi só um sonho. Nada vai acontecer com Karla.

— Eu sei, mas parecia tão real.

Sirvo cereal de chocolate para ela. Miranda sempre dizia que isso era como comer doce no café da manhã. No último ano, aconteceu muito.

— Lembra que você vai para a casa de Naemi hoje? — pergunto.

A expressão de Sally se ilumina.

Ela vai passar o dia com a amiga enquanto eu me encontro com meu futuro cliente.

— Naemi e eu vamos jogar Fedorento — diz Sally, pegando o baralho na gaveta.

Estou na frente do sofá, com a foto de Miranda me olhando lá de cima. Sempre vou amá-la. Nunca demora mais do que alguns minutos para ela aparecer de novo na minha cabeça. Mas existe algo de limitante em tê-la na parede olhando para mim.

— Ei — digo para Sally, enquanto toco a moldura. — O que acha de tirarmos esta foto agora?

Sally para.

— Hum...

— Mamãe sempre vai estar conosco, não importa o que aconteça — digo.

— Eu sei.

Eu a abraço de novo e tiro a foto.

Estamos calçando o sapato quando ouvimos o alarme do celular de Karla tocar no quarto. Sally olha para a porta fechada e, depois, para mim.

— A Karla não vai trabalhar hoje?

— Acho que é o dia de folga dela.

Pelo menos, não vai fazer faxina para os Rytter, que é o que costuma fazer às segundas-feiras.

Sally se senta na garupa da bicicleta, e o sol ilumina os telhados da parte leste.

— Muito obrigado por isso — digo quando a mãe de Naemi abre a porta, ainda de camisola e segurando uma xícara de café.

— Imagina. Naemi simplesmente adora ficar com Sally.

Sally me abraça e entra na convidativa casa geminada.

— Nós vamos a Bjärred depois do almoço — diz a mãe de Naemi. — Tudo bem por você?

Eu deveria ter me planejado para isso.

— Infelizmente, não trouxe o maiô dela.

A mãe de Naemi dá um sorriso de quem pede desculpas.

— Nós só vamos parar para tomar um sorvete.

Então ela para de falar e afasta o olhar. Como se percebesse a situação constrangedora.

Eu ainda não a paguei pelo almoço de Sally da última vez.

— Deixa eu ver se tenho... — digo, conferindo a carteira.

— Não se preocupe com isso. A gente acerta tudo em algum momento.

Nós dois sabemos que não é verdade. Talvez eu possa pagar de outra forma. Se é que existe justiça no mundo.

Evito os olhos dela ao subir na bicicleta. Embora o sol da manhã esteja brilhando, pego vento contrário o tempo todo ao pedalar.

O cliente mora em Planetstaden, no extremo leste da cidade, um pouco antes da autoestrada para Malmö. Bem em frente ao apartamento dele, há um hotel. Quem se hospedaria ali?

Hanna-Linnea, da agência de *home care*, me encontra no estacionamento. Não parece tão estressada como da última vez. Diz que tinha pensado em mim e que eu me encaixaria perfeitamente "no grupo".

— Você parece tão calmo e equilibrado.

Não sei por que, e parece bobagem, mas as palavras dela aquecem meu coração.

Hanna-Linnea toca a campainha, e outra cuidadora nos deixa entrar, uma jovem de cabelo cor-de-rosa e piercing na sobrancelha.

— Astor está lá dentro. Acabamos de servir o café.

Ele está sentado na sua cadeira de rodas em uma cozinha mal iluminada.

Astor deve ter uns cinquenta e cinco anos. Os olhos são castanhos e tristes. Ele precisa segurar o braço direito com o esquerdo para me cumprimentar.

— Às vezes, Astor tem dificuldade de falar — diz Hanna-Linnea.

Astor assente. A saliva escorre pelo queixo.

— É um prazer — diz ele com muito esforço depois que me apresento.

Ele precisa de ajuda para quase tudo e conta com assistência vinte e quatro horas por dia, sete dias por semana. Não consegue nem fazer café sozinho. À noite, eu tenho que ajudá-lo a sair da cadeira de rodas e acomodá-lo na cama adaptada. Vou escovar os dentes dele. Se ele tiver sede, vou dar água. Se tiver vontade de ir ao banheiro, vou ter que baixar a calça dele e ajudá-lo.

Enquanto Hanna-Linnea dá as instruções, Astor não olha para mim.

Deve ser completamente devastador depender tanto de outras pessoas. Com Miranda aconteceu o mesmo durante as últimas semanas. A clínica de cuidados paliativos é a sala de espera da morte. Mesmo assim, mantive um vago senso de esperança até o final, por mais irracional que seja, além de o completo oposto do que todos me diziam. Imagino que existam certas verdades que são impossíveis de aceitar até se tornarem fatos.

— Você... tem... filhos? — pergunta Astor.

Quando conto a ele sobre Sally, ele se ilumina e dá tapinhas carinhosos no meu braço.

Meu primeiro turno vai ser nesta quarta-feira. À tarde, Sally e eu vamos ver como é a creche noturna chamada Red Cabin na Sölvegatan, pertinho do prédio de ciências humanas, onde estudei artes cênicas. Seis meses atrás, seria inconcebível para Sally passar a noite longe de mim, mas agora acredito que vai funcionar, mesmo que seja difícil para nós dois no início. Karla disse que também pode ajudar.

Ela vai pedir demissão da agência de limpeza. Fico imaginando como Steven e Regina vão reagir. Eles ainda não receberam o anel de volta, e não é tão difícil descobrir que Karla está envolvida na chantagem. Mas não há provas.

Espero que eu possa contar com ela. Mas não posso ser ingênuo em relação a isso. Karla acabou sendo completamente arrastada para a vida sofrida de Regina. Karla é o tipo de pessoa que sempre quer ajudar todo mundo, custe o que custar.

Quando chego ao estacionamento, pego meu celular.

— Bill! — Hanna-Linnea se aproxima correndo. — Esquecemos uma coisa.

Ela está sem fôlego. Sei exatamente o que é. Eu estava tentando não pensar nisso.

— Os seus antecedentes. É só uma formalidade, mas ainda preciso dar uma olhada.

— É claro. — De repente consigo sentir meu coração batendo. — Infelizmente, eu esqueci em casa. Tudo bem se eu enviar por e-mail para você?

— Perfeito. Só não deixe de mandar para mim até quarta-feira.

Prometo que vou mandar. Ainda não sei como isso funciona, se os meus antecedentes devem ser perfeitos. Preciso descobrir. E dizer para mim mesmo que esse detalhe não vai atrapalhar tudo.

Hanna-Linnea acena e desaparece no estacionamento. Eu me inclino no guidão e envio uma mensagem para Karla, só por segurança.

O que está fazendo?

Começo a pedalar no sentido oeste com o celular no bolso e o sol na nuca. O vento agora é lateral, fazendo a bicicleta cambalear. Acerto o guidão. Uma van branca passa em alta velocidade. Cruzo a Tornavägen e pego um atalho por dentro de um pequeno parque, onde dois caras que aparentam estar drogados discutem.

Acelero e sigo a Dalbyvägen sentido centro. De lá, não é tão longe ir para a casa dos Rytter na Linnégatan.

Paro na rotatória e empurro a bicicleta pela rua. Pego meu celular. Nenhuma resposta de Karla. Ela não mentiu para mim e foi para a casa dos Rytter depois de tudo, foi?

Em frente à antiga escola para deficientes auditivos, os galhos pesados das bétulas-brancas se curvam sobre o lago. As pegas grasnam na grama.

Meu celular vibra. Finalmente. Mantenho a mão no guidão enquanto tento cobrir a tela para enxergar o que está escrito. Não é uma mensagem de Karla. É apenas um spam.

O que está acontecendo? Karla costuma responder em um ou dois minutos no máximo. O celular dela é quase um anexo do corpo.

Preciso ligar e confirmar se está tudo bem. Equilibro o guidão com as mãos e prendo o celular no ouvido com o ombro. Um carrinho de bebê me obriga a desviar, e o pneu da frente esbarra na cerca do jardim. Demora para chamar, espero uma eternidade.

Por fim, ela responde com um "alô", baixinho.

— Karla? Onde você está?

— Não posso falar agora.

Ela está sussurrando. Não está em casa. Será que está na mansão dos Rytter? Ela sabe como isso é arriscado.

— Tá tudo bem? — O guidão vira e perco o controle. O celular escorrega devagar do meu ombro e cai no chão. — Alô? Karla? Você está aí?

A única resposta que recebo é o silêncio.

TRECHO DO INTERROGATÓRIO DE JENNICA JUNGSTEDT

Como você conheceu Steven Rytter?
Nós demos match no Tinder. Ele era bem mais velho que eu, mas aceitei sair mesmo assim. Steven era muito charmoso. Simpático, inteligente. Diferente de outros homens que namorei, ele me oferecia um desafio intelectual.

Então vocês começaram um relacionamento?
Pode-se dizer que sim. Nós nos encontramos bastante durante o verão.

Você sabia que ele era casado?
Não fazia ideia. Eu teria terminado na mesma hora.

Como você descobriu?
Ele tentou esconder todas a informações da internet, claro. Não tinha quase nada sobre Regina Rytter no Google. Mas ele não imaginou que ainda desse para encontrar algumas coisas ao procurá-la pelo nome de solteira. E parece que ela era conhecida como Gina, na época.

O que você fez quando descobriu que Steven era casado?
Eu o confrontei. Ele confessou tudo na hora. Até onde sei, esse foi o primeiro caso que ele teve.

Como você recebeu a notícia?
Eu fiquei muito zangada. E triste, é claro. Mas a raiva foi o principal sentimento. Eu disse que nunca mais queria vê-lo. Não foi uma decisão difícil.

Então, você nunca mais viu Steven?
Não.

Vamos falar do dia que acreditamos que Steven e Regina perderam a vida. Você pode me dizer o que estava fazendo?
Eu dormi até umas oito e meia, nove horas. Não tive muitos compromissos durante o verão, a não ser estudar para uma prova que preciso refazer. Depois do café da manhã, fui até o Jardim Botânico para me encontrar com Bill Olsson.

Por que você ia se encontrar com Bill?
Ele estava chateado por causa de uma discussão que tivemos no início do verão. Bill e eu fomos traídos por nossos respectivos parceiros alguns anos atrás, mas nunca conversamos sobre o assunto.

Então, vocês marcaram de se encontrar no Jardim Botânico?
Isso. É basicamente o meio do caminho para nós dois. E no verão é muito agradável. Nós caminhamos um pouco e comemos no café que tem lá.

Que horas foi isso?
Acho que nos encontramos às dez. Bill tinha acabado de conhecer um cliente. Ia começar a trabalhar como cuidador.

E por quanto tempo vocês ficaram no Jardim Botânico?
Até meio-dia e meia ou uma hora. Não me lembro bem. Tenho certeza de que vocês podem verificar o horário que eu paguei a conta no café. Eu sempre uso cartão de crédito.

E para onde você foi depois que se despediram?
Não, não. Nós não nos despedimos.

Não?
Não, eu fui com ele até o apartamento dele no edifício Karhögstorg.

Quanto tempo ficou lá?
Até tarde. Tipo umas dez ou dez e meia da noite, acho.

E Bill estava lá com você o tempo todo?
É claro.

E alguém pode confirmar essa informação?
Um monte de gente nos viu no Jardim Botânico. E, no caminho para casa, Bill pegou a filha dele, Sally. Ela estava na casa de uma coleguinha.

Então, você quer dizer que Bill Olsson estava com você entre dez da manhã e dez da noite no dia que os Rytter foram assassinados na casa deles?
Sim.

Jennica, você entende o que isso significa, certo? Você sabe que Bill é um suspeito. Tem certeza absoluta do horário?
Claro. Como eu poderia me confundir em relação a uma coisa dessas?

KARLA

A manhã está fresca. Mesmo que ainda seja meio de agosto, as árvores estão com cheiro de outono. Fecho o zíper até o pescoço.

Quando chego à Linnégatan, estou morrendo de vontade de fazer xixi.

O carro de Steven está na garagem.

No telefone ele disse que poderíamos resolver o que tinha acontecido. Ele, Regina e eu. O que ele contou a ela sobre a chantagem? Duvido que tenha dito que a está drogando. Se não fosse pelo anel e pela carta, eu iria direto para a polícia.

É hora de aceitar minha responsabilidade e consertar as coisas. Não sou uma vítima; não mereço nem um pingo de pena. Mas com certeza vamos conseguir resolver tudo. Logo vou começar o curso de direito e não tenho nenhuma intenção de continuar envolvida nessa história.

Toco a campainha. Mesmo sabendo o código, parece errado apenas entrar. Afinal, não estou aqui para fazer faxina. Quando ninguém vem abrir a porta, tento espiar pela janela. Na sapateira, vejo o mocassim Gucci de Steven; o blazer está pendurado no cabideiro. Penso em como ele ficou no vestíbulo olhando de cara feia para mim e se aproximou tanto que cheguei a me sentir ameaçada, enquanto me proibia, mais uma vez, de falar com Regina. Isso foi um pouco antes de eu descobrir que ele a drogava.

Agora escuto a campainha ecoar pela casa e aperto as pernas para segurar o xixi.

Ninguém vem. Não há nenhum sinal de movimento.

Por segurança, verifico o horário no meu celular. Eu deveria ter chegado há dois minutos. Olho em volta, mas não há sinal de Steven.

Penso em Waheeda e aciono o aplicativo de gravação de voz. Nunca se sabe.

Toco a campainha de novo, mas ninguém atende. Aperto as pernas, tremendo. Minha bexiga está prestes a explodir. Eu realmente não deveria entrar, mas não posso só me agachar no jardim. Sinto uma queimação entre as pernas. Por fim, digito o código e entro no vestíbulo.

— Olá?

Chamo várias vezes, mas ninguém responde. Corro para o banheiro e sinto uma onda de alívio. Ao mesmo tempo, estou morrendo de medo de Steven aparecer e me encontrar ali. Lavo as mãos rápido e estou para sair, quando um som no andar de cima me faz parar.

— Olá? Steven? Regina?

Eu me aproximo da escada e tento ouvir.

— Socorro!

Um gemido suave vem do quarto.

— Regina?

Dou dois passos e penso na minha mãe. Na decepção que ela sentiu por eu não ter voltado para casa, mas também no orgulho que sente por tudo que consegui. Na maior parte do tempo, minha mãe escolheu o próprio caminho. Ao contrário de Regina, que está sendo obrigada por um psicopata a tomar benzodiazepinas.

— Socorro! — ela choraminga.

Subo o resto da escada.

Como todas as portas estão fechadas, o segundo andar está completamente escuro. Bato na porta do quarto de Regina.

— É você?

Empurro a maçaneta e entro. As persianas estão fechadas, como sempre; está tudo na maior escuridão, só é possível ver sombras nas paredes.

— Regina?

Dois, três passos no quarto. Demora um tempo para os meus olhos se ajustarem.

Na mesinha de cabeceira está a caixinha com os comprimidos que ela precisa tomar. Um lençol pende da beira da cama, mas não há ninguém deitado ali.

— Regina? Cadê você?

Passei tantas horas nesta casa. Meu verão inteiro. Tirei o pó, passei aspirador e limpei cada cantinho. Ainda assim agora tudo parece estranho e frio. Quando saio do quarto, não sei para onde ir. É como se eu nunca tivesse pisado aqui. As portas fechadas e as paredes parecem me enclausurar.

— Aqui.

A voz de Regina de novo. Parece estar vindo do quarto de Steven.

— Você está aí?

Dou uma batida rápida e abro a porta.

As venezianas também estão fechadas, mas um abajur pequeno está aceso no peitoril da janela. Uma gravata está pendurada em um cabide ao lado da camisa azul-clara de Steven. Ele dobrou a colcha com cuidado e a colocou na poltrona do canto.

Regina está sentada na cadeira *butterfly* com o rosto afundado nas mãos. Diante dela, está Steven, deitado e sem se mexer. Há uma imobilidade pacífica nos lábios; os olhos estão fechados. Parece estar dormindo.

— O que aconteceu?

Regina aperta as têmporas.

— Eu o encontrei assim. Deve ter tomado os comprimidos.

Levo um tempo para entender.

Pego o pulso dele. Está frio. O rosto não tem nenhuma cor.

— Por quê? Isso não faz o menor sentido.

Tento me segurar em alguma coisa.

— Ele deve ter percebido que a verdade ia vir à tona — diz Regina, seus olhos estão fundos e vermelhos.

Ela aos poucos se empertiga e aponta para o chão, ao lado da cama. Eu me agacho.

Debaixo da mão direita de Steven tem um pedaço de papel dobrado. Caiu de modo tão suave que parou com as pontas no chão parecendo o telhado de uma casa.

— Acho que ele não viu outra saída — diz Regina enquanto pego o papel.

Já sei o que é.

— Foi você, não foi? — diz ela.

Desdobro a carta com cuidado e leio as palavras que Bill mandou.

— Como você pôde? — continua Regina. — Você prometeu me ajudar, e eu confiei em você. Mas na verdade você tentou chantagear Steven. Queria que ele pagasse pelo seu silêncio.

— Não. Não foi isso que aconteceu. Foi o Bill...

Paro de falar. Não posso jogar a culpa no Bill. Foi ideia minha desde o início. Mas ele mandou a carta sem falar comigo antes.

— Eu estava tentando ajudar — digo. — Ele estava desesperado.

Lanço um olhar relutante para Steven. A cabeça um pouco virada para o lado. Os lábios estão azulados e frios. Existe algo de inumano em tudo isso.

Era exatamente o que eu temia encontrar na minha casa em Boden. Eu nunca tinha visto uma pessoa morta de verdade, mas, nos meus pesadelos e no horror da minha imaginação, as imagens sempre foram detalhadas. Já fiquei parada na frente da porta fechada do quarto da minha mãe, me preparando. Já tinha estudado sobre primeiros socorros e massagem cardíaca, sei como checar o pulso e a respiração. Na minha imaginação sempre era minha mãe. Mas, agora, é Steven.

Eu só tinha que vir aqui uma última vez para resolver tudo.

— Você me sacrificou — diz Regina. Ela geme ao se esforçar para se inclinar na cadeira. — Você sabe como é não ter ninguém na vida? Eu não tenho ninguém, Karla.

Ela puxa a gola do pijama, apertando-a em volta do pescoço.

— Isso não é verdade.

Mas é. Eu traí Regina, exatamente como fiz com minha mãe. Sou uma grande fraude. E agora Steven está morto. Ele se matou. Por causa da gente? Nunca vou poder ser juíza depois disso.

— Eu estava mesmo tentando ajudar você.

Regina não me encara.

Eu amasso a maldita carta, me aproximo da janela e cubro o rosto com as mãos.

— O que vamos fazer? — pergunta Regina.

Olho para a porta. Ninguém sabe que estou aqui. Eu poderia ir embora. Não importa o que aconteça, este é um momento decisivo. Eu vou ser assombrada por ele pelo resto da minha vida. Mas a alternativa é ainda pior.

Regina me observa com atenção. O olhar está frio e atento. Ela se levanta da cadeira.

— Não precisamos dizer nada. — Ela estende a mão para mim. — Nem sobre a carta, nem sobre o anel.

Meu braço se contrai quando os dedos frios tocam meu pulso. Ela acaricia minha mão devagar, como minha mãe fazia quando eu era criança. Olha para mim com carinho. Apesar da minha traição, ela está preparada para enterrar a verdade por mim.

— Nem sempre é fácil quando um familiar está tão doente — diz ela. — As pessoas vão entender por que Steven não conseguiu continuar. Não há nenhuma necessidade de mencionar drogas ou chantagem. Vamos deixar as coisas acontecerem.

BILL

Todas as persianas da casa na Linnégatan estão fechadas. O jardim está silencioso. Nem os passarinhos estão cantando.

Toco a campainha e pressiono o nariz na janela da porta. Os sapatos de Karla estão à esquerda, virados de cabeça para baixo. Então ela veio, afinal.

Tentei ligar várias vezes enquanto pedalava o último trecho, mas ela não atendeu. Steven a confrontou? Talvez ele seja capaz de qualquer coisa. Olho para o meu celular, pensando se eu não deveria ligar para a emergência.

Quando olho de novo, Karla está se aproximando da porta. A onda de alívio é logo substituída por um novo tipo de preocupação. Os olhos dela parecem agitados, e ela tem dificuldade para destrancar a porta e, por fim, abri-la.

— O que houve? — pergunto.

— O que você está fazendo aqui? — Ela olha por cima dos meus ombros, para a rua. — Você tem que ir embora.

Ela mexe os pés de forma agitada, como se caminhasse sem sair do lugar.

— Eu fiquei preocupado, é claro.

Ela meneia a cabeça e mexe na maçaneta.

— O que houve, Karla? Aconteceu alguma coisa? Eles estão em casa?

Ela não responde. Apenas me encara com o olhar vazio.

— Você está me assustando — digo. — O que está acontecendo?

Os lábios de Karla estremecem e se abrem.

— Por favor, Bill. Vá embora.

Os olhos dela ficam marejados e lágrimas escorrem pelo rosto.

Tento ver dentro da casa. Vejo o vestíbulo amplo com papel de parede escuro e uma escrivaninha marrom enorme. Candelabros de cristal pendem do teto. Tem um ar quase fantasmagórico.

Karla sacrificou tanta coisa por mim e Sally. Agora é a minha vez de assumir a responsabilidade. Vou conversar com Steven, explicar tudo. Estávamos desesperados. Tivemos um ano horrível.

— Posso entrar? — peço.

Karla parece estar se esforçando para não desmoronar.

— Aconteceu uma coisa horrível.

— O quê?

Eu deveria ter desconfiado que ela viria para cá. Por que não a impedi?

— Steven está morto.

Tento absorver o que ela acabou de dizer. Minha boca fica seca, e não consigo controlar a língua.

Morto?

Karla funga, e mais lágrimas caem. Um som a sobressalta, e ela se vira. Meus olhos seguem o movimento até o corredor do segundo andar, perto da escada. Uma mulher de pijama, com um cabelo que mais parece um ninho de ratos, está parada ali com a mão no corrimão. Ela parece um morto-vivo.

JENNICA

Em um dia de verão como este, o Jardim Botânico está agitado e vibrante. Desço da bicicleta no bosque das magnólias e sigo até a trilha central. Um casal de estudantes está sentado no gramado sob uma árvore, lendo um livro e mexendo um no cabelo do outro. Em um banco na sombra, um grupo se acomodou para fumar e tomar cerveja.

Nada além de momentos relaxantes e aconchegantes.

Mas meus passos não parecem firmes. Mal estou me aguentando em pé.

Deixo a bicicleta perto da entrada sul. Um carro buzina quando atravesso a rua em direção à Linnégatan.

Penso em Regina Rytter. Ela deve estar tão pateticamente fraca. O que há de errado com essas mulheres que permitem que homens as tratem como merda? Minha mãe é uma delas.

Quando vejo o carro de Steven na garagem, minha raiva cresce no peito como um tumor. Abro o portão e subo a trilha da entrada. Toco a campainha com tanta força que meu dedo chega a doer.

Uma sombra aparece na janela. Um rosto.

Coloco as mãos na lateral dos olhos e espio pelo vidro para ver o vestíbulo.

Algumas pessoas estão andando de um lado para o outro em movimentos agitados e urgentes. Por fim, uma delas vem até a porta.

Abre uma fresta, bem pequena, e embora esteja totalmente mudada, reconheço na hora a Regina Rytter das fotos que vi na internet.

— Pois não? — ela me lança um olhar curioso.

— O Steven está? — pergunto, tentando ver a casa.

— Ele está no trabalho — diz Regina.

Ela tenta fechar a porta, mas eu a impeço.

— Quem é você? — Tem alguma coisa no seu olhar. Ela pisca e estreita os olhos. — O que você quer com Steven?

Eu a analiso. Ela não parece nada bem. Está usando um daqueles pijamas de seda, e o rosto está pálido e encovado.

— Acho que você sabe quem eu sou, me deixe entrar pra gente conversar.

— Mas o Steven não está aqui.

Ela empurra a porta um pouco, mas eu continuo impedindo que a feche.

— Isso não importa. Você e eu podemos conversar.

Ela lança um olhar rápido para trás.

— Eu não posso. Não agora.

Aproveito a oportunidade e dou uma olhada. No vestíbulo, vejo uma jovem. Nossos olhares se cruzam por um segundo e é o bastante para eu ver que a garota está apavorada.

Mas o que está acontecendo aqui?

Perto da parede atrás dela está um homem. As bochechas estão inchadas, e a testa, vermelha. Ele engordou. Mas não há a menor dúvida de quem é.

— Bill?

BILL

Olho para Karla. O rosto dela é uma mistura de lágrimas e maquiagem. Regina acabou de fechar a porta. Não acredito que Jennica Jungstedt está bem na minha frente.

— O que você está fazendo aqui?

Eu esperava nunca mais voltar a vê-la.

— Steven e eu estávamos em um relacionamento há alguns meses — diz ela. — Preciso conversar com ele. — Ela olha para Regina. — E com você.

Tento me lembrar da noite que pedalei pela Linnégatan e vi Steven Rytter. Os passos decididos do outro lado da rua e a jovem que esperava por ele na esquina. Não cheguei a ver o rosto dela, mas era bem alta e magra. Poderia muito bem ser Jennica. Pelo visto, ela sente algum tipo de atração doentia por homens infiéis.

— A pergunta não deveria ser o que *você* está fazendo aqui? — diz Jennica.

Ela parece sombria. Dura e fria.

— Karla aluga um quarto na minha casa e trabalha aqui — digo. — Ela é a faxineira.

Regina tenta se colocar no caminho de Jennica.

— Você tem que ir agora. De qualquer forma, Steven não está aqui.

Jennica não cede.

— Eu não vou a lugar nenhum. Não até termos conversado. — Ela dá um tapa na mão de Regina e entra no vestíbulo. — É melhor que você ouça isso também, Bill. Você é parte do problema.

— Que problema?

Ela olha em volta e para a escada. Então, vem na minha direção com as narinas infladas e fogo nos olhos.

— Você é cego! Exatamente como ela — Jennica aponta para Regina. — É por causa de pessoas como vocês que essas coisas vivem acontecendo.

— Para — diz Karla, correndo para a cozinha, e vou atrás para abraçar seus ombros trêmulos.

— Vai ficar tudo bem — sussurro, encostando o nariz no cabelo dela, que tem um leve cheiro de xampu.

É uma mentira cheia de boas intenções, só para reconfortá-la. Nada além de palavras. Nós dois sabemos que isso não vai ficar nada bem. Steven Rytter está morto.

— O que está acontecendo? — pergunta Jennica.

Ela e Regina estão na porta da cozinha.

A respiração de Karla se acalma. Um silêncio impenetrável se segue. Olhares agitados.

— Foram *eles* — declara Regina.

Ela aponta para Karla e para mim.

Não entendo o que a mulher quer dizer com isso.

— Steven se foi — ela continua, chorando. — Ele não conseguiu continuar.

Ela baixa os olhos e chora.

— O que você está dizendo? — pergunta Jennica.

— A culpa é toda deles! — berra Regina. — Eles tentaram extorquir meu marido.

JENNICA

— Ele tomou um monte de comprimidos — balbucia a jovem aos prantos. O sotaque parece de Norrland. — Está lá em cima na cama.

Aos poucos, a fúria que tomava meu corpo desaparece, e tudo que sinto é um vazio. Steven não pode estar morto. Ele estava comigo. Em restaurantes, no teatro, no Louisiana e no Mölle, e em muitos outros lugares. Na cama *king-size* do apartamento dele. Sexo papai e mamãe. Os olhos fixos em mim logo após acordar. Ele não pode ter morrido.

— Foram vocês dois que o levaram a isso — declara Regina.

Bill Olsson abre a boca para falar alguma coisa, mas parece não saber o que dizer. Está perdido. Ele nunca soube se comportar em situações sociais. Sempre estranho. Será que estava mesmo por trás da chantagem? Ele costumava jogar pôquer on-line e esse tipo de besteira. Sei que pegou dinheiro emprestado com os pais de Miranda para pagar dívidas de jogo.

Mas Steven não teria se matado por causa de uma chantagem. Ele nem estava levando aquilo a sério. Talvez tenha sido por minha causa? Ele disse que nunca tinha sentido por ninguém o que sentia por mim. Será que foi por isso? O pensamento me deixa tonta.

Olho a cozinha. Está tão limpa que dá para ver o reflexo das pessoas na parede ladrilhada. Há panelas e frigideiras penduradas em ganchos fortes projetados por algum designer famoso.

Regina está encostada na parede. O olhar dela estremece. O quanto ela sabe de mim? Steven me disse que ela era paranoica e que o tinha acusado de coisas horríveis. Mas ele tinha contado a ela sobre nossa relação. Tinha deixado claro que queria o divórcio.

— A culpa não é nossa. — A garota de Norrland chora nos braços de Bill. — Steven era um psicopata. Ele estava drogando Regina. Ele a manteve presa aqui por mais de um ano.

— Você não sabia que ele era casado, sabia? — pergunta Bill.

Faço que não.

— Ele me disse que Regina estava morta.

— Que merda — diz Bill.

Mas ele não sabe nada sobre Steven. Ainda não consegui entender do que eles estão falando. Deve ser alguma piada de mau gosto e cruel para se vingar de mim. Eu me viro para Regina.

— Outro dia ele me contou sobre você — digo. — Disse que queria o divórcio.

Ela bufa de deboche.

— E você acreditou nele? Realmente acreditou que Steven escolheu você entre todas as mulheres que já comeu ao longo desses anos?

Minha visão fica turva. Pisco várias vezes. A cozinha está coberta por uma névoa e só consigo ouvir a voz dela bem distante, como se estivesse vindo de outro universo.

BILL

— Foi a Karla. Ela é a culpada.

Regina dá passos largos na nossa direção, e eu abraço Karla pelo ombro. A voz da mulher está alterada; de repente sumiu toda a doença.

— Do que você está falando? — pergunta Karla.

— Você matou Steven.

Ela fica com o rosto a apenas alguns centímetros de Karla.

— Mas do que é que você está falando? Por que eu mataria Steven?

Olho para Jennica, que está apoiada na ilha da cozinha. Parece tonta. Ela pisca várias vezes e passa a mão no rosto.

— Quando eu acordei, Karla estava no quarto — diz Regina. — Deve tê-lo obrigado a tomar os comprimidos. Primeiro, roubou o meu anel, depois tentou chantagear o Steven. Ele descobriu tudo, e ela o matou.

Karla se liberta dos meus braços enquanto Regina continua fazendo acusações. Ela está dizendo a verdade? É claro que Karla já esteve envolvida em muita merda. Eu provavelmente só sei um pedacinho do passado dela. Agora os estudos e o sonho de virar juíza estão em risco. E eu estou aqui morrendo de medo de perder a guarda de Sally. Todo esse negócio do anel e da carta. Será que Karla ficou tão desesperada assim?

— Ela está mentindo — diz Karla. — Ela disse que não íamos contar para ninguém nada do que Steven tinha feito. Aposto que sabia exatamente que medicamentos estava tomando.

— É claro que sabia — diz Jennica, olhando para Regina. — Steven pode até ser um filho da puta infiel, mas ele não a manteve trancafiada aqui. Ele estava fazendo tudo que podia para ajudar. Foi por isso que conseguiu os remédios. E você acabou viciada, não é?

— Que mentira. Steven era um tirano, e Karla o matou.

— Isso não é verdade! — Karla pega o celular no bolso. — E eu tenho provas. Gravei tudo que você disse.

Regina encara o celular. Os olhos se estreitam e escurecem.

— Me dá isso aqui — diz ela.

Um instante depois, ela agarra o pulso de Karla.

— Sai — digo.

Mas Regina é surpreendentemente forte. Está agarrada em Karla, tentando arrancar o celular à força. Karla se joga de um lado para o outro e consegue por fim se soltar.

— Você mentiu sobre tudo, do início ao fim. E eu senti pena de você. Quis ajudar.

Jennica continua parada ao lado da ilha da cozinha. Se ela estiver certa, nós interpretamos a situação de maneira totalmente equivocada.

Karla se afasta e encosta na bancada. Regina a segue.

As coisas estão prestes a sair do controle.

— Temos que chamar a polícia.

Karla inclina o telefone e destrava a tela com o polegar.

Bem nessa hora, Regina age.

Dois passos rápidos, um soco, e o celular cai no chão. Regina se joga em cima de Karla e torce o braço dela para trás. Karla se contorce, mas Regina a mantém presa ao chão com o peso do corpo.

— Larga! — grito.

Minha adrenalina está nas alturas. Tudo fica turvo e confuso.

Se o que fizemos for descoberto, eu posso esquecer o emprego como cuidador. Posso esquecer tudo. O apartamento? Estou ferrado. E o que vai acontecer com Sally?

Karla choraminga com o rosto contra o chão. As mãos de Regina apertam o pescoço dela, esganando-a e impedindo que respire.

Olho de relance para Jennica e corro para pegar Regina. Puxo os braços dela, mas ela resiste.

Karla ofega, emitindo sons assustadores e guturais ao tentar respirar.

Não consigo fazer isso sozinho. Não dá para controlar.

— Me ajuda aqui! — grito para Jennica. — Faça alguma coisa.

De esguelha, eu a vejo pegar uma frigideira de ferro na parede. É tão pesada que ela precisa usar as duas mãos.

Seguro e puxo Regina com toda a força, mas ela continua pressionando a cabeça de Karla no chão, as mãos apertando o pescoço. Gritos e suor. Ela me dá uma cotovelada, e sinto uma dor lancinante.

Eu só tenho tempo de me virar e olhar para cima.
Atrás de mim está Jennica.
Com toda a força, ela acerta a frigideira na cabeça de Regina.
Fecho os olhos. Agora acabou.
Jennica a acerta de novo.
De novo e de novo.

O CRIMINOSO ESTAVA DENTRO DE CASA — "UMA TRAGÉDIA FAMILIAR"

AFTONPOSTEN, LUND.

A investigação preliminar do suposto duplo homicídio foi encerrada, e o suspeito de trinta e três anos que estava preso foi inocentado. Essa informação veio a público durante a coletiva de imprensa ocorrida hoje mais cedo em Lund.

Em agosto, um médico de quarenta e sete anos e sua esposa de quarenta e três foram encontrados mortos na casa em que moravam na região central da cidade.

A polícia confirmou há pouco que a mulher morreu por traumatismo craniano, conforme o *Aftonposten* tinha revelado na semana passada.

Exatamente como havíamos reportado aqui, o marido, um pediatra renomado, morreu por overdose de narcóticos. De acordo com o promotor, todos os indícios levam a crer que se trata de suicídio.

O suspeito preso pelos homicídios, um pai de trinta e três anos que mora em Lund, foi libertado. De acordo com a coletiva de imprensa, o homem foi inocentado de todas as acusações.

Uma fonte ligada à investigação contou que a polícia chegou ao homem de trinta e três anos porque sua companheira trabalhava como faxineira para o casal. Segundo informações recebidas, digitais do homem foram encontradas na casa e, como ele já tinha uma condenação por roubo, a polícia suspeitou que o crime poderia se tratar de um latrocínio. A companheira do homem, que tem vinte e poucos anos, nunca foi considerada suspeita.

A polícia agora encerra as investigações.

"Conduzimos uma investigação preliminar sobre esse assunto", disse o porta-voz da polícia. "Junto com o promotor, chegamos à conclusão de que o assassino está morto, e ninguém de fora é suspeito de envolvimento nas mortes."

Como nenhuma acusação formal foi feita, a investigação policial não veio a público, um fato que provocou muitas controvérsias entre os cidadãos de Lund.

“Parece que estão escondendo alguma coisa”, disse uma das pessoas reunidas na frente da delegacia, que prefere continuar anônima.

A polícia também informou hoje que a arma do crime encontrada na casa foi totalmente analisada, e os resultados confirmam que a mulher morreu por conta das circunstâncias apresentadas pela polícia e pelo promotor.

“Ninguém de fora estava na casa quando o casal morreu.”

Embora o evento tenha levantado muita especulação, inclusive em fóruns da internet, a polícia se recusa a dar mais detalhes do que aconteceu entre o pediatra e sua esposa.

“Por respeito à família, não daremos mais detalhes”, diz o porta-voz da polícia. “Existem muitos nomes para incidentes trágicos como esse. Infelizmente, violência desse tipo não é rara em relacionamentos íntimos. Em alguns contextos, usamos termos como ‘assassinato seguido de suicídio’, mas eu prefiro dizer que o que aconteceu aqui foi uma tragédia familiar.”

KARLA

Minha garganta está apertada. Começo a tossir e tento respirar. Cambaleio e me agarro à bancada para me equilibrar. Regina está caída no chão atrás de uma cadeira virada. O braço direito está dobrado e as pernas, ligeiramente abertas. A frigideira ainda está ao lado dela.

Foi tudo tão rápido. Nem entendi direito o que aconteceu.

Bill está ajoelhado ao lado de Regina.

— Mas o que você fez? — pergunta ele, olhando horrorizado para Jennica.

— Você estava pedindo ajuda. Eu tive que fazer alguma coisa.

— Vamos chamar uma ambulância — digo.

Bill afasta o olhar, horrorizado, enquanto pressiona com cuidado os dedos contra o pescoço de Regina. Enojado, ele se inclina sobre o rosto dela.

Olho para Jennica. Nós dois prendemos a respiração.

— Tarde demais — diz Bill. — Ela está morta.

Sinto o gosto de bile.

— Não pode ser. O que nós fizemos?

Eu nunca deveria ter vindo para cá. Deveria ter voltado para casa para ficar com a minha mãe.

Bill cambaleia até a parede atrás da ilha da cozinha. Ele se encosta e escorrega, até se sentar no chão com o rosto enterrado nas mãos.

Eu o abraço.

— Foi um acidente. Ela me atacou.

Minha visão fica vermelha e anuviada e tusso um pouco de bile. Por baixo da franja olho para Jennica, que anda de um lado para o outro.

— A chantagem — sussurra Bill. — O anel roubado. Agora vão descobrir tudo.

Jennica para ao lado da ilha e fica com o olhar perdido.

— Foi legítima defesa, não?

Ela não parece muito convencida. Não sei se quer uma resposta, mas Bill se vira para mim e pergunta:

— O que você acha?

— Eu não sei. Acho que não constitui legítima defesa.

— Claro que sim! — Jennica espalma a mão na ilha. — Ela acabou de matar o Steven. Se eu não tivesse interferido, ela ia matar você também. Será que não percebe?

Acho que ela não entende direito como legítima defesa funciona. Mas isso não é problema meu.

— Karla está estudando direito — diz Bill.

Jennica olha para mim com uma expressão surpresa. Ela claramente achou que eu fosse outro tipo de pessoa.

— Bem, então, você sabe essas coisas, não? Foi claramente legítima defesa.

Olho para a frigideira e para o corpo sem vida de Regina. Eu me recuso a encarar o rosto dela. Quantos golpes foram? Pelo menos três, talvez quatro ou cinco. Golpes demais. Ela perdeu o controle.

— Tenho certeza que você está certa — diz Bill.

Gostaria que fosse simples assim.

Três pessoas jovens e saudáveis contra uma mulher doente. Vai ficar óbvio que ela foi atingida com vários golpes na cabeça. A força usada foi muito maior do que em casos de legítima defesa.

Penso na minha conversa com Waheeda sobre o assunto.

Eu jamais teria me imaginado nesta situação. Mesmo quando roubei o anel, o ato foi contra tudo o que acredito e defendo. Não posso culpar minha mãe nem a educação que ela me deu. Cada pessoa carrega um conjunto próprio de princípios morais. Achei que eu tivesse limites, mas todos caíram por terra.

— Eu salvei a sua vida.

Ela parece tão aterrorizada quanto eu. Seu tom é suplicante. Além disso, está certa. Bill não conseguiu tirar Regina de cima de mim. Ainda consigo sentir os polegares dela enterrados no meu pescoço. Se Jennica não tivesse agido, nem sei o que teria acontecido.

— Foi legítima defesa — repete ela.

Não quero mentir.

— A lei não permite que alguém faça uso de violência para se defender, como se fazia antigamente. A defesa precisa ser proporcional, e todas as outras opções precisam ter sido exauridas. Tenho certeza que o que aconteceu aqui não vai se encaixar nos padrões de legítima defesa.

Olho para Bill, que está sentado ao meu lado com os cotovelos apoiados nos joelhos e as mãos escondendo o rosto.

Jennica voltou a andar pela cozinha. Os olhos dela se movimentam para todos os lados. Ela para, fica olhando fixamente e, depois, volta a andar.

Dou um tapinha no braço de Bill quando Jennica para. Dessa vez, ela fica no meio da cozinha. Notou alguma coisa; passa por cima do corpo de Regina e vai até a pia. Baixa as persianas e pega um pano de microfibra. Bill e eu ficamos boquiabertos e trocamos um olhar surpreso, enquanto ela se agacha e limpa a frigideira.

— O que você está fazendo? — pergunta Bill.

— Alguém sabe que estivemos aqui hoje?

Jennica se vira para nós com um olhar intenso, primeiro para mim, depois para Bill. Ele está assustado.

— Como assim?

— Talvez haja outra forma.

BILL

Dava para ouvir um alfinete cair no chão. Jennica está falando sério? Ela parece achar que vamos nos safar disso.

— Não vai demorar muito para a polícia descobrir que vocês dois estavam tentando chantagear Steven — diz ela. — É verdade que você também roubou um anel?

Olho para ela e me viro para Karla. Nós três nos encaramos. Como em um exercício de confiança muito estranho. Como se estivéssemos tentando medir se realmente podemos confiar nas pessoas diante de nós.

— Olha só — Jennica se aproxima. — Ninguém precisa saber que estivemos aqui hoje.

Fecho os olhos. Tudo fica preto. Um vazio escuro quase infinito. Mas, no fim do túnel há uma esperança, um lugar onde as sombras dão espaço para a luz. No final de toda a escuridão está Sally, esperando por mim.

— *Foi* um acidente — repete Jennica. — Legítima defesa.

Ela está certa. Não importa o que a lei diga. Não existe nada como justiça moral. Nenhum de nós queria que as coisas acabassem assim.

— Bem, eu estar aqui hoje não é nada estranho — diz Karla. — Faço faxina às segundas-feiras.

— E você? — Jennica se vira para mim. — O que está fazendo aqui?

Eu hesito. Parte de mim quer mandá-la para o inferno. Ela arruinou tantos anos da vida de Miranda. Agora tem que enfrentar o que fez. Mas, então, vejo o rosto de Karla e acabo cedendo. Todos os sonhos dela vão por água abaixo se a verdade vier à tona. E os meus também. Eu talvez nunca mais consiga ver Sally de novo.

— Fui conhecer um cliente em Planetstaden hoje cedo — conto. — Vou começar a trabalhar como cuidador. Na verdade, era para eu ter pedalado direto para casa, mas não consegui falar com Karla e fiquei preocupado.

Karla toca meu braço com gratidão. Mas logo seu rosto se contorce.

— O anel — diz ela. — A polícia vai conseguir rastreá-lo.

Jennica olha para o telefone.

— Onde está o anel agora?

— Eu vendi — digo. — O anúncio saiu há algumas semanas. A polícia nunca vai encontrar.

Aquele anel não nos trouxe nada além de sofrimento.

— Acho que o anel não vai ser muito problemático — diz Jennica. — Mas a carta de chantagem. Se a polícia descobrir que...

— Eles não vão — diz Karla se levantando.

Ela enfia a mão no bolso e pega um papel amassado.

— Rasgue isso em mil pedacinhos e jogue fora assim que sairmos daqui — diz Jennica.

Eu tenho que protestar. Isso não vai dar certo. O que estamos fazendo só vai piorar ainda mais a situação.

— Acho que é melhor dizer a verdade.

Tento apelar para Karla.

— A nossa vida nunca mais vai ser a mesma — diz ela.

Eu sei que ela está certa. Estamos arriscando tudo.

— Então, o que vamos fazer? — pergunto.

Jennica dá uma volta e olha a cozinha.

— Você acha que a polícia consegue dizer exatamente quando eles morreram?

Karla encolhe os ombros.

— Talvez não o minuto exato. Talvez nem a hora. Na verdade, vão fazer uma estimativa.

— Pois é — diz Jennica. — Eles vão saber que foi hoje e talvez que aconteceu em algum momento da manhã, mas nada muito preciso. Já vi documentários de crimes o suficiente para saber disso. Só nos seriados ruins de TV é que o médico legista sabe dizer exatamente que horas alguém morreu.

Não entendo aonde ela quer chegar. Está começando a parecer uma coisa com a qual não quero me envolver.

— Não podemos fazer isso. Ligue para a polícia.

Jennica coloca as mãos na cintura.

— Se a polícia encontrar as digitais de Steven na frigideira, e ele era o único em casa, então eles não vão precisar investigar mais.

— Você está dizendo que nós devemos...

Tento olhar para Karla. Quero que ela coloque um ponto-final nisso.

— A polícia não vai ter como saber quem morreu primeiro — diz ela.

— Mas...

Isso tudo é um absurdo.

— Pense na sua filhinha — diz Jennica. — Pense em Sally.

Coloco a mão na testa e imagino minha filha. Ela está rindo e perguntando como foram meus sonhos.

— E os celulares? A polícia pode verificar onde nós estivemos.

— Podemos dar um jeito nisso — diz Jennica. — Você e eu passamos o dia todo passeando pelo Jardim Botânico, que fica aqui na esquina. Talvez a gente tenha se encontrado para uma conversa franca sobre Miranda e Ricky.

— Mas... eu não sei...

Ainda tenho esperança de que Karla faça alguma coisa. Ela realmente está disposta a correr esse risco?

— Vou apagar as gravações do meu celular — diz ela, tocando na tela.

— Eles vão encontrar nossa impressão digital — digo.

— Vamos ter que fazer uma boa limpeza. Esfregar tudo. Até mesmo aquilo. — Ela aponta para o corpo no chão.

— Não tem muito problema se acharem o meu DNA na casa — diz Karla.

Jennica parece estar pensando em algo.

— Tenho certeza que podemos explicar o meu também, se for necessário. E, em um interrogatório, você pode dizer que Bill veio buscá-la em algum momento na semana passada. Só por segurança. Caso encontrem alguma evidência da presença dele.

Pego a mão de Jennica para me levantar. O sangue parece esvair da minha cabeça. Uma névoa bloqueia a minha visão, e eu cambaleio.

— Pegue a frigideira — diz Jennica, entregando o pano de microfibra.

A frigideira de ferro pesada está na minha frente, na ilha da cozinha.

— Eu?

Jennica me dá um empurrãozinho.

— Vamos fazer isso juntos, nós três. Temos que colocar a impressão digital de Steven no cabo.

Minha cabeça está confusa. A névoa espessa desceu e encobriu meus pensamentos. Em algum lugar, no fundo da minha mente, ouço o eco do riso de Sally se transformar em um grito.

— Vamos logo — diz Jennica.

Eu me viro para Karla, que trinca o maxilar e concorda.

Então, simplesmente faço o que precisa ser feito.

É como ligar o piloto automático. Envolvo o cabo da frigideira no pano. Parece pesar alguns quilos. Meus pés se arrastam pela escada. Fecho os olhos, e Karla segura meu braço ao entrarmos no quarto escuro. O cheiro de ar parado atinge meu nariz. Karla usa uma toalha para segurar a ponta da frigideira com cuidado, enquanto isso eu pego a mão de Steven e a coloco no cabo.

Quando voltamos para a cozinha, Jennica nos ajuda a colocar a frigideira no chão ao lado do corpo de Regina Rytter. Juntos nós limpamos cada espacinho da bancada, da ilha, da mesa e das cadeiras.

— Bill e eu vamos sair primeiro — diz Jennica para Karla. — Você limpa o resto da casa. Quando a polícia perguntar, pode dizer que Regina estava dormindo enquanto você estava aqui. Ela costuma ficar trancada no quarto, certo?

— Sim.

Jennica abre a porta da frente, e eu saio cambaleando pela trilha para pegar a minha bicicleta. Não levamos nem dois minutos para atravessar a rua e entrar no Jardim Botânico.

— É melhor que o maior número de pessoas nos veja — diz Jennica.

O sol está alto no céu e os raios banham o gramado. A claridade é quase etérea, quase transparente, o azul está tão fino que parece prestes a explodir. Os raios de sol cortam a atmosfera e vão quebrando a escuridão pelo caminho. Tudo que estava escondido aparece.

Jennica olha para mim.

Sofremos uma transformação permanente.

Parece tão certo que você nunca vai cruzar esses limites que nem sequer considera as consequências.

No parque, pessoas de óculos escuros estendem cobertores e abrem cestas de piquenique. Algumas crianças sobem em um grande tronco; uma delas ri, enquanto a outra chora.

A vida continua como se nada tivesse acontecido.

Caminho de forma mecânica, cada um dos meus movimentos parece robótico.

— Nós realmente vamos...? — pergunto, olhando por sobre o ombro.

Jennica coloca a mão nas minhas costas.

— Só continue andando — diz ela. — Pense em Sally.

Ela me dá um empurrãozinho, para ficar na frente dela.

A partir de agora, estamos ligados para sempre: Jennica, Karla e eu. Cada um carrega o destino do outro nas mãos.

O ASSASSINATO DE UMA MULHER NUNCA É APENAS UMA "TRAGÉDIA FAMILIAR"

COLUNA DE CRIMES, *AFTONPOSTEN*

Por Jonna Jensen

Aproximadamente quinze suecas são assassinadas por ano pelo parceiro atual ou por um companheiro antigo. A maioria dos homens que matam uma parceira tem uma vida estável sem antecedentes criminais. Um em cada cinco desses assassinos tira a própria vida por conta do crime.

No verão passado, uma mulher de quarenta e três anos de Lund foi assassinada pelo marido, um pediatra bem-sucedido, que cometeu suicídio em seguida. A polícia conduziu uma investigação completa e, durante uma coletiva de imprensa concedida após a conclusão da investigação preliminar, o incidente foi descrito como "uma tragédia familiar".

Entre policiais, essa expressão parece ser usada para denotar situações em que não existe um criminoso de fora para pagar pelo crime. É usada quando um assassino se mata depois de ter assassinado um ou mais membros da família. Porém, uma coisa é a polícia precisar de um código interno para classificar o caso, mas é altamente problemático que a expressão seja usada na comunicação com o público.

Um assassinato nunca é uma questão particular. A violência íntima contra um parceiro é do interesse de todos. Não existe nenhum fator mitigante no caso do pediatra de Lund. Não é uma "tragédia familiar". Um assassinato é um assassinato. E um assassino é um assassino.

FLASHBACK FORUM

Subfórum "Crimes e casos atuais"

DUAS PESSOAS ENCONTRADAS MORTAS EM UMA CASA EM LUND

Publicações mais recentes do fio

Lundcitizen1977
Nós, suecos, precisamos acordar. Mais uma vez a polícia e o sistema judiciário estão de conluio para esconder a verdade. Não têm mais informações?! Tudo está marcado como confidencial? Sério, o que realmente aconteceu naquela casa? Acho que nunca saberemos.

Smolkie
Tire esse capacete de papel-alumínio!!! Há provas que sustentam que aconteceu exatamente o que a polícia e o promotor disseram. O que você não entendeu?

Mockingbird2
Tragédia familiar? Isso não é uma tragédia familiar. O homem cometeu um crime brutal e, depois, foi covarde e se matou. Uma tragédia familiar é quando algo terrível acontece com toda a família e todos são inocentes.

Xtracola
A Wikipédia diz: "Tragédia familiar é um eufemismo para um crime violento cometido no seio da família. Pode se referir a pais que matam um ao outro ou os filhos; em um exemplo clássico, o assassinato é seguido por suicídio". Não tenho problemas em ver a expressão sendo usada assim.

Mountainbiking
Talvez a expressão seja problemática, mas se o conceito vai continuar a manter as conotações, ele com certeza não vai passar a significar que você está cansado da sua mulher e vai embora. Então, tragédia familiar é um jeito perfeito de descrever a coisa terrível que aconteceu com essa família.

Katti9090
*Eu sei por experiência própria que Steven R*tter era uma merda de um psicopata.*

JoVaLi
Você não tem como saber isso. Steven era uma pessoa adorável e um médico maravilhoso. Ele ajudou muitas famílias. O trágico é que ninguém conseguiu encontrar um tratamento para Regina que funcionasse. Parece que ela pegou um vírus que se alojou no cérebro.

BrutusEtTu
*Alguém deveria localizar Bill Ol**on e garantir que a justiça seja feita.*

Lundcitizen1977
Não há justiça neste país!

Katti9090
Não existe justiça moral.

BrutusEtTu
Acho que tem um assassino à solta em Lund.

BILL

Chego à escola com tempo de sobra para pegar Sally. Depois de duas semanas na cadeia, eu não quero perder um segundo.

Ela vem correndo com o cabelo dançando com o vento. Precisa segurar a saia. Vem com uma expressão determinada, se joga nos meus braços e nós dois começamos a chorar.

Cada vez mais tenho essas explosões de sentimento que me fazem chorar. É como se todas as merdas com as quais tive que lidar na vida começassem a vazar. Acho que isso está me ajudando a me sentir melhor.

— Papai — diz Sally, baixinho, com o rosto colado ao meu. — Papai, papai.

Ela não pesa nada, e o meu sorriso não é de alegria, mas de alívio.

Passar duas semanas sem ela foi uma tortura.

Não sei o que ela entendeu de tudo que aconteceu, mas não importa neste momento. O que importa é que estamos juntos, e nada pode mudar isso.

A investigação foi encerrada. A polícia chegou à conclusão de que Steven Rytter matou Regina e, em seguida, cometeu suicídio.

Exatamente como planejamos.

Uma tragédia familiar, disse o secretário de comunicação da polícia.

Ele não faz ideia do que de fato é uma tragédia familiar. Eu mal consigo dormir hoje em dia. À noite, sou atormentado pelas lembranças do som alto dos golpes, a frigideira pesada acertando a cabeça de Regina. Várias vezes.

Viro de um lado para o outro no lençol suado, tentando me distrair e seguir forte por Sally. Vou para a varanda e respiro fundo o ar puro de outono. Então, me sento diante do computador ou da TV enquanto os minutos vão passando devagar.

Steven e Regina se foram para sempre, mas talvez a verdade possa me livrar da culpa que me consome.

Durante os interrogatórios, às vezes fiquei por um triz de ceder e confessar. Não sei explicar como consegui resistir.

Mas agora cada minuto é um sofrimento.

Devo ter subestimado meu desejo interno de fazer o certo. Não consigo me livrar disso. Só existe uma forma de curar a dor moral. A alternativa é uma vida de tortura.

É claro que agora não posso mais deixar Sally na creche noturna. Hanna--Linnea foi gentil e conseguiu que eu trabalhasse algumas horas durante o dia, tanto com Astor quanto com outros clientes. Eu estava preparado para o pior quando entreguei os meus antecedentes. Fui honesto em relação a tudo: dívidas de jogo e o roubo no cinema. Hanna-Linnea compreendeu; disse que vai confiar em mim até eu dar algum motivo para não fazê-lo. Agora a conta de luz está paga, assim como o aluguel e, na semana que vem, uma aluna de matemática de Piteå vai se mudar para o antigo quarto de Karla.

A gente conversa de vez em quando, Karla e eu. Ao fazer isso, quebramos nosso juramento de silêncio, mas, no final tudo sempre parece forçado e cheio de arrependimentos. Nunca nem chegamos perto de mencionar a casa da Linnégatan.

Não falo das minhas noites insones. Deixamos todas as coisas difíceis de fora.

Mas, todas as noites, assim que coloco Sally para dormir, mergulho direto naquela escuridão.

Revejo tudo na minha mente, como um filme. Repetidas vezes. As mãos de Regina Rytter estrangulando Karla. Jennica levantando a frigideira e batendo na cabeça dela.

De novo e de novo e de novo.

O som ecoa permanentemente nos meus ouvidos.

Ouço os golpes em todos os lugares.

Nunca vou me libertar.

Depois que deixamos Karla na casa, Jennica e eu nos sentamos em um café ao ar livre no Jardim Botânico. Eu fui ao banheiro vomitar. Tive o impulso de ligar para a polícia mais de uma vez, mas Jennica me convenceu a ser forte. Por Sally.

Ela voltou para casa comigo. Para o apartamento. Assim que Sally dormiu, eu me sentei no sofá e chorei enquanto a noite me envolvia com a escuridão impiedosa. O sofrimento me tomou por completo.

Dois dias depois, a polícia me chamou para um interrogatório. Meu primeiro pensamento foi que Karla tinha cedido e contado tudo, mas acabou que os investigadores encontraram minha impressão digital no quarto de Steven. Eles fizeram uma busca no apartamento e pegaram o meu computador. Minha conta bancária os levou ao cara de Malmö que tinha comprado o anel de Regina. Eu estava quase confessando tudo quando me lembrei das últimas palavras de Miranda.

Seja lá o que fizer, Bill, não faça por mim, mas por Sally.

Foi por ela que menti. E é por Sally que a verdade deve vir à tona.

— Jennica? — digo ao telefone. — É o Bill.

Nosso acordo era de que não teríamos nenhum tipo de contato. Agora o pacto de silêncio foi quebrado.

— Você está doido? — pergunta ela. — Não pode me ligar. Tem muitos rumores rodando por aí.

Eu sei disso, é claro. Também leio o que as pessoas escrevem na internet.

— Mas eu não consigo mais — digo. — Temos que contar a verdade.

— Cala a boca — sibila Jennica ao telefone. — O pior já passou. Você conseguiu se livrar da cadeia e dos interrogatórios. Eu não sabia que você era tão fraco.

Ela soa convincente. Mas Jennica não sabe nada sobre fraqueza.

A verdadeira força está em se libertar.

— Você não entende. Eu estou desmoronando — digo. — Temos que contar a verdade.

— Depois de tudo que fiz por você? — A raiva dela se transforma no mais puro desespero. — Eu te dei um álibi. Sem mim, você e aquela garota de Norrland estariam muito ferrados.

Ela deve estar certa. Mas não importa.

— Você vai para a prisão. Está tão enrolado nisso quanto eu. Você e Karla colocaram a impressão digital de Steven na frigideira. Ajudaram a limpar a cena do crime e mentiram para a polícia em interrogatórios. Nada disso vai livrá-lo da cadeia.

Ela está certa, é claro. A verdade teria consequências enormes para nós três. Nós todos temos responsabilidades equivalentes.

— Eu não aguento mais — digo.

Lágrimas escorrem pelo meu rosto.

— Existe uma coisa chamada terapia, Bill. Aposto que você tem direito a algum tipo de subsídio para isso.

— O que há de errado com você? — pergunto.

Jennica levanta a voz.

— Pelo amor de Deus! Pense em Sally! Eles vão tirá-la de você.

Ela desliga, e o silêncio me envolve.

Ela está certa. Preciso continuar firme e forte e passar por isso.

Penso em Sally. Sempre penso em Sally.

Tudo que faço é por ela.

KARLA

Todas as noites, acordo com um aperto no peito e acho que estou prestes a dar o meu último suspiro. Um sussurro, e Waheeda estende a mão da cama de cima. É o suficiente para eu aguentar por um momento, e meu coração voltar a bater no ritmo normal.

Às vezes, Waheeda cantarola alguma cantiga de sua terra natal.

Ela acha que esses pesadelos são recordações da minha infância. Eu disse para ela que sonho com a minha mãe. A incerteza do que pode acontecer com ela ainda me assusta, mas tenho que aprender a viver com isso. Só a minha mãe pode se salvar. Quando ela decidir fazer isso, vou dar todo o meu apoio.

Cinco semanas atrás, comecei o curso de direito. Waheeda está estudando educação para adultos. A gente pega o ônibus todos os dias de manhã, e eu subo a escadaria do Juridicum. É como entrar diretamente em um sonho.

— Que loucura a polícia ter suspeitado de Bill — comenta Waheeda uma manhã. — Ele mal consegue encontrar um emprego. Como conseguiria matar alguém?

— Não. Ele não conseguiria.

Olho pela janela e vejo as folhas de outono dançarem com a brisa.

— De todo modo, eu contei tudo para eles quando me interrogaram — continua Waheeda. — Como o médico psicopata trancafiou a mulher dentro de casa e a torturou por mais de um ano. Se ele não estivesse morto, teria recebido a pena de morte.

Não respondo, e o assunto morre.

Dia após dia, tento entender como as coisas aconteceram daquele jeito. Tento explicar para mim mesma, mas, no fundo, sei que é impossível.

Não há como defender.

Mas existem momentos pequenos e breves, quando outras coisas se sobrepõem a isso. Coisas que quase parecem com a vida cotidiana.

Como as noites no McDonald's.

O cheiro de gordura da grelha e o cabelo de Waheeda sob a touca pequena. O nosso gerente, Momme, que grita "*Ajde*, batatas fritas, RÁPIDO!", e eu queimando os dedos na frigideira pela décima vez.

Ou quando saímos juntas nas sextas-feiras. Quando jogamos futebol em Smörlyckan ou dançamos na frente do espelho do nosso novo apartamento no condomínio Sparta para estudantes.

Todas as horas que passo estudando e lendo livros, todo o estresse na frente do computador e a dor na ponta dos dedos.

Os dias de orientação estudantil com sopa de ervilha e jantares divertidos e caça ao tesouro.

Existem inúmeras oportunidades para esquecer.

Quando a noite chega, porém, e a escuridão domina todo o resto, não é mais possível escapar do que aconteceu naquela manhã de segunda-feira na cozinha da casa da Linnégatan.

Quando a polícia prendeu Bill, fiquei fora de mim.

Só de pensar que ele teria que ficar sozinho em uma cela enquanto um assistente social levava Sally me deixou em estado de choque.

A responsabilidade de limpar as superfícies da casa era minha. Fui eu que fracassei e não tirei todas as impressões digitais de Bill do quarto de Steven. No meu primeiro interrogatório, eu disse que Bill visitou a casa uma vez e que foi ao quarto, mas, de acordo com o interrogatório de Bill, ele negou ter feito isso. Deve ter se esquecido do que deveria falar.

Eu, então, decidi. Da próxima vez que me interrogassem, eu confessaria tudo. Com isso, jamais conseguiria realizar meu sonho de me tornar juíza e, no pior cenário, acabaria na prisão, mas preferia isso a deixar Bill assumir toda a culpa.

Passei duas noites insones vagando pelas ruas de Lund como um zumbi. Pedi demissão da empresa de faxina e disse para Waheeda que estava gripada.

Jennica me convenceu a mudar de ideia.

Numa madrugada, eu a encontrei parada na porta da minha casa. O cabelo estava enfiado dentro de um gorro de tricô; os olhos estavam gelados.

Nós tínhamos feito um pacto de nunca entrar em contato uma com a outra.

— Posso entrar um instante?

Ela disse que era para o meu próprio bem. Que estava preocupada.

Ela sabia, é claro, que eu tinha sido chamada para ser interrogada de novo.

— Não esqueça que o que você escolher contar para a polícia vai afetar mais gente além de você. Não é só a sua carreira que está em jogo. Pense em Bill e Sally.

Quando ela foi embora, eu tinha mudado a minha decisão.

O policial que me interrogou era um homem de meia-idade com óculos aviador. Os braços eram peludos. Ele usava um anel de ouro na mão esquerda e mantinha contato visual por muito tempo. Olhos de águia, como se não deixasse passar nada.

Minha mãe sempre disse que eu sou um livro aberto.

Eu nunca soube mentir. Sempre transparecia as minhas emoções.

Mas eu mostrei para minha mãe.

Ela estava errada.

JENNICA

Mandei uma mensagem para a Central do Tinder.

20h, Klostergatan Vin & Delikatess

Gerente de projetos sênior na Tetra Pak, 43 anos.

Então, enfio o telefone na bolsa e viro a esquina da imobiliária. Ele está esperando sob o toldo vermelho do restaurante. Pernas abertas, calça preta. O gorro enrolado acima da orelha.

— Jennica?

Ele foi bem honesto nas fotos. Alguns fios grisalhos no alto da cabeça, mas parece bem jovem e descolado para alguém que já passou dos quarenta.

— Oi, eu sou o Magnus.

O aperto de mão é firme, sem nenhuma hesitação, exatamente como eu gosto. Meus dedos delicados desaparecem na mão imensa.

Seguimos o garçom pelo salão, e Magnus puxa a cadeira para mim. Olho com cuidado antes de me sentar. Preciso devolver esse vestido Filippa K para a loja até segunda-feira.

— Que bom que você aceitou um encontro — diz Magnus. — É tão chato ficar trocando mensagem. Quando as coisas começam bem, acho melhor marcar logo de sair.

Ele parece ter ido a muitos encontros. É uma coisa boa da geração mais velha. Eles são do tipo chega de lenga-lenga, vamos logo ao que interessa, sem joguinhos.

— Pode parecer loucura — digo, tirando uma mecha de cabelo do rosto ao me inclinar sobre a mesa. — Mas quer fazer um trato? Se você não gostar de mim, basta se levantar e ir embora. Não quero que você tenha que passar horas e horas sofrendo na minha companhia.

Magnus ri. Os olhos cinza brilham.

Estamos trocando mensagens há, no máximo, uma semana. O tom foi de paquera e sedução desde o início, e mandei fotos para ele que eu não mostraria para a minha mãe.

— Mas seria de bom-tom você pagar a conta — acrescento.

Ele ri ainda mais.

— É mesmo? Achei que você fosse feminista.

Sorrio e reviro os olhos. De acordo com um site que pesquisei, Magnus tem uma BMW, modelo do ano passado, uma renda passível de taxação de mais de um milhão de coroas por ano e uma casa avaliada em oito milhões e meio de coroas. É claro que ele vai pagar o jantar. Steven nunca mencionou dinheiro. Ele simplesmente pagava. Porque me amava. Ele nunca sentiu isso por mais ninguém.

— O que você vai querer? — pergunto.

Magnus passa o dedo pelo cardápio lustroso.

— Talvez o peixe. Truta *braisé*.

Ele coça o queixo e continua pensando. Detesto pessoas que não conseguem se decidir. Além disso, não faço a menor ideia do que seja *braisé*, e não quero perguntar nem pesquisar no Google.

— Vou querer carne — digo, colocando o cardápio ao lado do prato. — Fraldinha.

Magnus me lança um olhar rápido e volta a atenção para o cardápio. Tamborilo os dedos na mesa.

— Tudo bem, vou pedir fraldinha também.

Esse aí não tem muita personalidade. Faço um esforço para sorrir.

— E o que acha de tomarmos um Tempranillo? — pergunto. — Talvez um Portia Roble?

Fiz meu dever de casa.

— Certo... isso é tinto ou...?

Controlo um suspiro. É inútil. Não consigo sair com ninguém sem comparar com Steven, e ninguém chega aos pés dele.

Uma garçonete loira, que parece estar no ensino médio, se aproxima e dá um sorriso com lábios que parecem ter sido preenchidos demais.

— Prontos para fazer o pedido?

Magnus hesita.

— Sim — respondo.

Ele pergunta se o prato dele pode vir sem molho, porque ele não pode comer ovo. Também quer a carne bem passada. Steven teria um treco se ouvisse isso.

A garçonete se afasta, e os olhos de Magnus se demoram demais no traseiro dela. Tomo alguns goles de água e pigarreio.

— Você está solteira há muito tempo? — pergunta ele, olhando para as minhas mãos.

— Não muito.

É estranho. Nós mal nos sentamos e ele já quer falar sobre os nossos ex-parceiros. Claro, já fiz uma pesquisa extensa sobre a ex-mulher dele. Eles têm dois filhos e parece que ela trabalha em uma creche. Apesar dos filtros nas fotos, ela tem cara de cansada.

— Meu namorado faleceu — digo.

Magnus engasga e pressiona o guardanapo na boca.

— Meus sentimentos.

Eu me lembro da primeira vez que Steven me contou sobre Regina. Ele mencionou que ela havia morrido, mas eu perguntei detalhes. É claro que ele foi pego desprevenido. Teve poucos segundos para tomar uma decisão crucial, e foi quando a mentira surgiu. Fico imaginando se ele planejou tudo. Vários cenários devem ter passado na cabeça dele.

O que teria acontecido se Steven tivesse contado a verdade desde o início? Sem dúvida, eu teria me levantado e ido embora para nunca mais voltar. Óbvio que Steven sabia disso.

— Tudo bem. Você não tinha como saber — digo para Magnus. — Eu já superei.

E é verdade. A vida continua. Não adianta se prender ao passado. É possível conviver com qualquer coisa.

Talvez tenha sido bom as coisas terminarem daquele jeito. Steven determinou o nosso futuro. Ou será que foi Regina? Ainda não sei e nunca vou saber. Mas não importa. De todo modo, Regina teve o que mereceu. Senti prazer ao desferir cada golpe com a frigideira. Afinal de contas, no meu mundo, ela já estava morta.

AGRADECIMENTOS

Tive muita ajuda para escrever este romance. Agradeço em primeiríssimo lugar à minha agente, Astri von Arbin Ahlander, que foi a primeira leitora, a crítica mais afiada e a minha maior apoiadora. Também recebi muita ajuda de todos os modos possíveis de Matilda, Kaisa, Christine, Kajsa e Mariya, da Agência Ahlander. Muito obrigado. Vocês são fantásticas!

John Häggblom foi incrível durante a escrita do livro. Você está sempre me tornando um escritor melhor. O mesmo acontece com Teresa Knochenhauer, que passou por diversas versões deste livro com muita paciência e com um senso de otimismo que nunca fraquejou. Minha editora fantástica Lisa Jonasdotter Nilsson cortou todo o excesso de palavras e me ajudou a entender ainda mais meus próprios personagens. Estou muito feliz de ter tido a oportunidade de trabalhar junto com seus olhos de águia e sua mente afiada. Muito obrigado a todos no Bokförlaget Forum.

Agradeço também a Charlotta Larsson, que se certificou de que todos notassem este livro. Muito obrigado a Peter Hammarbäck, que organizou a minha presença em programas de TV e afagou o meu ego. Meus agradecimentos a Pia-Maria, Caroline, Göran, Klara, Jessica e a todos na Bonnierförlagen. Também sou grato a Niklas Lindblad pela linda arte da capa original.

Um grande agradecimento para Birgitta Ekstrand, Monika Wieser e Lotten Glans, que leram o manuscrito no estágio inicial e me deram um feedback valioso.

Muito obrigado aos meus colegas escritores, Johanna Schreiber, que deu a Steven as mãos grandes, e Malin Stehn, que deu a Bill uma história pregressa melhor. Meus agradecimentos a Petra Holst, Anette Eggert e Mårten Melin por lerem, conversarem e me apoiarem.

Também gostaria de agradecer à minha família e a todos os meus amigos em Skåne e Tenerife, que sempre estiveram ao meu lado enquanto eu trabalhava neste livro. Muito obrigado à minha mãe e ao meu pai, por todo o amor.

Por fim, quero agradecer à dra. Emma Lindström por todas as dicas de como drogar uma esposa, mesmo que eu seja casado com a irmã dela.

Nota de rodapé: A coluna criminal na página 289 se baseia nos artigos "En mördad kvinna är ingen 'familjetragedi'" [Uma mulher assassinada não é uma "tragédia familiar"], de Pernilla Ericson (*Aftonbladet*, 26 ago. 2020); e "Ordet 'mord' behöver inga förskönande omskrivningar" [Não precisamos de eufemismos para a palavra "assassinato"], de Britta Svensson (*Expressen*, 1 out. 2018).

ESTA OBRA FOI COMPOSTA PELA ABREU'S SYSTEM EM CAPITOLINA REGULAR
E IMPRESSA EM OFSETE PELA GRÁFICA SANTA MARTA SOBRE PAPEL PÓLEN NATURAL
DA SUZANO S.A. PARA A EDITORA SCHWARCZ EM JUNHO DE 2023

A marca FSC® é a garantia de que a madeira utilizada na fabricação do papel deste livro provém de florestas que foram gerenciadas de maneira ambientalmente correta, socialmente justa e economicamente viável, além de outras fontes de origem controlada.